Horst Gerhold Rothenfels

Horst Gerhold

Rothenfels

Schatten der Vergangenheit

Maximilian Dietrich Verlag, Memmingen

Satz: Maximilian Dietrich Verlag, Memmingen
Druck: Memminger MedienCentrum
Printed in Germany
ISBN 3-87164-139-1

21. des mertzo, a.D. 1225, Benedicti, Freitag

Ich weiß auch nicht, warum wir rannten, als ginge es um unser Leben. Die Leiche lief uns nicht davon, wenn wir uns mehr Zeit ließen. Gregor vom Stein schnaufte neben mir her. Sein kugelrunder Bauch, der mich an unseren bierbrauenden Laienbruder erinnerte, wippte im Rhythmus unserer Schritte auf und nieder.

Schließlich gelangten wir über den glatten aufgeweichten Waldboden zu der Stelle, an der Bruder Lucius mit dem Gesicht nach unten regungslos dalag. Der peitschende Regen dieses Spätnachmittags verwandelte unsere Umhänge in triefende Stofffetzen. Es war mir kein Trost, dass er jetzt in ein feines Nieseln überging. Meine Klosterbrüder schauten auf, als ich mit Gregor vom Stein den Platz des Unglücks betrat.

Gewiss, Abt Konstantin hatte mit sich gerungen, bevor er ausgerechnet den stämmigen Arzt, den er ein Jahr nach meinem Klostereintritt, im Jahre unseres Herrn 1221, aus der Abtei verwies, um seinen ärztlichen Beistand anging. Aber der Stadtarzt war unterwegs nach Salerno, und den Bader mochte er nicht mit dieser schwierigen Mission betrauen.

Der Arzt nickte den drei Mönchen zu, ohne ihre leichenblassen Gesichter zu beachten. Er beugte sich über den starren Leib. Seine kräftigen Finger tasteten eilig über die Arme des Opfers und berührten wiederholt Hals und Nacken. Schwer atmend schüttelte er den Kopf. Ächzend stemmte er seinen Leib hoch und sah uns der Reihe nach an.

„Ihr habt ihn aufgefunden?", fragte er.

„Wir? Nein. Nicht zuerst", antwortete Bruder Prosper in der ihm eigenen knappen Form, die er sich in über zwanzig Jahren als Sacratarius der Abtei aneignete.

„Ich sehe niemand anderen. Also?"

„Ein Bauer."
„Es war einmal ein Bauer... Nur weiter, wir haben viel Zeit", sagte der Arzt kopfschüttelnd. Meine Brüder flüsterten miteinander. Bruder Prosper schwieg.
„Er muss einen schlechten Tag erwischt haben", dachte ich, doch Gregor vom Stein unterbrach meinen Gedanken.
„Muss ich ihn fragen?" Seine Finger zeigten auf das nasse Bündel zu seinen Füßen.
„Er entdeckte... Lucius", sagte Prosper naserümpfend. Ihm war das Unbehagen deutlich anzusehen. Der Überfall auf einen Klosterbruder passte nicht in seine wohlgeordnete Welt, die sich um Monstranzen, Hostien und Altarleuchter drehte.
„Mensch, Bruder, seid nicht so zugeknöpft. Was war mit dem Bauern?"
Der Arzt wirkte ungehalten. Die Hände in die Hüften gedrückt, wartete er auf eine Antwort.
„Er benachrichtigte das Kloster."
„Wer?"
„Tasso."
Gregor vom Stein zuckte mit den Augenbrauen und blitzte den Bruder an.
Prosper senkte den Blick. „Seine Hofstätte liegt oberhalb."
„Ich weiß, wo Tassos Hof liegt", brummte der Arzt.
Er wies auf den leblosen Körper. „Dreht ihn um. Er fühlt keine Schmerzen mehr."
Während ich mich noch wunderte, wie Gregor vom Stein uns eröffnete, dass Lucius nicht mehr lebte, rollten wir dessen Leib vorsichtig auf den Rücken. Ein seltsam verzerrtes, mit Schlamm verschmiertes Gesicht schaute uns an. Der Nieselregen ließ nach und so verwischte nichts diesen grausigen Eindruck. In meinem ganzen Leben würde ich diese mit dem Tod ringenden Gesichtszüge nicht mehr vergessen. Lucius' schwarze Kutte hatte sich in dem schlammigen Boden mit Regenwasser vollgesogen und dünne, schmutzigbraune Bäche rannen über den Stoff. Dennoch fielen mir die über dem Brustkorb zerrissene Kutte und der dunkelrote Blutfleck, der sich darüber ausbreitete, sogleich auf.

Gregor vom Stein tauchte einen Finger in das Blut und furchte die Stirn. Ich beobachtete, dass sich sein Finger nicht rot färbte. Er warf die Kutte und das Leinenhemd hoch und betrachtete mit zusammengekniffenen Augen die scheußliche Wunde, die, wie ich vermutete, das Ende von Bruder Lucius herbeiführte. Mit einem Ruck riss der Arzt das durchweichte Hemd wieder über den Leichnam. Dafür entblößte er dessen Unterarme und untersuchte sie sorgfältig. Plötzlich stieß er auf Lucius' linke Hand, die sich zu einer Faust verkrampft hatte. Nur mühsam gelang es ihm, die steifen Finger aufzubiegen. Gregor vom Steins Augenbrauen zuckten.
„Sieh mal an", murmelte er, während er einen rötlich schimmernden Gegenstand aus der geöffneten Hand nahm und gegen den trüben Himmel hielt. „Rubin?"
Gerade als er den Edelstein in seinen Beutel fallen ließ, fiel sein Blick abermals auf die Hand des Opfers. Auch wir sahen, dass die Fingerspitzen schwarze Flecken aufwiesen, die offensichtlich nicht zu erklären waren. Denn der Arzt schüttelte mehrfach seinen kapuzenbedeckten Kopf und schnupperte sogar an den Fingern des Toten, als könne er den Ursprung der Flecken wittern. Seine unruhig suchenden Augen tasteten über die vermoderte Erde. Die Oberlippe schob sich vor und er musterte regungslos den Waldboden. Zwei, drei Schritte entfernte er sich dann von uns, den Boden immer im Auge haltend. Als er kehrtmachte, war in seinem Gesicht weder zu lesen, wonach er suchte, noch ob er es entdeckte.
„Wir sollten ihn fortschaffen", sagte er.
„Zwischen den Bäumen steht ein Karren", flüsterte Bruder Prosper.
„Was für ein Karren?", fragte der Arzt.
„Wir brachten ihn vorsorglich mit."
Er nickte mir zu und ich zog den Handkarren mit den hohen Rädern neben die Leiche. Wie ein zerbrechliches Ei hoben wir Lucius hinauf, als könnten wir ihm immer noch Schaden zufügen. Während wir uns zum Gehen wandten, verharrte Gregor vom Stein an seinem Platz.
„Kommt Ihr mit?", fragte ich.

„Wohin?"
„Wohin schon?"
„Ich kann nicht."
„Was heißt ‚Ich kann nicht'?"
„Konstantin –" Er krauste die Stirn.
„Der Abt? Mein Gott, er ließ Euch holen."
„Ohne seine Billigung darf ich das Kloster nicht betreten, Hilarius. Außerdem...", er verzog sein Gesicht zu einer Fratze, als habe er eine seiner gallebitteren Heilsäfte geschluckt, „habe ich keine Lust mit deinem gewissenlosen Klostervorsteher zusammenzutreffen."
„Und was ist mit Euren Beobachtungen?" Ich ging auf ihn zu.
„Was ist mit deinen?" Er trommelte mit seinen Fingern auf meine Brust.
„Der Abt will Antworten." Er starrte mich nur an und schwieg.
„Was wird er denken, wenn Ihr mich nicht begleitet?" Zornig wird er sein, was sonst, dachte ich.
„Wenn es Konstantin danach gelüstet, soll er mich besuchen. Ich gehe erst mal heimwärts. Mein Wams fühlt sich an wie ein toter Fisch und Lucius hat mich nicht eben aufgeheitert. Ich brauche einen großen Krug schäumendes Bier und keinen Abt." Er wollte sich abwenden.
„Erzählt mir Eure Beobachtungen, während wir in der Pilgerherberge auf Euer Bier warten." Er fuhr herum.
„Du bildest dir wohl ein, du schaffst mich", blaffte er, „Bier anpreisen und schon gebe ich nach. Hältst dich für überzeugend, was? Erzähl mir nichts, das kenn' ich."
„Kommt Ihr jetzt mit, oder soll ich im Kloster erzählen, dass Euer... Bauch nicht mehr durch die Pforte passt?" Ich pochte mit einem Finger gegen sein gespanntes Wams. Gregor vom Stein schluckte und schnappte einen Moment nach Luft.
„Findest du denn überhaupt den Weg aus dem Wald?"
„Na, gestern war er noch da. Jedenfalls bin ich darauf gelaufen. Dann muss er wohl heute auch noch da sein, oder?"
Kopfschüttelnd drehte er sich um.
„Lass mich lieber allein gehen."
Er ließ mich am Wegrand stehen und schlurfte zwischen den

tropfenden Bäumen davon. Ich folgte meinen Brüdern, die mit dem Karren schon weit voraus waren. Auf dem Rückweg zum Kloster ging mir das zu einer Fratze entstellte Gesicht von Bruder Lucius nicht mehr aus dem Kopf. Wer war daran interessiert, einen gottgefälligen Ordensmann auf diese abscheuliche Weise vom Leben zum Tod zu befördern? Und warum verhielt sich Gregor vom Stein derart unverständlich? Was entdeckte er, was verheimlichte er vor uns? Und wie würde sich der Abt aufführen, wenn er davon hörte?

22. des mertzo, a.D. 1225, Samstag

Am späten Nachmittag des nächsten Tages ging ich zur Marktgasse in Rothenfels. An ihrem Ende fand ich das aus Fachwerk erbaute Haus des Arztes, dem meine Weisung galt. Abt Konstantin war zu meiner Verwunderung keineswegs überrascht gewesen, dass sich der Arzt derart zurückhaltend verhielt. Gleichwohl lag ihm viel daran, mehr über den Tod von Bruder Lucius zu erfahren. Da die Krankenpflege und die Kräuterkunde zu meinen Tagespflichten gehörten, war es für ihn offenbar nahe liegend, mich zu dem Arzt zu schicken, um ihn in die Abtei zu bitten. Noch wusste ich nicht, wie ich das anfangen sollte. Zu frisch waren meine Gedanken an die unverhohlene Abneigung, die Gregor enthüllte, als unser kurzes Gespräch auch Abt Konstantin streifte. Die schwer durchschaubaren Gründe dieser feindlichen Einstellung waren mir nicht klar, da sich die Ereignisse, in deren Folge er aus dem Kloster vertrieben wurde, in meinem Novizenjahr ereigneten. Zu jener Zeit hatte ich wenige Möglichkeiten, solch bedeutsame Umstände zu erfahren. Heute, vier Winter später, wäre ich dankbar gewesen, mehr über den Arzt zu wissen. Wenn auch nur, um ihn davon zu überzeugen, dass sein Besuch in der Abtei unerlässlich war.
Nachdem mir die Dirn, eine füllige kleine Frau, öffnete, betrat ich einen Arbeitsraum. Gregor vom Stein saß an einem langen

Tisch, auf dem zahlreiche Gefäße aus Glas und Ton sowie eine brennende Kerze standen. Becher und Beutel mit Pulvern und getrockneten Pflanzen, beißende Gerüche und eine Luft, die dem Höllenreich entsprungen schien, riefen in mir den Eindruck hervor, in eine Hexenküche eingedrungen zu sein.
„Ah, Hilarius", sagte der Arzt. Er schaute flüchtig auf und schien keinesfalls erstaunt, mich zu sehen. „Du bist zeitig auf den Beinen?"
Ich wusste immer noch nicht, wie ich beginnen sollte. Unsicher strich ich um den Tisch herum und beäugte eine Weile den Mann, dessen breite Gestalt auf einem winzigen runden Schemel hin und her rutschte.
„Schon wieder eine Leiche?", fragte er.
Der Arzt machte es mir wirklich schwer.
„Der Abt."
„Dachte ich mir, dass er dich schickt."
„Woher?"
„Ich kenne deinen Abt länger, als dein Leben andauert."
„Dann seid Ihr einverstanden, mir ins Kloster zu folgen?", fragte ich erleichtert.
Gregor vom Stein, der soeben aus einem Jutesäckchen ein weißliches Pulver auf eine Waage schütten wollte, hielt inne und blickte mich mit geweiteten Augen an.
„Konstantin will, dass ich zu ihm ins Kloster komme?"
„Bruder Lucius lässt ihm keine Ruhe."
Halb verärgert, halb belustigt, wie es aussah, schleuderte der Arzt den Beutel auf den Tisch, stieß die Hände in die Hüften und sah mich ungläubig an.
„Ausgeschlossen", sagte er, drehte sich zu seinem Arbeitstisch um und stampfte einen Mörserstößel so ungestüm in einen Tiegel, dass dieser zerbarst.
„Er war es, der das Band brach."
Er drehte die Scherben in seinen Händen.
„Kommt Ihr?", fragte ich.
„Mein Leben hat er zerstört. Gekämpft hab ich, jawohl und geglaubt, mein Sohn."
Er schnaubte aus tiefhängenden Mundwinkeln.

Das war es dann, seufzte ich innerlich. Diesen polternden, hitzköpfigen Menschen bringst du auf keinen Fall dazu, dir zu folgen.
„Was will Konstantin überhaupt von mir?"
„Er zog mich nicht ins Vertrauen... warum auch? Seit meinem Gelübde sind erst drei Jahre verstrichen." Gregor vom Stein krauste die Stirn.
„Enttäuscht?" Er schichtete die Scherben auf den Tisch.
War ich enttäuscht? Nein, bestimmt nicht. Allenfalls ein bisschen, weil ich meinem Ziel in dieser Zeit keinen Schritt näher gekommen war. Ich erträumte mir nichts sehnsüchtiger, als den Krankenbereich für jeden Kranken zu öffnen und nicht allein für die klerikalen und herrschaftlichen Leidenden. Abt Konstantin sah keinen Anlass, das 'gemeine Volk', wie er sich ausdrückte, ohne entsprechenden Obolus zu versorgen. Wie konnte der oberste Hirte unserer Abtei dabei an Bezahlung denken? Ich trat bei ihm auf der Stelle.
Trotzdem sagte ich: „Enttäuscht? – Enttäuscht sind nur die, die zuviel erwarten." Was interessierten den Arzt meine Träume?
Er kam auf mich zu und lachte, als habe ich einen Scherz gemacht.
„Zuviel erwarten – das geht mir genauso, mein Sohn."
Fortwährend sagte er, 'mein Sohn'. Wirkte ich so unreif auf die Menschen?
„Nun, denn", fuhr er fort. „Was also erwartet der Abt von mir?"
„Wahrscheinlich will er mehr über die Umstände des Todes von Bruder Lucius wissen."
„Tot ist tot", erregte sich Gregor vom Stein. „Was will er noch wissen? Dass eine Stichwaffe benutzt wurde? Das erkennt selbst ein Novize. Dazu benötigt er keinen fortgejagten Klosterbruder." Sein Gesicht überzog eine dunkle Röte und an seinen Schläfen schwollen die Adern bedrohlich an. Dieser Gesprächsstoff verbesserte seinen Gemütszustand keineswegs. Er war jedenfalls untauglich, meine Weisung erfolgreich zu beenden. Es musste mir gelingen, ihn zu beruhigen.
„Gewiss, er wurde niedergestochen, soweit bin selbst ich gekommen."

„Na, bitte."
Ich fuhr mit der Hand über meine frisch geschorene Tonsur. „Aber zweifellos habt Ihr mehr wahrgenommen als wir allesamt."
„Wenn du so scharfe Augen hast, hättest du auch gesehen, was ich sah."
„Ohne Eure Erfahrung schauen meine Augen nur, aber sie begreifen nicht."
„Was begreifst du nicht?"
„Was ich sehe."
„Streng deinen Kopf an, mein Sohn. Dafür ist er da."
Schon wieder, 'mein Sohn'. „Wie Ihr denkt, mein Vater", hätte ich am liebsten gesagt. Doch rechtzeitig fiel mir ein Sinnspruch ein, den ich kürzlich in einem dicken Folianten entdeckte.
„Blind sind die Augen, wenn der Geist sich mit anderem beschäftigt."
Er stutzte und nickte kurz. „Du liest Seneca?"
„Ich bin alt genug, um zu lesen."
Seine Augen wurden zu schmalen Schlitzen und blitzten mich an. Unerwartet lachte er dröhnend. Er stützte sich auf den Tisch, als er aufstand. Mit kleinen Schritten kam er auf mich zu. „Du bist schlau wie ein Falke, der seine Beute gesichtet hat. Komm, setzen wir uns."
Er drängte mich zu einer gepolsterten Bank, die unter dem Fenster stand.
„Wie viele Listen hast du noch in deinem ausgebeulten Beutel, um mich zu ködern?"
„Nur noch eine", gab ich offen zu. Abt Konstantin wies mich auf einen Umstand hin, den ich anbringen sollte, wenn der Arzt es rundweg ablehnte, seiner Forderung nachzukommen.
„Aha, und die wäre?"
„Der Abt trug mir auf, Euch zuletzt ins Gedächtnis zu rufen, dass Bruder Lucius in Eurem Dasein von einiger Bedeutung war und Ihr zumindest ihm einen Gefallen schuldet."
Gregors Mundwinkel fielen nach unten und er starrte mit verschleierten Augen vor sich, als durchlebe er vergangene Ereignisse, die meine Äußerung in ihm wachriefen. Eine Zeit

lang blieb er stumm. Dann stand er auf und guckte aus dem Fenster in die von dunklen Wolken verdüsterte Gasse. Endlich ließ er sich schwerfällig auf das Polster fallen, vergrub sein Gesicht in beiden Händen und murmelte so leise, dass ich ihn kaum verstand:

„Bruder Lucius ergriff in der Versammlung, die über mich zu Gericht saß, stürmisch für mich Partei. Um ein Haar wäre auch er aus dem Kloster verwiesen worden. Aber dafür büßte er seine Stellung ein, in der er sich mehr als hingebungsvoll um das Vermögen unserer Klostergemeinschaft kümmerte. Fortan musste er sich mit der Bibliothek und der Schreibstube begnügen."

Er schwieg wieder, in die quälenden Gedanken an die Vergangenheit versunken.

„Was geschah seinerzeit?", wollte ich wissen.

„Damals?"

„Ihr spracht doch von der Vergangenheit. Was passierte damals?", wiederholte ich.

Er wankte langsam zu seinem Tisch und blieb mit verschränkten Armen dahinter stehen.

„Damals war damals."

„Das erklärt alles."

„So einfach ist das nicht, mein Sohn."

„Tugend zu beweisen ist zu keiner Zeit einfach."

„Was weißt du davon?" Seine Nasenflügel bebten.

„Ach, nur Gerüchte." Ich erinnerte mich, dass mehrere Brüder verbreiteten, er sei selbst Schuld an seinem Unglück.

„Welche Gerüchte?" Er zog den Kopf ein wie eine Wildkatze vor dem Sprung.

„Man muss Gerüchten Zeit lassen, damit sie verkümmern", versuchte ich ihn zu besänftigen. „Aber Zeit habe ich keine... der Abt wartet."

Seine Augen bohrten sich in meine. Als ich seinen Blick geduldig ertrug, entspannte sich sein Gesicht schließlich und er betrachtete einen Moment stirnrunzelnd die flackernde Kerze vor sich.

„Also gut... du Sprücheklopfer", sagte er mit barscher Stimme.

„Meine Zeit reicht, um zurück zu sein, ehe dieser düstere Tag zu Ende geht und die Brüder zum Vespergottesdienst antreten. Obschon ich nicht verstehen kann, was Konstantin von mir will.“

Wir mussten uns beeilen, um die außerhalb der Stadt gelegene Abtei zu erreichen, denn die Sonne, auch wenn sie sich heute nicht zeigte, war längst auf ihrem Rückweg den Himmel hinab. Die Zusammenkunft endete unweigerlich, sobald die Vesperglocke zum Gottesdienst rief. Gregor vom Stein keuchte bereits, als wir eilig durch das Stadttor schritten. Für einen Augenblick hielten wir an, um Atem zu holen. Vor uns, unterhalb des immer noch wolkenverhangenen Himmels, spannten die majestätischen Berge der Alpen einen Bogen, der unsere Welt zusammenzuhalten schien. Wie eine Bastion stieg die Abtei Rothenfels aus den Wiesen und Wäldern hervor.
Bruder Barnabas bedachte uns an der Pforte nur mit einem wissenden Kopfnicken und ließ uns ein. Zielstrebig führte ich meinen Gast um das Kirchenschiff herum, hinter dem der Eingang zum Abtshaus lag, obwohl sich der Arzt in der Abtei möglicherweise besser auskannte als ich.
Abt Konstantin saß hinter seinem Schreibtisch gegenüber dem großen Fenster und studierte in einem dicken Buch. Als wir eintraten, schaute er auf, ohne sich zu erheben. Ich blieb abwartend neben der Tür stehen, während der Arzt ein paar Schritte auf die Wandregale zuging. Ohne, wie es die Regel gebot, Konstantin die Begrüßung zu überlassen, ergriff der Arzt das Wort.
„Ich dachte nicht daran, diese ehrwürdige Halle jemals wiederzusehen.“
Liebevoll strichen seine Finger über die alten Bücher. Sein Blick wanderte über die edlen, mit kunstvollen Schnitzereien versehenen Schränke und die kostbaren Teppiche, die seine Schritte dämpften, als er zum Tisch ging. Abt Konstantin, der regungslos auf seinem Stuhl saß und den Besucher musterte, schwieg. Gregor vom Steins Augen schrumpften zu schmalen Schlitzen.
„Was wollt Ihr?“, fragte er.

Mit unbewegtem Gesicht schaute ihn der Abt an. Mit der rechten Hand glättete er seine schwarze Kutte und befingerte mit der linken sein goldenes Kreuz, das an einer langen Kette um seinen Hals hing. Er schien sich nicht wohl in seiner Haut zu fühlen. Tiefe Falten bildeten sich auf seiner Stirn. Er presste die Lippen aufeinander. Offensichtlich kämpfte er mit den passenden Worten. Zu guter Letzt räusperte er sich, rückte seinen reichverzierten Stuhl zurück und stand auf.
Gregor vom Stein duckte sich, wie vor einem Angriff.
„Längst vergangene Ereignisse auffrischen, was?“, sagte er.
Konstantin schüttelte temperamentvoll den Kopf.
„Es liegt mir fern, die betrüblichen Gedanken aufleben zu lassen. In Eurem wie in meinem Interesse.“ Er hielt inne, als überlege er sich den nächsten Satz.
„Doch die besonderen Umstände verlangen, dass ich Euch hier empfange.“
„Empfangen nennt Ihr das?“
„Was meint Ihr?“
„Ich sage dazu 'herbefehlen'.“
Der Abt sah mich streng an, bevor er antwortete.
„Ich sandte Hilarius nicht, damit er Zwang auf Euch ausübt.“
„Pah“, maulte der Arzt, „und was ist mit Lucius und der Versammlung?“
Abt Konstantin schaute einen Augenblick vor sich auf den Tisch, schob mit zittrigen Fingern ein paar Papiere von einer Seite auf die andere, legte die Gänsefeder obenauf und ging dann bedächtig zwei, drei Schritte auf den Arzt zu, wobei er mit den Schultern zuckte.
„Die besonderen Umstände...“
„Was für Umstände? Meint Ihr Lucius?“
„Ja und nein“, sagte der Abt unklar.
„Ja und nein?“, wiederholte Gregor. Er presste die Hände in die Hüften und als er fortfuhr, ähnelte seine Stimme einer zischenden Otter. „Ist ein Messer in der Brust nicht besonders genug?“
Der Abt hob beide Hände.
„Aber ja, das ist es. Aus diesem Grunde will ich auch alles darüber erfahren, was es zu erfahren gibt. Der Verantwortliche

muss gefunden und seiner gerechten Strafe zugeführt werden."
„In diesem Punkt sind wir ausnahmsweise einig..." Er hielt inne und zuckte mit den Achseln. „Aber ich sehe nicht ein, welche Rolle ich in diesem Drama spiele."
„Leider ist dies kein Theaterstück, bei dem die Akteure sich wieder quicklebendig erheben, um den Beifall des Publikums entgegenzunehmen. Wir haben es mit einem Mörder zu tun."
„Klagt Euer Leid dem Bürgermeister! Er ist der Richtige, um einen niederträchtigen Mörder zu fassen."
„Mit den Ratsherren rede ich später." Konstantin ließ seine Arme kraftlos herabhängen. „Aber wir wissen beide, dass der Erfolg in solchen Fällen meistens sehr bescheiden ausfällt."
„Und?", fragte Gregor, während er von einem Fuß auf den anderen wippte. „Was hat das mit mir zu tun?"
Der Abt ging langsam um seinen Tisch herum und blieb einen Schritt vor Gregor stehen.
„Ich möchte, dass Ihr nach dem Schuldigen forscht und diese Angelegenheit aufklärt." Konstantin atmete stoßweise, sein Brustkorb hob und senkte sich fieberhaft. Er seufzte, sichtlich froh darüber, dass sein Anliegen endlich heraus war. Jedoch hütete er sich, den Arzt dabei anzuschauen. Er starrte auf seine Ledersandalen, als fürchte er sich vor der Antwort. Ich hielt den Atem an, denn auch ich erwartete eine heftige Erwiderung und blickte daher gespannt auf den Arzt. Zu meiner Verblüffung blieb Gregor ruhig und gelassen.
„Sicher, der Übeltäter darf seiner Bestrafung nicht entgehen. Aber warum muss ausgerechnet ich mich an der Jagd beteiligen? Ich bin nichts weiter als ein arbeitsscheuer Medicus. Warum ich?"
Konstantin sah mich lange durchdringend an. Wäre es ihm angenehmer, mich anderswo beschäftigt zu wissen? Er beugte sich zu Gregor vom Stein und flüsterte so leise, dass ich ihn kaum verstand:
„Da ist noch etwas, dass Ihr nicht wisst..." Er hielt inne und, wie zu einem Gebet, faltete er die Hände. „Bruder Lucius war in einer vertraulichen Mission unterwegs, von der ich nicht jedermann erzählen kann. Schon gar nicht unseren Ratsherren."

„Jetzt kommt die Maus aus ihrem Loch und sucht den Käse."
Ich schmunzelte, denn es war das erste Mal seit ich ihn kannte, dass sich der Arzt humorvoll gab. Der Abt hingegen behielt sein ernstes Gesicht.
„Im Ernst, Gregor, Ihr habt keine Vorstellung davon, was sich vor uns auftürmt."
„Auftürmt... auftürmt? Was kann sich da schon auftürmen?"
„Wenn es sich bewahrheitet, kommt Unsagbares auf die rechtgläubige Kirche zu."
Gregor vom Stein zog die Augenbrauen hoch.
„Und mir wollt Ihr dieses Geheimnis auf die Nase binden?", fragte er, wobei sich seine Mundwinkel zu einem schiefen Grinsen verzogen.
Konstantin winkte mit beiden Händen ab.
„Auch wenn Ihr anders über mich urteilt, ich weiß, dass Ihr stets ein getreuer Diener der Kirche wart. Eure Begabung, etwas auszuforschen, das im Verborgenen schlummert, habe ich hinreichend kennen gelernt. Wenn Ihr auch nicht mehr unserer Gemeinschaft angehört, so fühlt Ihr Euch mit dem Kloster und dessen Belangen nach wie vor verbunden."
„Soviel Lob für einen einzigen Menschen, noch dazu aus Eurem Mund?"
Konstantins Augenbrauen signalisierten Unmut.
„Gregor... vergesst eine Weile die alte Geschichte."
„Auf einmal?"
„Für unsere Abtei steht allerhand auf dem Spiel."
„Für mich auch."
„Ich brauche Eure Hilfe."
Gregor murmelte seine Antwort: „Jeder bedarf einmal der Hilfe des anderen."
„Verweigert sie nicht, im Namen der Heiligen und für Bruder Lucius und das Kloster."
Gregors Oberlippe schob sich nach vorne. Er dachte angestrengt nach, so gut kannte ich ihn schon. Er wanderte bedächtig auf und ab, schaute abwechselnd auf den Abt, dann auf mich und blickte schließlich lange aus dem Fenster. Ich hörte ihn unablässig flüstern, verstand allerdings nichts. Dazwischen

schüttelte der Arzt häufig den Kopf. Übergangslos drehte er sich um und baute sich vor dem Abt auf.
„Nun, gut. Nehmen wir an, ich mache, was Ihr verlangt. Wie stellt Ihr Euch das eigentlich vor? Ich habe keine Ahnung, wo ich anfangen soll, kein Pferd, um die Wege zurückzulegen, die vielleicht notwendig sind und..." Abt Konstantin bremste ihn mit neuer Zuversicht in der Stimme.
„Alles, was Ihr benötigt, stellt Euch das Kloster zur Verfügung. Für die Tage Eurer Untersuchungen sei es Euch unbeschränkt gestattet, das Kloster zu betreten, wann immer Ihr mögt."
„So weit würdet Ihr gehen?", fragte Gregor und stemmte abermals seine Hände in die Hüften. „Muss wahrhaftig bedeutend sein, was auf Eurem Herzen lastet."
„So ist es auch", bekräftigte Konstantin nickend. „Außer uns darf vorläufig niemand davon wissen."
Erneut sah mich Gregor an. Ein paar Mal lief er über die weichen Teppiche. Zwischen Konstantin und mir blieb er stehen. Einen Atemzug lang legte sich seine Stirn in Falten, bevor er sich zum Abt umdrehte.
„Unter einer Bedingung bin ich einverstanden, zumindest einen Versuch zu unternehmen."
Konstantin reckte seinen kantigen Kopf in die Höhe.
„So, eine Bedingung. Und was bedingt Ihr Euch aus?", fragte er, während er seine Arme verschränkte.
„Ich kann nicht auf allen Wegen gleichzeitig spazieren. Ich brauche einen Gehilfen, der an meiner Seite steht und dies und das erledigt..." Er zögerte und schaute mich dabei lächelnd an. „Wenn er selbst zustimmt, bitte ich Euch, mir Bruder Hilarius dafür zuzuteilen."
Im ersten Moment war ich irritiert. Doch ich mochte nicht voreilig antworten. Abt Konstantin ließ es gar nicht dazu kommen.
„Unmöglich", stellte er kopfschüttelnd fest. „Bruder Hilarius hat seine Pflichten als Krankenpfleger im Infirmarium der Abtei. Daneben beaufsichtigt er den Kräutergarten. Wenn ich das beabsichtigt hätte, wäre meine Wahl sofort auf einen Bruder gefallen." Mit hastigen Schritten, als gäbe es darüber kein Wort

mehr zu verlieren, ging der Abt hinter seinen Schreibtisch zurück.
„Ihr kennt nun meine Bedingung“, sagte Gregor mit fester Stimme. „Solltet ihr Euch besinnen, wisst Ihr, wo Ihr mich antrefft.“ Er wirbelte herum und eilte zur Tür.
„Wartet“, rief Konstantin, als der Arzt die Tür aufriss. „Lasst uns zuvor hören, was der Betroffene selbst meint.“ Der Arzt blieb in der geöffneten Tür stehen.
„Bruder Hilarius, du hast vernommen, welche Einwände ich vorbrachte. Was sagst du dazu?“
Um Zeit zu gewinnen, wanderte ich nun auf und ab. Ich durchschaute, dass Konstantin meine Zustimmung erwartete. Doch unerwartet erkannte ich eine Gelegenheit, beiden gerecht zu werden und überdies meinem Herzenswunsch ein Stück näher zu kommen.
„Vater, Ihr wisst, dass ich in allen Jahren, seit ich das Gelübde ablegte, ein demütiger Diener war. Gehorsam, wie es die Regel des heiligen Benedikt vorschreibt, folgte ich Eurer Führung.“ Konstantin nickte.
„Es stimmt“, fuhr ich fort, „dass meine Pflichten, besonders die der Krankenpflege, nicht vernachlässigt werden dürfen.“ Konstantin nickte mir abermals aufmunternd zu. „Doch ist es zweifellos auch Euer Bestreben, das Wissen der Brüder auf dem Gebiet der Heilkunst zu mehren. Seitdem Bruder Gregor das Kloster verlassen musste, ist es zu einem Stillstand gekommen. Seine Kenntnisse stehen uns nicht mehr zur Verfügung und können demzufolge auch nicht weiter vermittelt werden.“
„Hilarius, worauf willst du hinaus?“, unterbrach mich Gregor schmunzelnd. Ich war überzeugt, er kannte die Antwort längst.
„Es ist nur ein Gedanke...“ Während ich sprach, bearbeitete ich unaufhörlich meine Finger, knetete, massierte, betete. Konstantin schwieg, doch sah er mich unter seinen buschigen ergrauten Augenbrauen streng an.
„Ich helfe, im Interesse unserer Gemeinschaft, den Tod von Bruder Lucius aufzuklären. Wenn ich nicht gebraucht werde, kehre ich ins Kloster zurück, um meinen Pflichten nachzukommen. Als Gegenleistung für dieses... Entgegenkommen Eu-

rerseits, Vater, vermittelt mir der Arzt einen Teil seines ansehnlichen Wissens in der Heilkunst."
Eine Weile blieb es still. Gregor vom Stein blickte den Abt befreit an.
„Ein segensreicher Gedanke." Als Konstantin weiterhin schwieg, trat er von der Tür zurück und ging mit ausgreifenden Schritten zum Tisch. „Ich bin bereit, darauf einzugehen. Und Ihr?"
Konstantin rieb sich sein Kinn. Seine Augen wanderten zwischen uns hin und her. Schließlich ließ er seinen schmächtigen Körper auf den Stuhl fallen und sagte:
„Im Namen des heiligen Benedikt, so soll es denn sein. Aber ich behalte mir das Recht vor", er pochte bei jedem Wort mit einem Finger auf die Tischplatte, „unsere Absprache jederzeit widerrufen zu können."
„Natürlich, hochwürdiger Abt", erklärte Gregor, während er mir gleichzeitig zublinzelte. „Bleibt nur noch zu klarzustellen, in welcher mysteriösen Mission Bruder Lucius unterwegs war."
Konstantin hüstelte, nahm die Feder, die vor ihm lag und drehte sie zwischen den Fingern.
„Nun, darüber möchte ich einstweilen keine Einzelheiten bekannt geben. Der Fall ist äußerst brisant."
„Aber..."
„Nicht jetzt, Gregor. Wenn Eure Untersuchungen es durchaus erfordern, können wir nochmals darüber reden."
„Keine Anspielung? Nicht die kleinste Andeutung?"
„Nur soviel: Ihr wisst, dass Bruder Lucius zuletzt unsere Bibliothek und das Scriptorium führte. Im Umgang mit den alten Handschriften machte er eine ungeheuerliche Entdeckung. Seine Ermittlungen deuteten auf ein fragwürdiges Objekt. Pilger, die in unserer Herberge rasteten, bestätigten Gerüchte über den Fund dieses Objektes. Bruder Lucius war seither viele Male fort, um Ausführlicheres zu hören oder gar diesen Gegenstand zu erwerben."
Gregor klatschte in die Hände.
„Es ist Euch vorzüglich gelungen, mich neugierig zu machen", sagte er spöttisch.

„Mehr wollt Ihr nicht verraten?"
Konstantin schüttelte den Kopf.
„Das ist mein letztes Wort. Seid zufrieden fürs erste. Sehen wir erst einmal, was Ihr aufspürt."

Als wir durch den Innenhof der Abtei gingen, blieb Gregor plötzlich stehen und schaute mich an. „Nun, eine erste Idee, mein neuer Schüler?"
„Nein, Meister, leider..." Ich war ratlos. Womit sollten wir anfangen? Aber Gregor war doppelt so alt wie ich. Konnte er keinen entscheidenden Gedanken beitragen?
„Du denkst, ich müsste hier den Ton angeben, was?" Er kicherte, wobei sein Bauch auf und nieder wippte.
„Ihr wolltet mich als Botenknabe", gab ich zu Bedenken.
„Unsinn, Hilarius. Dieser Vorwand war für Konstantin gedacht. Was ich wirklich brauche ist ein mitdenkender Gefährte, der das Leben aus einem anderen, jüngeren Blickwinkel betrachtet."
„Ein Leidensgefährte werde ich sein", sagte ich.
Gregor lachte lauter und schlug mit einer Hand auf seinen Leib. „Genau deshalb wollte ich dich haben, mein Sohn. Ein herbstlicher Arzt und ein frühlingshafter Mönch. Das rechte Gespann, um Mörder zu jagen."
„... und dabei mit dem Gesicht auf dem Mist zu landen."
„Sei nicht so schwarzseherisch. Bedauerst du etwa schon, zugestimmt zu haben?"
Hastig schüttelte ich den Kopf. „Ich weiß nur nicht, wie ich Euch eine Hilfe sein kann."
„Nur Geduld, Hilarius, das kommt schon noch."
Er schaute sich einen Moment im Klosterhof um, winkte hin und wieder einem vorbeieilenden Bruder zu und sah mich darauf stirnrunzelnd an.
„Wenn wir hier herumstehen, kommen wir natürlich nicht weiter. Ich warte."
„Worauf?", fragte ich sofort, denn ich erriet nicht, worauf er hinaus wollte.
„Worauf wohl? Auf deine mitreißende Idee."

„Ich weiß nicht."
„Nichts? Gar nichts?", fragte Gregor und in seiner Stimme schwang ein enttäuschter Unterton. Und mein Kopf war leer... nun, fast leer.
„Außer vielleicht..."
„Außer vielleicht, was?"
„Na, wir könnten den Bauern, der Bruder Lucius fand, ausfragen."
„Ich bin beeindruckt, Hilarius", sagte er und schlug mir auf den Rücken. „Weißt du noch, wer das war?"
„Tasso, vom Almenhof", antwortete ich.
„Genau. Den übernehme ich. Unterdessen wirst du ein Seil beschaffen und dir die Kleider von Bruder Lucius geben lassen."
„Was wollt Ihr mit den Kleidern?"
„Frag nicht, erklären kann ich später. Sieh zu, dass du dies vor dem Vespergottesdienst erledigst. Wenn es Schwierigkeiten gibt, wende dich an Konstantin. Hinterher wartest du in meinem Haus auf mich."

Ich traf Bruder Emil, als er eben den Zugang zum Fruchtspeicher zusperrte. Ohne zu zögern holte er mir aus einer Werkstätte ein langes Seil.
„Willst du die Kranken an ihrem Lager anbinden?", scherzte er.
„Keine Ahnung, wofür das Seil bestimmt ist", antwortete ich wahrheitsgemäß. Dann erzählte ich Bruder Emil, welche Weisung der Arzt von Abt Konstantin erhielt. Sein Gesichtsausdruck verdüsterte sich augenblicklich.
„Abscheulich – der arme Lucius."
„Weißt du, wohin er zuletzt reiste?"
„Was denkst du, Hilarius? Als Zellerar habe ich hinreichend mit der Versorgung des Klosters und der Aufsicht über die Werkstätten zu tun."
„War nur ein Gedanke."
Bruder Emil rieb sich ein Ohrläppchen, bis es rot angelaufen war.
„Wart mal, vielleicht nützt dir das. Vor einigen Wochen hörte

ich beiläufig, dass Lucius zum Abt sagte, er würde wie immer in Lindenberg absteigen."
„Lindenberg?"
„Ja, ein Dorf in den Hügeln. Ab und zu liefern wir Obst und Getreide dorthin."
„Damit hatte Lucius aber nichts zu tun, oder?"
„Nein, gewiss nicht. Keine Ahnung, was er dort wollte. Frag doch den Abt."
Ich nickte nur geistesabwesend. Also in Lindenberg war der Bruder eingekehrt. Was er dort wohl wollte?
„Hilft dir das?", fragte Bruder Emil.
„Weiß ich nicht, aber es ist immerhin ein Anfang. Ich danke dir."

Wie Gregor befürchtete, erhielt ich Lucius' Kleider erst, nachdem Konstantin einwilligte. Ich holte mir eins der Reitpferde, einen gutmütigen Fuchs, und führte es an der Pforte vorbei durch das große Portal. Die zu einem Bündel verschlungenen Kleider packte ich vor mich, das Seil schwang ich über eine Schulter. Als ich in die Marktgasse trabte, vernahm ich von fern die Vesperglocke der Abtei, die zum Gottesdienst rief.

Klara, die Hausmagd des Arztes, brachte mich in ein Zimmer, in dessen Mitte ein gewaltiger Schreibtisch stand. Er war mit Pergamentrollen und Schriftstücken übersät. In einem Büchergestell stapelten sich ordentlich einige Handschriften. Am Fenster luden zwei hohe Lehnstühle zum Ausruhen ein.

Da Gregor von seinem Besuch noch nicht zurück war, setzte ich mich. Von Anfang an hoffte ich, dass unsere Untersuchungen möglichst lange andauern würden. Je länger, umso mehr lernte ich in ihrem Verlauf von dem Arzt. Nichts wünschte ich mir sehnlicher, als allen Kranken zu helfen und, damit das möglich war, auch noch das Krankenhaus des Klosters auszubauen. Aber wer sollte mir dort beibringen, worauf es beim Heilen ankam? Jetzt sah das schon viel freundlicher aus. Deshalb ergriff ich auch die Gelegenheit, als sie sich mir darbot. Darüber hinaus würde es zweifellos ziemlich langweilig sein, immer nur Besorgungen zu erledigen, für die Gregor keine Zeit fand. Aber

letztendlich mussten auch Opfer gebracht werden, wenn ich meinen Zweck erreichen wollte.
Als die Tür aufging, schreckte ich aus meinen Gedanken hoch. Gregor setzte sich hinter seinen Schreibtisch und schaute mich an. „Kabbalah, sagt dir das was?"
„Kabbalah? Nie gehört", gab ich zu.
„Dieser Bauer behauptet, dass Bruder Lucius noch atmete, als er ihn fand."
„Wirklich?" Ich sprang auf und ging zum Tisch. „Ich dachte, er entdeckte einen Toten?"
„Seiner Ansicht nach ging es zu Ende mit ihm. Er beteuert allerdings, dass Lucius immer wieder dieses Wort flüsterte – Kabbalah."
Irgendwie brachte das fremdländisch klingende Wort eine Saite in mir zum Schwingen. Doch konnte ich mich nicht an seine Herkunft erinnern. Gregor schlug mit der Faust auf den Tisch. „Gleich zu Beginn", donnerte er, „gibt es nur Rätsel, über die wir stolpern. Kein Grund für einen Mord zu erkennen, ein Abt, der sich in Schweigen hüllt und nun auch noch dieses unerklärliche Kaballah."
Ich holte das Kleiderbündel vom Lehnstuhl und hielt es ihm hin. „Vielleicht bringen die eine Erleuchtung?"
Gregor stapelte eilig die verstreuten Dokumente auf einen niedrigen Kasten. Er nahm mir die Kleider ab und knotete das Bündel auf. Der Schmutz auf der schwarzen Kutte war inzwischen getrocknet und bröckelte in kleinen Krümeln auf den Tisch. Das weiße Leinenhemd breitete der Arzt neben der Kutte aus. Die einfachen Lederschuhe und der dünne Gürtel mussten mit einem Stuhl zufrieden sein. Schließlich schob er Lucius' Lederbeutel an die Kopfseite des Tisches.
„Wo ist sein Rosenkranz? Besaß er kein Essmesser?", fragte Gregor, während er die Kleidungsstücke gründlich untersuchte.
„Mehr bekam ich nicht, Meister."
„Kläre das sofort nach deiner Rückkehr. Vergiss es nicht, Hilarius."
Ich nickte, obschon ich nicht durchschaute, was Rosenkranz und Essmesser zur Aufhellung dieser Mordtat beisteuerten.

„Soll ich auch nach dem Silberkreuz fragen, das Lucius immer an einer langen Kette um den Hals hing? Das vermisse ich nämlich auch.“
„Auf jeden Fall. Erkundige dich so bald wie möglich.“
Gregor drehte und wendete jedes Teil mehrfach um, ohne ein Wort zu sagen. Danach rückte er die Kerze auf die Kleider und betastete die Einschnitte in der Kutte und dem Leinenhemd.
„Seltsam, die Schnitte in dem dicken Stoff sind an etlichen Stellen ausgefranst.“
„Warum ist das seltsam?“
Gregor holte aus einem Schrank einen glänzenden Dolch und aus einem Obstkorb, der einen gerundeten Tisch an der gegenüberliegenden Wand schmückte, einen dunkelroten Apfel.
„Sieh her, Hilarius.“
Er steckte den Apfel unter Lucius' Kutte und stach mit dem Dolch durch das Gewebe hindurch. Dann deutete er auf den Riss im schwarzen Stoff.
„Schau ihn dir genau an. Zieh die Kerze näher zu dir.“
Ich prüfte den Einschnitt gewissenhaft. Der Dolch hatte das Gewebe glatt durchtrennt. Die Schnittflächen konnten so aneinander geschoben werden, dass der Einstich nicht mehr zu erkennen war.
„Vergleiche nun mit dem tödlichen Hieb“, forderte mich der Arzt auf.
Wieder versuchte ich, die Schnittflächen zusammenzubringen, doch die ausgefransten Ränder ließen eine Lücke im Stoff. Ich konnte mir nicht erklären, warum dies so war. Gregor fuhr mit einem Daumen an der Schneide seines Dolches entlang.
„Scharf und makellos“, sagte er. „Die Waffe des Mörders dagegen muss beschädigt sein.“
Das leuchtete mir ein. „Demnach suchen wir einen Mörder mit einem schartigen Dolch, Meister?“
„Scheint so. Und das sollte nicht der einzige Schaden an dieser Waffe sein.“
Ich schaute ihn fragend an, denn dieser Behauptung konnte ich nicht folgen. Gregor fingerte aus seinem Beutel einen Gegenstand hervor und gab ihn mir. Sofort erinnerte ich mich.

„Ach, der Edelstein, den ihr Lucius aus der Hand nahmt." Deutlich bemerkte ich die Bruchstellen an dem roten Stein.
„Würde mich nicht wundern, wenn damit die Mordwaffe verziert war", erklärte der Arzt. Er steckte den Rubin zurück in seinen Beutel. Da die restlichen Kleidungsstücke keine Anhaltspunkte erbrachten, warf er sie zusammen auf einen Lehnstuhl. Doch war es mir, als entgehe ihm ein gewichtiger Punkt.
„Meister, interessiert Euch der Blutfleck auf der Kutte überhaupt nicht?"
„Das Blut ist längst getrocknet", gab er zur Antwort. „Übrigens: Das war es schon, als ich ihn im Wald untersuchte."
„Dann lag Lucius längere Zeit dort", versuchte ich zu erklären.
„Hilarius, erinnere dich! Erst als wir eintrafen, hörte es auf, zu regnen. Kein gutes Wetter für trocknendes Blut. Überdies müsste auch der Waldboden Blutspuren aufweisen, doch ich fand nichts dergleichen."
„Dann wurde die schändliche Tat an einem anderen Platz begangen und Bruder Lucius erst nachher in den Wald geschafft."
Gregors Augenbrauen hoben sich.
„Ich täuschte mich nicht in dir", sagte er schmunzelnd. „Du hast ein feines Gespür für die Zusammenhänge."
Ich fühlte, wie mir das Blut ins Gesicht schoss.
„Ich denke auch", fuhr Gregor fort, „dass Bruder Lucius nicht dort im Wald ermordet wurde."
„Aber wo ist es dann passiert? In Lindenberg?"
Plötzlich war mir eingefallen, was Bruder Emil über Lucius' Reisen berichtete.
„Wie um alles in der Welt kommst du auf Lindenberg?" Als ich es erzählte, hellte sich sein Gesicht auf und er schlug sich mit der Faust in die Handfläche.
„Damit können wir jedenfalls etwas anfangen." Er schaute die Kerze an und sagte:
„Es ist spät. Wenn du von der Abendmahlzeit etwas abbekommen willst, musst du dich sputen."
Üblicherweise knurrte um diese Zeit bereits mein Bauch. Während der Fastenzeit freute ich mich immer besonders auf

das Abendmahl. Doch merkwürdig, heute war mein Magenknurren verschwunden. Dennoch, Gregor hatte Recht, es war Zeit, heimzukehren.
„Komm morgen so früh du kannst. Wir reiten noch einmal in den Wald und dann nach Lindenberg. Vielleicht treiben wir diese Herberge auf, in der Bruder Lucius einkehrte."

23. des mertzo, a.D. 1225, Sonntag

Wir waren froh, die schützenden Bäume zu erreichen, denn der kalte Wind blies uns immerfort ins Gesicht.
Sofort nach dem Morgenlobgottesdienst verließ ich die Abtei und machte mich in die Stadt auf. Als rechnete er zu dieser zeitigen Stunde mit mir, traf ich Gregor vom Stein vorbereitet in seinem Arbeitsraum. Ohne uns aufzuhalten, galoppierten wir in den jungen Tag hinein, der uns wiederum gewaltige dunkle Wolkenberge und darüber hinaus einen lästigen kalten Wind bescherte. Es sah nach Regen aus.
Binnen kurzem trabten unsere Pferde zu der Stelle, an der tags zuvor noch Bruder Lucius lag. Wir banden die Zügel an einen armstarken Ast. Gründlich suchten wir den Erdboden nach irgendwelchen Spuren ab, die uns einen Hinweis geben konnten. Die Erde war aufgeweicht und schlammig, dennoch entdeckten wir nichts, das uns weiterhalf. Gregor nahm das Seil und winkte mir, ihm zu folgen. Abseits des Fundortes, nahe dem Fahrweg, der zurück in die Stadt führte und in der anderen Richtung nach Lindenberg, zeigte er auf die schwach erkennbaren Abdrücke, die ein Wagen oder Fuhrwerk hinterlassen hatte.
„Könnte vom Täter stammen", sagte er, ein Stück des Seiles ausrollend.
„Sieht aber nicht wie Fußabdrücke aus." Gregor schenkte mir nur ein Kopfschütteln.
„Vielleicht von dem Bauern, der ihn fand", sagte ich schnell.

„Nein, Tasso war zu Fuß. Sein Wagen muss kaputt sein, sagte er mir. Radbruch oder so was. Wohl vorgestern auf dem Weg zum Markt passiert."
Um meinem nächsten Geistesblitz vorzubeugen, fügte er hinzu: „Auch nach uns war kein Fuhrwerk hier, denn ich sah diese Spuren schon, nachdem ich Lucius untersuchte." Dagegen ließ sich nichts mehr einwenden.
Er legte ein Seilende genau auf den linken Radabdruck, wickelte den Strick bis zum rechten ab und zerschnitt es an dieser Stelle.
„Was tut Ihr da?", fragte ich neugierig.
„Der Abstand zwischen den beiden Rädern", sagte er und legte das abgeschnittene Seilstück in seinen Beutel. „Nur ein zweifelhafter Anhaltspunkt, aber immerhin. Wir können nicht allzu wählerisch sein."
Ich staunte. Welch eine Idee, die Spanne zwischen den parallel laufenden Spuren festzuhalten. Ich wusste, dass ich noch viel von ihm lernen würde.
Am späten Vormittag tauchten vor uns die Häuser von Lindenberg aus den Hügeln, die sie umgaben, auf. Der Wind flaute ab, dafür setzte der feine Sprühregen wieder ein, den wir schon am vergangenen Tag erdulden mussten. Wir ritten an einem brachliegenden Acker vorbei, überquerten auf einer Holzbrücke einen Bachlauf und näherten uns den ersten Hofstätten. Von einem grauhaarigen Alten erfuhren wir, dass es jenseits des Dorfplatzes eine Schänke gab. Vereinzelt beobachteten wir Männer in den Gärten, ansonsten wirkte der Ort menschenleer.
Nachdem wir um die niedrige Kirche und den Friedhof, die den Dorfplatz schmückten, geritten waren, stießen wir auf ein Fachwerkhaus. Neben der Eingangstür prangte ein Schild an der Wand. Darauf war ein schäumender Bierkrug abgebildet.
„Das muss es sein", sagte Gregor und stieg ab.
Die Gaststube lag in einem dämmrigen Licht, denn aufgrund der nasskalten Witterung war das einzige Fenster mit einem Leinwand bespannten Holzgitter verschlossen. An einer Seitenwand streute eine flackernde Fackel ihr diffuses Licht in

den Raum. Mehrere ungehobelte Tische und Bänke verteilten sich auf dem fleckigen Fußboden. An einem Tisch hockte ein Mann vor einem Tonkrug und starrte zu uns herüber. Wir setzten uns in seine Nähe an einen freien Tisch. Aus einem Nebenzimmer schlurfte ein dickbäuchiger Mann heran, der sich vor uns aufbaute. Seine stechenden Augen musterten uns aus einem aufgedunsenen, rötlich gefärbten Gesicht.
„Was wollt ihr?“, fragte er.
„Eine seltsame Art, Gäste zu begrüßen“, erwiderte Gregor.
„In diesen Zeiten ist es schwer, sich zwischen Gästen und Räubern zurechtzufinden.“
„Oho, sehen wir wie Räuber aus?“
„Gesindel treibt sich überall herum.“
„Was soll das heißen?“
„Dass ich wachsam bin, das soll es heißen. Also, was wollt ihr?“
Gregor guckte mich einen Moment an, dann sagte er: „Bringt uns erst einmal zwei Becher Wein.“
Obwohl es an der Zeit war, zu Mittag zu essen, ahnte ich, dass Gregor die Fastenzeit, die mich zur Enthaltsamkeit verpflichtete, respektierte. Kurz darauf stellte der Wirt zwei Lederbecher vor uns auf den Tisch.
„Vier Silberpfennige“, sagte er und hielt eine Hand auf.
„Ihr seid äußerst misstrauisch“, bemerkte Gregor, während er die Münzen aus seinem Beutel nahm und sie dem Wirt in die Hand zählte.
„Nur bei Leuten, die ich nicht kenne und Euch habe ich bei mir noch nie zuvor gesehen.“
„Das ist schnell erklärt. Wir kommen aus der Abtei Rothenfels und forschen nach einem Mitbruder, der uns verloren ging.“
„Verlorene Brüder mag ich erst recht nicht.“
Der Wirt blickte abwechselnd auf mich, dann wieder zu Gregor.
„Ihr schaut nicht aus wie ein Priester“, stellte er zu dem Arzt gewandt fest.
Gregor strich sich mit einer Hand über seinen Schopf, wo noch vor Jahren eine Tonsur seine Herkunft erklärt hätte.
„Der verschollene Bruder steht mir sehr nah“, sagte er.
„Euer Problem“, brummte der Wirt.

Gregor zeigte auf mich. „Das ist Bruder Hilarius. Er gehorcht den Anweisungen seines Abtes, nach dem verlorenen Sohn zu forschen. Ist vielleicht in letzter Zeit ein Ordensmann bei Euch eingekehrt?"
Die Augen des Wirtes verengten sich und er stützte sich mit beiden Händen auf die Tischplatte.
„Mein Haus wird von vielem Volk besucht. Kuttenträger sind manchmal auch dabei. Leider."
„Ihr seid nicht gerade hilfsbereit."
„Ich bin Schankwirt und kein Prediger."
„Nun, dann sind wir wohl gezwungen, mit den Mannen des Burggrafen wiederzukommen. Möglich, dass Euch der Richter den Mund öffnet."
Der Wirt riss die Augen weit auf und stierte Gregor an. Mit seinem Handrücken wischte er flüchtig über seine wulstigen Lippen.
„Wie heißt der, den ihr sucht?"
„Lucius, ein Benediktinermönch aus der Abtei Rothenfels."
„Ah, Lucius, dachte ich mir."
„Prophet seid Ihr auch?"
Der Wirt kratzte sich hinter einem Ohr, als erwäge er, ob er uns Fremden sein Wissen anvertrauen dürfe.
„Potztausend", donnerte er plötzlich. „Der Pfaffe ist abgehauen, ohne zu bezahlen."
„Vermutlich ward Ihr ihm zu misstrauisch?", sagte Gregor.
„Er war schon ein paar Mal bei mir."
„Es gibt auch unbelehrbare Mönche."
Der Wirt holte tief Luft und beherrschte mühsam den aufsteigenden Zorn, der aus seinen stechenden Augen blitzte.
„Was ist passiert?", fragte Gregor unbeeindruckt.
„Meist wohnte der Pfaffe einige Tage in der kleinen Kammer oben. Jeden Tag ritt er fort, wohin auch immer, es interessiert mich nicht." Seine Stimme war inzwischen wie das unheilkündende Grollen des Donners vor dem Unwetter.
„Letzten Freitag hetzte er des Mittags auf und davon. Dabei war er gerade erst zurückgekehrt. Danach ließ er sich nicht mehr blicken, Euer feiner Klosterbruder. Und das geht mich wohl

was an. Bis heute warte ich auf die klingenden Münzen, die er mir schuldet."
Seine Augen gierten nach Gregors Geldbeutel, der noch neben dem Weinbecher lag.
Gregor musste den Mann durchschaut haben, denn er sagte in einem verschwörerischen Ton: „Lasst uns die Kammer ansehen."
„Die geht Euch nichts an."
„Möglicherweise finden wir Hinweise auf seinen Verbleib."
„Der ist längst über alle Berge", wetterte der Wirt.
„Bevor wir gehen, begleichen wir dafür die ausstehende Zeche."
„Oben, die erste Tür neben der Treppe", sagte der Wirt, plötzlich sehr bereitwillig. „Jammerschade, seinen Geldbeutel vergaß er nicht." Er wies uns zu einer schmalen Stiege, die in den oberen Teil des Hauses führte.
Natürlich, dachte ich, er hat die Kammer durchsucht. Das war vermutlich sein gutes Recht. Gregor stand auf und wir stiegen hinauf. Die Kammer war äußerst winzig und hatte kein Fenster. In der Mitte stand ein wackeliger Tisch, auf dem Gregor eine Kerze fand. Ich entzündete sie im Gastraum an der Fackel und trug sie behutsam hinauf. In einer Ecke des Raumes lag eine Strohmatte auf dem Fußboden, offensichtlich der Schlafplatz von Bruder Lucius. Daneben lehnte ein Lederbeutel an der rissigen Wand, wie ihn Reisende für ihre Habseligkeiten gebrauchten. Bis auf einen ordentlich gefalteten schwarzen Umhang war er leer.
Auf dem Tisch fanden wir einige unbeschriebene Papierblätter, eine angespitzte Gänsefeder und daneben ein eirundes Tintenfass. Gregor trommelte mit den Fingern auf den Tisch.
„Was schrieb er hier zuletzt?"
„Und an wen, Meister?"
Gregor lehnte sich an den Tisch und sah mich an.
„Jedenfalls muss er das Schriftstück bei sich geführt haben, als er aufbrach", folgerte ich. Gregor nickte und sah sich noch einmal in der Kammer um.
„Pack alles in den Beutel, Hilarius."

Ich schob die Blätter zusammen und stopfte sie mit der Feder und dem Tintenfass in den Lederbeutel. Als ich ihn aufhob, stieß ich an die Strohmatte, so dass sie beiseite rutschte. Ein Papierfetzen lugte darunter hervor. Ich bückte mich und hob ihn auf.
„Wer ist Nachmanides?“, fragte ich Gregor, denn dieses eine Wort las ich auf dem abgerissenen Papier.
Gregor, der bereits auf der Schwelle stand, fuhr herum.
„Wie kommst du... Was hast du da?“
Ich gab ihm den Papierfetzen und er hielt ihn dicht vor die Kerze.
„Lag unter der Matte“, sagte ich.
„Bei allen Heiligen, was hat Bruder Lucius mit Nachmanides zu tun?“ Er schüttelte stirnrunzelnd den Kopf.
„Wer ist Nachmanides, Meister?“, wollte ich wissen, denn dieser Name war mir noch nie begegnet.
„Nachmanides? – Ich weiß wenig über ihn. Ein jüdischer Gelehrter. Ein Arzt, wie ich. Eine mythisch angehauchte Figur, die in Kirchenkreisen wegen seiner Bibelauslegungen verrufen ist. Das ist alles.“
„Das genügt mir schon. Und mit dem hatte Bruder Lucius zu tun, meint Ihr?“
„Wohl kaum, Hilarius. So weit ich weiß, lebt Nachmanides in Iberien.“
„Aber dann begreife ich nicht...“
„Die Schriften, mein Sohn, die Schriften sind es, um die es geht.“
Ich wurde nicht klug aus meinem Gefährten. Gregors Oberlippe schob sich hervor und er starrte unverwandt auf das Papier. Nachdenklich pustete er die Kerze aus und sagte: „Abt Konstantin wird uns mancherlei erklären müssen.“
Wir setzten uns wieder an den Tisch und tranken unseren Wein. Der Mann am Nachbartisch beobachtete uns eine Zeit lang unverhohlen. Schließlich stand er auf und kam zögernd an unseren Tisch. Er war groß wie ein Hüne, mit breiten Schultern. Aus den Ärmeln seines Leinenhemdes ragten muskulöse Unterarme mit kräftigen Händen hervor.
„Was möchte der Schmied der Gemeinde Lindenberg von

uns?", fragte Gregor zu meiner Verblüffung. Auch der Hüne war sichtlich verdutzt.
„Schaut nicht so entsetzt, ich bin kein Hexenmeister. Eure schwieligen Hände, die angesengten Augenbrauen und die Kraft, die Ihr verkörpert, sprechen eine deutliche Sprache. Holt Euren Krug und setzt Euch zu uns, wenn es Euch beliebt."
Schweigend holte der Schmied sein Bier und rutschte neben mir auf die Holzbank.
„Ich bin Sebald, der Schmied", sagte er endlich. „Euer Schabernack mit Rufus war nicht zu überhören."
„Verdient er nicht anders", sagte Gregor.
„Rufus ist kein schlechter Kerl, meine Herren. Er hat so seine Erfahrungen." Er hielt inne und schob seinen Krug auf dem Tisch hin und her. „Ihr sucht einen Mönch, stimmt's?"
„Was wisst Ihr darüber?"
„Wenn es der Gesuchte ist, vielleicht eine Kleinigkeit."
„Nur heraus damit. Wir danken für jeden Wink. Wirt ...", rief er dröhnend. Gregor bestellte für unseren Gast ein frisches Bier, das der Schmied mit einem Kopfnicken annahm. Er genehmigte sich einen großen Schluck und wischte mit dem Handrücken den Schaum aus seinem Schnurrbart.
„Nun?", forderte ihn Gregor auf, zu sprechen.
„Hin und wieder hocke ich hier in der Schänke, wenn ich Zerstreuung brauche."
Warum auch sonst, dachte ich.
„Ich lebe abgeschieden in meiner Schmiede am Rand des Dorfes. Vor ein paar Tagen, ich glaube es war in der Mitte der Woche, saß im hintersten Winkel ein Ordensbruder mit einer schwarzen Kutte."
„Wie sah er aus?", wollte Gregor wissen.
„Also, ja... schwarze Kutte... geschorener Schädel... eben ein Mönch. Ach ja, ein Kreuz hing an einer Kette um seinen Hals."
Gregor sah mich an und verzog den Mund zu einem schiefen Grinsen. Die Beschreibung passte nahezu auf jeden Mönch.
„Ist Euch sonst noch etwas aufgefallen?", fragte Gregor.
„Der Mönch hatte Schreibblätter vor sich liegen, in denen er unentwegt las."

„Er wird das Wort Gottes studiert haben“, sagte ich.
Doch Sebald schüttelte energisch den Kopf.
„Glaub' ich nicht. Denn dann kam ein Mann in die Schänke, der sofort an seinen Tisch ging. Ich sah, wie die beiden miteinander tuschelten, aber ich verstand sie nicht. Schließlich gab der Mönch dem Mann ein gefaltetes Papier und eine Münze, das hab ich ganz deutlich gesehen. Der Mann nickte ein paar Mal und ging weg.“
„Aber Ihr wisst nicht, wer der Mann war?“, fragte ich den Schmied neugierig.
Sebald nahm noch einen tiefen Zug aus seinem Krug und lächelte uns an.
„Möglich, dass es mir wieder einfällt.“ Dabei wanderte sein Blick zwischen uns hin und her. Gregor öffnete seinen Beutel und ließ eine glänzende Münze über den Tisch rollen.
„Möglich, dass ich Eurem Gedächtnis auf die Beine helfen kann.“
Der Schmied fing die Münze geschickt auf, ließ sie in seinem Wams verschwinden und nickte.
„Der Mann war Theobald, der Häusler. Er hat kein Land zu beackern und auch kein Handwerk gelernt. Daher muss er sich sein Brot im Taglohn verdienen. Ab und zu macht er eben auch Botengänge, wie in diesem Fall.“
„Ihr seid völlig sicher, was den Mann anbelangt?“, fragte ich. Mir wollte nicht in den Kopf, was Bruder Lucius mit einem Taglöhner zu tun hatte.
Der Schmied lachte aus tiefer Kehle.
„Ich kenne Theobald mein halbes Leben.“
„Wo finden wir ihn?“, fragte Gregor.
„Das ist leicht. Am Dorfende, bei der Straße nach Lindau, das letzte Haus. Na ja, es ist eher eine Hütte. Nicht zu verfehlen.“
Wir dankten dem Schmied, leerten unsere Becher und bezahlten dem Wirt den Wein und – wie versprochen – die offene Zeche von Bruder Lucius. Im stärker werdenden Regen machten wir uns auf, einer ersten aussichtsreichen Spur zu folgen.
Der Himmel blieb trüb und wolkenverhangen. Ein ungemütlicher Tag. Ich wollte froh sein, wenn ich erst wieder im Schutz

der Abtei weilte. Aber Gregor schaute unverwandt voraus und dachte bestimmt nicht an sein Heim. Ich bewunderte, wie zielstrebig er loszog, obwohl er als vermögender Arzt ein geruhsames Leben führen könnte. Was wurde nur unterdessen aus seinen Kranken? Bei nächster Gelegenheit wollte ich ihn danach fragen. Jetzt war allerdings nicht die Zeit dafür, denn wir trabten dem Dorfausgang zu und fanden zwischen ein paar Kiefern leicht die verwahrloste Kate. Das musste die Hütte des Mannes sein, die uns der Schmied schilderte. Die Wände bestanden aus geflochtenen Weidenzweigen und Haselruten und waren mit Lehm, Stroh und Mist notdürftig abgedichtet.

Wir banden die Zügel an einen windschiefen Holzzaun. Als wir in die muffige Hütte traten, räkelte sich auf einem Strohsack ein Mann in zerschlissenen Kleidern und glotzte uns gähnend an. Neben ihm stand ein Tisch mit einer kurzen Bank. Gegenüber befand sich neben einer einfachen Holztruhe ein steinerner Herd, in dem allerdings kein Feuer brannte. Gregor rümpfte die Nase und ließ die Tür offen stehen.

„Du bist Theobald?", fragte er übergangslos.

„Ja, Herr", antwortete der Mann und kratzte sich in seinen struppigen braunen Haaren. „Was wollt Ihr von mir?"

Er erhob sich schwerfällig von seinem Lager. Aus seinem fleckigen Gesicht blickten uns misstrauische Augen an.

„Du kennst Lucius, den Mönch?"

Theobalds Augen flackerten einen Moment unruhig.

„Wer will das wissen?"

„Ich, wer sonst?" Gregor ging einen Schritt auf den Mann zu, der mit eingezogenen Schultern zurückwich.

„Euern Mönch hab ich nicht gesehen", winselte er. Dabei schwankte er von einem Fuß auf den anderen und seine Augen verengten sich zu schmalen Schlitzen. Der Mann log. Was nun?

„Lügen finden keine Gnade vor dem Angesicht des Herrn, das weißt du doch, oder?"

„Ich lüge nicht."

Gregor aber wusste, wie er dem dickköpfigen Häusler beikam. Er nestelte an seinem Geldbeutel und klimperte mit den Münzen.

„Es kann nur zu deinem Vorteil sein“, sagte er und fischte eine Silbermünze heraus, die er mit zwei Fingern spielerisch hoch schnippte und wieder einfing. Theobalds Augäpfel hingen an der Münze und seine Zunge leckte über die Lippen, doch er schwieg.

„Mann, macht doch das Maul auf“, fuhr ihn Gregor an und rüttelte den Häusler mit beiden Händen, „wenn du dem Henkersknecht entkommen willst.“

Theobald wich weiter bis zur Wand zurück. Ich packte Gregor an der Schulter und sah ihn beschwichtigend an. Dann wandte ich mich an den eingeschüchterten Häusler.

„Wir wollen nur wissen, welchen Botengang Ihr vor ein paar Tagen für den Mönch übernommen habt.“

Theobald schielte auf die Münzen, die er in Gregors Hand klimpern hörte. Mit einer ungestümen Handbewegung knallte der Arzt das Geld auf den Tisch und rief: „Also?“

Geduckt schlurfte Theobald zum Tisch und leckte erneut über seine Lippen. Als er seine Hand ausstreckte, um die Münzen einzustecken, hielt Gregor seinen Arm fest.

„Ich habe gesagt, dass ich schweige“, verkündete Theobald endlich.

„Dein Wort bindet dich nicht mehr. Der Mönch ist tot“, herrschte ihn Gregor an.

Als hätte sie eine Schlange berührt, zuckte die ausgestreckte Hand zurück. Theobald sackte auf die Bank, beäugte das Geld und seufzte.

„Ein Schreiben sollt’ ich hinbringen.“

„Wohin?“

Der Häusler fuhr mit den Fingerspitzen über die Tischkante, bevor er antwortete.

„Nach Missen, zu einem Weib.“

„Mann, bist du toll?“, platzte ich heraus. „Willst du behaupten, dass der Mönch einen vertraulichen Schriftwechsel mit einer Dame pflegte?“

Das Geständnis mutete schier unglaublich an. Bruder Lucius und eine Frau? Undenkbar.

„Eh... Schrift... wechsel? Nein! Nur Briefe.“

„Das kann doch nicht wahr sein", sagte ich trotzig.
„Doch! Doch! Doch!", regte sich der Häusler auf. „Schon zweimal. Vor Wochen schon mal, auch nach Missen."
„Hat das Weib auch einen Namen, Kerl?", wollte Gregor wissen.
„Klar, kann sie doch sonst nicht finden."
„Lass dir nicht jedes Wort vom Mund abkaufen. Ihr Name?" Gregor verlor allmählich die Geduld mit dem Mann. Sein wohlgenährter Leib bedrängte den Taglöhner wie ein Bär den Hasen.
„Fiona."
„Fiona? Wer ist Fiona?"
„Tochter des Buchmachers."
„Buchmacher? Wer ist denn das?", fragte ich.
„Weiß ich nicht", gab der Häusler kleinlaut zu.
„Egal", sagte Gregor, klopfte Theobald auf die Schulter und schob ihm die Münzen über den Tisch. „Hauptsache wir haben den Namen. Sag mal, Theobald, weißt du, rein zufällig natürlich, was in den Briefen aufgeschrieben stand?"
Der Häusler hob abwehrend die Hände. „Nein, nein, Herr, die Papiere waren immer abgesperrt", sprudelte es aus ihm hervor, so dass ich geneigt war, ihm zu glauben.
„Abgesperrt? Du meinst, sie waren versiegelt?"
„Weiß nicht. Da war so'n roter Klecks auf dem Papier. Ich hab nichts gesehen, bestimmt."
„Ja, schon gut", sagte Gregor, jetzt viel freundlicher. Anscheinend glaubte auch er nicht daran, dass dieser Häusler überhaupt lesen konnte.
Wir kehrten zurück zu den Pferden, denn hier hatten wir genug gehört. Wenn ich meinte, dass wir nun geradewegs nach Missen reiten würden, sah ich mich getäuscht. Gregor strebte zurück nach Rothenfels. Notgedrungen musste ich mich seiner Ansicht, der Tag sei bereits zu weit vorangeschritten, anschließen.

So saßen wir spätnachmittags, etwa eine Stunde nachdem meine Brüder die Non beteten, in Gregors Haus in der Marktgasse.

Klara brachte uns Wein und ich nippte eben an meinem Becher, als der Arzt die Stille unterbrach.
„Lindenberg bringt uns ein Stück voran." Er nickte mir zu.
„Wirklich?", fragte ich. Jedenfalls hatte ich noch mehr offene Fragen als vor unserem Besuch in dem malerischen Dorf.
„Jeder Hinweis zählt, Hilarius. Gewiss, du fragst dich, was Lucius dort trieb, stimmt's?"
„Wie es scheint ist Bruder Lucius schon öfters in der Schänke abgestiegen."
„Bei Gott, ziemlich auffällig. Und die zurückgelassene Habe und die unbezahlte Zeche deuten darauf hin, dass er..."
„– dass er ins Gasthaus zurückkehren wollte", vollendete ich seinen Satz. Gregor nickte.
„Geld fanden wir in seiner Kammer nicht. Natürlich nahm er seinen Beutel mit. Es wäre wichtig zu erfahren, welche Summe er aus dem Kloster mitgenommen hat."
„Ich erkundige mich bei Bruder Magnus danach", schlug ich vor.
„Tu das, Hilarius, tu das."
Gregor versank in seinen Gedanken. Gelegentlich schob sich seine Oberlippe vor, wie es oft der Fall war, wenn er angestrengt nachdachte.
„Worüber grübelt Ihr nach, Meister?"
Gregor schaute auf.
„Wie urteilst du über den Brief und die Dame, Hilarius?"
Offen gestanden zerbrach ich mir darüber auch schon den Kopf. Aber ich kannte Lucius sehr gut. Er war ein rechtschaffener Gottesmann und wenn er eine Schwäche besaß, dann betraf sie altertümliche Dokumente und geheimnisvolle Handschriften, denen er fast besessen nachspürte. Aber sein Keuschheitsgelübde würde er niemals brechen.
„Es steht für mich außer Zweifel", entgegnete ich daher, „dass die Beziehung zu dieser Frau mit seiner Weisung zu tun hatte. Zu denken, er sei blitzartig von der Minne erblindet, wäre abscheulich."
Gregor sah mich lange an und meinte: „Soll schon vorgekommen sein."

„Verirrte Schafe laufen allerorts herum, aber nicht bei uns in Rothenfels."
„Warum nicht hier? Leben in Rothenfels nur Heilige?"
Erstaunt schaute ich Gregor an. Mir leuchtete nicht ein, warum er daran festhielt, dass die Sünde auch in unsere Heimat eingezogen war. Was wollte er mir sagen?
„Heilige nicht gerade, Meister. Aber sagt selbst, traut Ihr Bruder Lucius das zu? Ihr kennt ihn noch besser als ich."
„Nein, sicher nicht", antwortete Gregor sofort. „Aber ein solcher Verdacht wird schnell geäußert. Ich weiß, wovon ich rede."
Offenbar tauchte er für Momente in seine verdrängte Vergangenheit ein und ich mochte ihn in dieser Situation nicht aushorchen, obschon ich eine gewisse Neugier in mir spürte.
„Welchen Anlass gab es dann für seine heimlichen Botschaften?", nahm Gregor den Faden wieder auf.
„Wir fragen die Dame selbst, um das herauszubekommen. Gleich morgen."
„Das machen wir, verlass dich darauf. Sie wird uns einige Fragen beantworten müssen."
Er hielt inne und trank aus seinem Becher. „Übrigens, morgen kommst du erst am Mittag her."
„Ich denke, sieben Stunden Schlaf genügen für einen Jungen wie für einen Alten?"
„Deinem Mundwerk könnte ein ausgiebiger Schlummer gewiss nicht schaden."
„Oho, Ihr wisst doch: Der Mund spricht aus der Fülle des Herzens."
„Ja, ja, und dein Herz, das läuft über."
Er lachte mich an. Nicht ohne Hintergedanken ließ ich mich mit Gregor auf diese Wortspielereien ein. Je mehr er nämlich in seinen alten Gedanken versank, umso mehr lähmten sie ihn. Außerdem fingen mir diese auflockernden Scherze an, Spaß zu machen.
„Mein Herz gehört dem Herrn", sagte ich.
„Nun, dann bete morgen die Sext und mache dich danach auf den Weg. Ich habe Besorgungen, die ich nicht aufschieben kann."

„Sagtet Ihr nicht zum Abt, Ihr seid arbeitsscheu?"
„Wer spricht von Arbeit?
„Das lob ich mir. Eine amüsante Unternehmung also?"
Er zog ein übertrieben strenges Gesicht und funkelte mich an.
„Wenn du mich noch länger voll schwatzt, kannst du morgen dafür beten, dass ich dich nicht im nächsten Weinfass ertränke."
„Oh – welch ein geschmackvoller Tod", platzte ich heraus.
Gregors Augen strahlten mich an. Ich sah, dass es ihm gut tat, anregende Kurzweil in sein trostloses Leben zu bringen. Ein Mann wie er, stark wie ein Baum. Was mochte diese Eiche gefällt haben? Oder sollte ich fragen, wer?
„Ora et labora", zitierte ich aus unserer Klosterregel, „also beginne ich den morgigen Tag mit Gebeten. Zur Arbeit kehre ich am Mittag zurück."

24. des mertzo, a.D. 1225, Montag

Um die Mittagsstunde fand ich mich wie vereinbart im Haus des Arztes ein. Doch Gregor war von seinen Besorgungen noch nicht zurück. Klara meinte, er sei bei Tagesanbruch zu einem Kranken gerufen worden. Während ich in einem der Lehnsessel wartete, brachte sie mir einen frisch gebackenen, duftenden Kuchen. Sie meinte es gut mit mir und ich brachte es nicht übers Herz ihr zu sagen, dass ich in der Fastenzeit erst nach dem Vespergottesdienst wieder etwas essen durfte. Ich nickte ihr dankbar zu und sie ließ mich allein.
Ich saß wie auf glühenden Kohlen. Welchen Spuren würden wir heute nachjagen? Eins war immerhin sicher: Sobald als möglich mussten wir diese merkwürdige Dame aufsuchen, derentwegen Bruder Lucius ins Zwielicht geriet. Was mochte er mit ihr zu schaffen haben? Ob Geld dabei eine Rolle spielte? Bruder Lucius hatte immerhin dreihundert Goldstücke im Gepäck, als er aus dem Kloster fortritt. Obgleich ich mich nun

fragte, was mit den Münzen passierte. Als wir Lucius fanden, hatte er nicht einen Silberdenar bei sich.

Nach der Andacht zur dritten Stunde war ich, wie Gregor mir auftrug, der Frage nachgegangen, wie viel Münzgeld unser Bruder bei sich führte. Bruder Magnus, der über alle finanziellen Angelegenheiten des Klosters Auskunft geben konnte, sah mich mit großen Augen an.

„Du denkst, er ist beraubt worden?"

„Wenn es sich lohnte?"

„Wer würde es wagen, einen Diener Gottes um eines vollen Beutels Willen zu töten?"

„Ein Hinterhalt, ein finsterer Wald, was ist da schon gewagt?"

Seine Augen verengten sich und unter den grauen Schläfen schwollen Zornesadern an.

„Frevler und Banditen", polterte er. „Heutzutage ist anscheinend nichts mehr heilig."

„Lucius jedenfalls half es nicht, ein Mönch zu sein."

„Mag sein. Aber Bruder Lucius war umsichtig genug, seine Münzen nicht allesamt im Beutel zu tragen."

„Wie viele hatte er bei sich?", wiederholte ich meine anfangs gestellte Frage.

„Dreihundert Goldstücke."

„Dreihundert Goldstücke?", wiederholte ich ungläubig. Für mich war das eine unbeschreibliche Summe. Bruder Magnus dagegen schien meine Entrüstung anders auszulegen.

„Allerdings", er massierte mit den Fingerspitzen seine geröteten Wangen, „wäre es ihm möglich, sich mit einer Ermächtigung des Abtes jedweden Betrag, den er benötigte, bei Vorlage aushändigen zu lassen."

„Aushändigen? Von wem?"

„Und zwar von einem jüdischen banchieri in Lindau."

„Wie kommst du jetzt auf Lindau, Bruder Magnus?"

Es war bekannt, dass er gern über geldliche Dinge plauderte, zumal wenn sein Gegenüber, wie ich, keine Ahnung von den Zusammenhängen hatte. Seine Augen leuchteten und gleich einem Lehrmeister streckte er einen knochigen Finger hoch.

„Es existieren zahlreiche Handelsbündnisse mit südlichen Ländern, die es erfordern, dass ungeheuerlichere Münzsummen umgetauscht werden."
„Wozu denn das?"
„Viele Länder, viele Münzen", lachte er. „Die Geldwechsler und banchieri tauschen die ortsfremden Münzen in solche um, die in unserer Region benutzt werden."
„Verstehe. Und? – Bekam Bruder Lucius diese Ermächtigung?", fragte ich wissbegierig.
„Nein, diesmal nicht."
„Demnach war er nur mit den dreihundert Goldstücken unterwegs. Danke, Bruder Magnus", sagte ich.
Obwohl es unwahrscheinlich war, dass uns unsere Nachforschungen bis an den fernen Bodensee bringen würden, erkundigte ich mich nach dem Namen des Geldwechslers.
„Zacharias vom See", teilte mir Magnus bereitwillig mit.
„Zacharias vom See, muss ich mir merken."
„Solltest du tatsächlich nach Lindau aufbrechen wollen, um der Sache auf den Grund zu gehen", er sah mich aus verkniffenen Augen an, als traute er mir diese Verrücktheit durchaus zu, „vergiss nicht, eine Beglaubigung des Abtes einzustecken. Ansonsten wird es bei einem Versuch bleiben."

Gregor öffnete die Tür, als ich eben ein paar Dokumente bestaunte, deren fremdartige aber eigentümlich kunstvolle Schrift mich faszinierte, obwohl ich keinen einzigen Buchstaben davon entziffern konnte.
„Arabisch", erklärte Gregor, nachdem er mir über die Schulter schaute. „Habe ich vom Kreuzzug aufbewahrt."
„Wer kann denn solche Schnörkel lesen?", fragte ich.
„Viel mehr Menschen als du ahnst, Hilarius." Er setzte sich schwer atmend an den Tisch. „Ich zum Beispiel."
Ich lachte laut. „Meister, Ihr denkt offenbar, ich sei so dumm wie ein Bund Stroh."
Schweigend stand Gregor vom Tisch auf, griff sich das Pergament aus dem Regal und las: „Al-amlikî, das heißt *Das königliche Buch*, von Al-Abbâs. Zufrieden?"

Er schob das Dokument zurück und setzte sich wieder. Erneut bewies mir Gregor, dass mehr in ihm schlummerte, als die meisten, die vorgaben ihn zu kennen, ahnten.
Um den mir peinlichen Gesprächsstoff zu wechseln, berichtete ich davon, was mir Bruder Magnus anvertraute. Gregor sprang von seinem Stuhl auf, so schnell es seine Körperfülle erlaubte und ging im Zimmer auf und ab. Dabei strich er fortwährend mit einem Daumen unter seinem Kinn entlang, während seine Stirn einem gepflügten Acker glich.
„Wann brechen wir nach Missen auf?“, wollte ich wissen, denn meine Neugier drängte mich, mehr über die Frau zu hören, der Bruder Lucius einen Boten schickte.
Gregor blieb abrupt stehen und sah mich lange an.
„Gar nicht. Ich war schon dort“, erklärte er beiläufig, als hätte ich wissen müssen, wo er die Morgenstunden zubrachte.
„Das war also Eure Unternehmung. Schade...“ Ein bisschen war ich schon enttäuscht.
„Du bekommst noch reichlich Gelegenheit, deinen Verstand einzubringen.“
„Also doch nur Laufbursche“, sagte ich niedergeschlagen.
Gregor seufzte geräuschvoll.
„Nun hör mir mal zu, Hilarius. Ich habe mich nicht nach dieser Sache gedrängt. Konstantin hat mich ganz einfach überrumpelt.“
„Und Ihr mich.“
Er kam um den Schreibtisch herum und wie ein gütiger Vater schwang er einen Arm um mich.
„Ich bin viel zu alt und zu grantig, um auf dich verzichten zu können. Doch gibt es Fragen, deren Antworten keinen Aufschub vertragen.“
„In aller Frühe wäre ich hergekommen...“
„Daran zweifle ich keinen Augenblick, mein Sohn. Aber du musst wenigstens ab und zu deinen Klosterpflichten nachkommen. Andernfalls verscherzen wir es uns mit dem Abt.“
Das stimmte leider. In meinen Ohren klang noch der widerwillige Ton nach, mit dem Abt Konstantin letztlich meinen Vorschlag billigte. Stillschweigend nickte ich, während mir Gregor tief in die Augen sah.

„Setz dich." Er drückte mich in einen Lehnstuhl und ging selber zurück hinter seinen Schreibtisch. Es war sinnlos, wie ein beleidigtes Kleinkind zu schmollen, das seinen Willen nicht bekam.

„Und? Was ist mit der Frau?", fragte ich.

„Was soll mit ihr sein? Sie ist tot."

Wie ein Pferd, das der Hafer stach, schnellte ich von meinem Sitzplatz hoch.

„Sie ist – was?"

Gregor blickte mich ganz ruhig an. Gedankenverloren trommelte er mit den Fingern auf dem Tisch.

„Hilarius, wir stolpern immer mehr in eine Geschichte, die mir Angst macht. Massenhaft Spuren, reichlich Anhaltspunkte, dennoch passt nichts davon zusammen. Nun haben wir bereits zwei Tote, die von ihrem Ende überrascht wurden."

„Wieso überrascht?"

„Als ich heute Vormittag im Haus des Buchbinders Udalbert in Missen auftauchte, fand ich ihre Mutter und einen Priester an ihrem Bett. Sie war schon kalt."

„Woran starb sie?"

„Bei Tagesanbruch war sie unauffindbar, ihr Lager unbenutzt. Man entdeckte sie später im Garten liegend, mausetot. Und nun, Hilarius", er machte eine wirkungsvolle Pause und betonte, als er fortfuhr, jedes einzelne Wort, „hör genau zu: Ihre Fingerspitzen waren schwarz verfärbt."

„Was? Etwa wie bei Bruder Lucius?", fragte ich, hellhörig geworden.

„Akkurat so."

„Ihr habt Recht, die Sache beginnt unheimlich zu werden." Ein eisiger Schauer lief mir den Rücken hinab.

„Ich befürchte ein Gift, denn ihr Leib wies nicht den geringsten Kratzer auf, der den Tod herbeigeführt haben könnte."

„Aber... Bruder Lucius... Er wurde doch nicht vergiftet?", widersprach ich.

„Wer weiß, Hilarius, wer weiß?", sagte Gregor versonnen. „Ich frage mich schon die ganze Zeit, warum wir Bruder Lucius gerade auf diesem Fleck im Wald fanden."

„Ist das nicht egal?“
Gregor schüttelte leidenschaftlich Kopf und Finger.
„Jeder Mörder strebt danach, unentdeckt zu bleiben.“
„Das ist einleuchtend. Wer will schon unter das Schwert des Henkers?“
„Dazu gehört aber, dass er den Leichnam seines Opfers derart beseitigt, dass er nur so gut wie gar nicht entdeckt werden kann. Es gibt genügend Möglichkeiten in unserer Umgebung.“
„Worauf wollt Ihr hinaus, Meister?“
„Nehmen wir einmal an, dass der Mord nicht dort im Wald begangen wurde, wofür das fehlende Blut auf dem Erdboden spricht, dann bedeutet dies: Der Mörder brachte Lucius erst später dorthin. Denk an die Radspuren.“
Blitzartig durchfuhr mich ein Gedanke.
„Ihr denkt, er legte den Leichnam absichtlich neben den Fahrweg, damit er auf jeden Fall gefunden wird?“
„Du sprichst aus, was ich denke, Hilarius. – Und dennoch“, er schüttelte den Kopf und trommelte abermals mit den Fingern auf dem Tisch, „und dennoch ergibt das überhaupt keinen Sinn.“
„Ein Mörder hat selten alle Sinne beisammen.“
„Was verspricht sich der Mörder davon?“
„Er muss sich überaus sicher fühlen.“
„Ein Leichnam birgt immer Spuren, die früher oder später zum Täter führen. Warum also?“
„Wenn nun alle Spuren gefälscht sind?“, fragte ich, ohne mir im Klaren zu sein, worauf ich damit anspielte.
„Schon möglich. Aber das erklärt immer noch nicht, warum der Mörder den Leichnam nicht im Alpsee versenkte oder zumindest im Unterholz des Waldes verscharrte.“
Nun war ich auch ratlos. Gregors Erkenntnis war zutreffend, die Bruchstücke des Mosaiks passten einfach nicht ineinander. Wenn ich mir einredete, dem Arzt bei seinen Ermittlungen behilflich sein zu können, musste ich nun einsehen, dass ich mit meinem Latein am Ende war.
Als lese er in meinem Kopf, sagte Gregor: „Wir sind aber noch nicht am Ende. Noch bleibt uns der banchieri in Lindau. Doch

zuvor besuchen wir einen alten Freund im Rathaus. Komm, Hilarius, wir sind noch lange nicht am Ende."

Von der Marktgasse gelangten wir geradewegs auf den Stadtplatz. Wir zwängten uns umständlich zwischen den Menschen hindurch, denn heute war Markttag. Auf Kästen und Tischen, an Marktständen und Buden wurden Nahrungsmittel verkauft. Ringsum gestikulierten geschäftige Männer und Frauen und feilschten um die feilgebotenen Waren. Wir drückten uns am Rand zwischen Handelshäusern und Ständen entlang, denn das Rathaus erhob sich auf der gegenüberliegenden Seite. Vorbei an Obst- und Gemüsekarren suchten wir nach einem Weg, dem Treiben der Händler und ihrer Käufer zu entfliehen. Als wir an den Buden mit Gewürzen, Sämereien, Lederwaren und Hausgeräten vorbeigingen, erhaschten wir schon einen Blick auf die beiden spitzen Türme, die über dem Portal des Rathauses thronten. Zuletzt drängelten wir uns durch die Reihe der Arzneihändler und verschnauften erleichtert am Pranger, der unmittelbar neben dem Treppenaufgang zum Stadthaus aufgebaut war.
Gott sei Dank war er leer. Auch wenn es Beutelschneider und Bauernfänger waren, die gewöhnlich diesen Schandpfahl besetzten, bereitete mir der Anblick ein unbehagliches Gefühl. Eilig rannten wir die Stufen hinauf, glücklich, dem Stimmengewirr und den hin und her hastenden Leuten entwischt zu sein. Gregor erkundigte sich bei einem Büttel nach dem Bürgermeister und wurde zu einer geschlossenen Tür gewiesen, die in den Ratssaal führte.
Hierher war ich noch nie in meinem jungen Leben gekommen. Wozu auch? So war es, im Nachhinein betrachtet, nicht verwunderlich, dass mich der eindrucksvolle Saal auf Anhieb anzog. Von den Mauern schauten mich zahllose gekrönte Häupter an. In die Fensternischen waren zu meiner Freude Heilige gemalt, darunter auch der heilige Benedikt. Über mir an der hohen Decke schwebten Bilder aus dem Leben unseres Herrn Jesus Christus, umringt von den vier Evangelisten.
Auf den edel wirkenden Ratsbänken saß ein Mann, tief gebeugt

über Pergamente, die er auf einem Tisch ausgebreitet hatte. Er rutschte auf seiner Bank hin und her, als er uns sah. Doch plötzlich stand er auf und lachte.
„Gregor, was treibt dich in das hohe Haus? Ist einer meiner Räte erkrankt?“
Mein Begleiter lief auf ihn zu und schüttelte die ausgestreckte Hand des Bürgermeisters.
„Damit du nach gut Dünken schalten und walten kannst, was?“
„Du bist ein wahrer Freund. Immer eine Schmeichelei auf den Lippen.“
„Du verkraftest das.“
„Dafür muss ich dann zehn Jahre eher unter die Erde.“ Er fuhr sich mit den Fingern durch seinen gepflegten, mit grauen Strähnen durchsetzten Kinnbart.
„Passt mir gar nicht, wenn ein Ratsherr wegbleibt. Ich benötige jeden Mann.“
„Ärger?“, fragte Gregor.
„Ärger gibt es doch andauernd. Aber nein, die letzten Feinheiten für die Osterfeiern sind abzustimmen. Der Jahrmarkt... wir müssen noch die Plätze für die Händler, Akrobaten und Theatergruppen bestimmen. Die Marktwachen sind einzuteilen und...“
„Hör bloß auf, sonst kauf ich dir tatsächlich ab, dass du zu arbeiten hast.“
„Nur wenige haben das Glück, auf einem goldenen Esel aus dem Kreuzzug heimzukommen“, sagte der Bürgermeister und grinste Gregor an. Dabei schlug er sich mehrmals auf die Schenkel.
„Lache nur, das wird dir gleich im Hals stecken bleiben.“
„Also kommst du doch wegen eines Kranken?“
„Nein, Odwin, ich bin nicht als Medicus da.“ Sein Blick streifte die Pergamente auf dem Tisch. „Aber die Aufgabe, mit der ich betraut bin, ist ausgesprochen wichtig.“
„Und deshalb rückt ihr gleich zu zweit an?“, sagte der Bürgermeister nach einem flüchtigen Blick auf mich.
„Hilarius und ich sind einem Schurken auf der Spur“, erläuterte der Arzt.

„Davon laufen hier genügend herum.“
„Im Rathaus?“, entschlüpfte es mir.
Ein paar Atemzüge blieb es mucksmäuschenstill, dann hallte das grölende Gelächter zweier Männer durch den Ratssaal. Was mochten die Büttel in der Vorhalle denken?
„Dergleichen ist bei ihm an der Tagesordnung“, juchzte Gregor und wischte sich mit einem Finger die Tränen aus den Augenwinkeln.
„Gib nur Acht, dass er keinen Narren aus dir macht“, sagte der Bürgermeister schmunzelnd.
„Ich werde mich hüten, ihn daran zu hindern, lachend die Wahrheit zu sagen“, verteidigte sich Gregor.
„Ab und an bin ich froh, wenn mich jemand von den manchmal langweiligen Ratssachen ablenkt. Also, wen muss ich für euch foltern?“
Gregor berichtete mit wenigen Worten von seinen Nachforschungen. Er verschwieg dabei allerdings, dass Bruder Lucius eine geheime Weisung zu erledigen hatte.
Odwin schüttelte sein knochiges Haupt, doch er schmunzelte immer noch.
„Du machst dir viel Arbeit mit unseren Angelegenheiten, Gregor“, sagte er. Sein Lachen versiegte und mit ernstem Gesicht schaute er mich an.
„Schrecklich, das mit dem Mönch. In der Frühe unterrichtete uns der Abt. Meine Büttel sind schon unterwegs, um Erkundigungen einzuholen. Selbst nach Lindau entsandte ich sie.“ Er hielt inne, als sinne er darüber nach, ob er uns mehr anvertrauen könne. „Lindau kann eine gewichtige Rolle spielen in dieser Mordsache.“
„Ich weiß“, nickte Gregor, „dort betreibt ein banchieri seine Geschäfte, mit dem auch die Abtei in Beziehungen steht.“
„Schon, aber wusstest du auch, dass der ermordete Gottesmann auf dem Weg dahin war?“
„Was? Wie kommst du darauf?“
„Ein fahrender Händler erzählte davon heute dem Marktaufseher.“
„Der Händler sah ihn?“

„Könnte sein. Er beobachtete jedenfalls vor vier Tagen auf der Straße, die bis Lindau reicht, des Vormittags einen Mönch zu Pferde."
„Das beweist trotzdem nichts."
„Lass mich nur ausreden. Der Mönch hatte es einigermaßen eilig, berichtete der Händler. Sein schwarzer Umhang blähte sich über der ebenso schwarzen Kutte auf, dass sogar Gürtel und Rosenkranz zu sehen waren. Nicht einmal für das übliche ‚Gott segne dich!' fand er die Zeit. Wie gehetzt preschte er von dannen."
Gregors Gesicht blieb ausdruckslos. Er schaute den Bürgermeister fragend an.
„Was mag er in Lindau gewollt haben?"
„Ich dachte, du wärst in der Lage, mir das zu sagen?" Odwin wartete auf eine Antwort, während Gregor auf und ab ging.
„Ich? War ich dabei?"
„Und du hast keine Vermutung, warum er über die Straße hetzte, als sei der Leibhaftige hinter ihm her?"
„Keinen Schimmer, Odwin. Vielleicht ist er gar nicht bis zum Bodensee geritten. Wo begegnete ihm der Händler?"
„Hinter Scheidegg war's. Wo sich die Straße durch den großen Laubwald bei der Fürstenmühle windet."
„Sah ihn nachdem noch irgendwer?", mischte ich mich in die Unterhaltung ein.
„Das herauszufinden sind meine Büttel unterwegs. Doch es dauert, bis wir ihre Berichte hören. Lindau liegt nicht eben eingangs der Marktgasse."
„Warten wir halt ab, ob dein Mann was herausbringt. Wir kommen wieder her, wenn's recht ist."
„Nur zu", sagte der Bürgermeister. „Hoffen wir, dass wir uns auf keinem Holzweg bewegen."
„Wir werden sehen", antwortete Gregor.
Wir überließen den Bürgermeister seinen Papieren und gingen in die Vorhalle, in der gleichfalls ein geschäftiges Treiben herrschte. Interessiert schaute ich den Leuten nach, die in einen benachbarten Raum strebten.
„Der Handel mit den edleren Waren", erklärte mir Gregor, der

meinem Blick gefolgt war. „Dein erster Besuch im Rathaus, was?“

Ich nickte nur. Gregor lachte und drängte mich vorwärts.

„Na, komm, schauen wir uns um. Diesen Abstecher gönnen wir uns.“

In dem viereckigen Saal waren lange Reihen aus Tischen gebildet, an denen es bemerkenswert leise zuging. Beschaulicher allemal als vor den Ständen des Marktplatzes. Wahrscheinlich lag dies auch an den in den Winkeln postierten bewaffneten Gehilfen, die mit eisernem Blick die Geschehnisse überwachten. Zwei Marktherren, wie mir Gregor zeigte, marschierten immerzu an den Tischen entlang, um darauf zu achten, dass jeglicher Handel mit rechten Dingen abgewickelt wurde.

Wertvolle Tuche wurden von den Kunden geprüft, vom Händler abgemessen und bei Einigung geschnitten. Münzen wechselten an den Pulten der Geldwechsler den Besitzer. Edelfrauen staunten die Kleinodien der Gold- und Silberschmiede an.

Eben erwarb eine gertenschlanke Dame in einem bodenlangen himmelblauen Gewand eine goldene Schmuckspange. Mit einer anmutigen Geste forderte sie ihren Diener auf, den vereinbarten Preis aus dem Beutel nehmen. Während ein Gehilfe des Goldschmieds, dessen rabenschwarze Fingernägel so gar nicht zu den makellosen Schmuckstücken passen wollten, die Münzen entgegennahm, reichte der Meister die Kostbarkeit mit wohlgefälligen Worten an die edle Dame weiter. Am nächsten Tisch boten zwei Händler erlesene Steine feil. In allen Farben des Regenbogens funkelten und blinkten die Prachtstücke und lockten mehrere Besucher an, die sich um die Tische scharten.

„Lass es gut sein für heute“, hörte ich eine dunkle Stimme hinter mir.

Beinahe hatte ich vergessen, dass ich hier nicht allein war, so sehr schlugen mich die kostbaren Schätze in ihren Bann. Nicht, dass mich gar der Wunsch befiel, auch dergleichen zu besitzen. Keineswegs, allein die unerwartete Fülle der Waren und die beredten Anpreisungen der Händler bezauberten mich.

Gregor zog mich aus dem Saal hinaus bis zur Eingangstreppe.

„Abt Konstantin wäre fassungslos, wenn er deine glänzenden Augen gesehen hätte", lachte er.
Obwohl ich nichts Unrechtes für einen Mönch unternahm, fühlte ich mich ertappt. Doch Gregor zerstreute meine Verlegenheit.
„Es ist in Ordnung, die Welt wenigstens zu kennen, wenn man ihr schon den Rücken zukehrt." Zuweilen ließ er mich deutlich spüren, dass er auf die Klausur des Mönchtums schlecht zu sprechen war. Dabei leistete er damals selbst das Gelübde.
„Ich denke, wir könnten ein paar Antworten einfordern und ich hoffe, dass wir sie auch erhalten", fuhr er fort. „Komm, Hilarius, zur Abtei."

Im Arbeitsraum des Abtshauses saßen wir Bruder Magnus gegenüber. Der Finanzverwalter der Abtei presste mit seinen dürren Fingern einen Stoß Pergamente in seinen Schoß, auf denen ellenlange Listen sichtbar waren. Abt Konstantin empfing gegenwärtig Neuankömmlinge im Gästehaus und würde erst später hinzukommen. Er erfüllte bereitwillig Gregors Wunsch, in die wirtschaftlichen Belange der Abtei eingeweiht zu werden. Mir war bekannt, wie gewissenhaft und verschwiegen der Bursar seinen Pflichten nachging. Daher war ich nicht erstaunt, dass er sich keineswegs beeilte, die endlosen Zahlenreihen vor uns zu offenbaren. Er rutschte auf der Bank hin und her wie ein unschuldiges Kind, das dem Vater trotz allem einen Streich gestehen sollte.
„Was wollt Ihr eigentlich wissen?", fragte er schließlich und pochte mit einem Finger auf die Pergamente. „Wenn ich Euch über alle Geschäfte aufkläre, verstreicht darüber das Osterfest." Magnus hob auf diese Weise die angebrochene Karwoche hervor, deren Ausklang am Sonntag gefeiert wurde. Gregor blieb unberührt.
„Mit einem Satz: Wie ist die wirtschaftliche Lage der Abtei?"
„Könnte nicht einträglicher sein", antwortete Magnus knapp.
„Welcher Art sind die Geschäfte, die hier abgewickelt werden?"
„Nun, bei den Ausgaben stehen an oberster Stelle die Nahrungsmittel, die wir nicht selber anpflanzen. Daneben aber

auch die Einkäufe für die Werkstätten, den Krankenbereich, die Kirchenausstattung und die landwirtschaftlichen Außenbetriebe, ansonsten..."
„Und die Einnahmen?", unterbrach ihn Gregor.
Bruder Magnus lächelte und seine Augen verloren ihren kalten Glanz und strahlten.
„Gott sei Dank ist diese Seite stets die größere."
„Freut mich für Euch und die Abtei. Woher stammen die Gelder?"
„Häufig handelt es sich dabei um Grundbesitzangelegenheiten, beispielsweise Landschenkungen oder Zuwendungen. Selbstverständlich verkaufen wir daneben auch, was wir ernten oder in den Werkstätten herstellen. Ich erinnere zum Beispiel daran, dass wir in der Mark Rothenfels das Vorrecht des Bierbrauens besitzen."
„Ein Biermonopol, was? Das macht sicher den größten Teil aus, kann ich mir vorstellen."
Bruder Magnus zog es vor, die Nase zu rümpfen und diese Frage zu überhören.
„Ihr treibt aber nicht nur in Rothenfels Handel, oder?"
„Natürlich nicht." Magnus strich mit seinen Fingern über die Pergamente.
„Unsere Handelsbeziehungen sind überaus weitläufig verzweigt. Es existieren Verbindungen zu Kontoren in vielen Ländern, bis nach Prag und Brüssel. Selbst über die Alpen reichen unsere Geschäfte – Venedig, Mailand, Florenz..."
„Wie wird ein solcher Warenaustausch denn geldlich abgewickelt? Ist es nicht gewagt, mit fernen Ländern zu handeln?"
„Keineswegs", sagte Magnus wie der Blitz. „In allen Städten gibt es banchieri, die für uns die Geschäfte besorgen. Die Kontore prüfen die Waren, die banchieri nehmen die Wechsel entgegen und verwahren sie für uns. Da gibt es nichts zu wagen."
Gregor wog den bauchigen Lederbeutel in der Hand, der an seinem Gürtel baumelte.
„Mit barer Münze wird wohl nicht bezahlt, was?"
Bruder Magnus lachte und schüttelte lange den Kopf.
„Ihr versteht wirklich wenig von diesen Dingen. Wir leben in

einer fortschrittlichen Zeit. Münzgeld wird ausschließlich bei minderen Kontrakten ausbezahlt. Doch häufig werden selbst derartige Abschlüsse im Tausch abgewickelt. Ihr versteht? Also, sozusagen eine Fuhre Klosterbier gegen eine Wagenladung Früchte, die in unseren Anlagen nicht wachsen."

„Dreihundert Goldstücke sind aber eine ansehnliche Summe", warf ich ein, denn ich erinnerte mich daran, dass Bruder Lucius mit diesem Betrag das Kloster verließ.

Magnus wusste sofort, was ich meinte.

„Ihr denkt an Bruder Lucius. Ja, in der Tat, er führte mehr Münzen mit sich, als gewöhnlich."

„Warum?"

„Damit war er ausgestattet, um einen Rohstoffhändler, der zu den wenigen gehört, dem klingende Münzen etwas bedeuten, zu einem Abschluss zu bewegen. Für unsere Goldschmiedewerkstatt brauchten wir dringend das wertvolle Metall. Da die Abtei ohnehin über Lindau zahlreiche Geschäfte abwickelt, lag es nahe..."

„Lindau? Sagtet Ihr Lindau, Bruder Magnus?", fuhr Gregor dazwischen.

„Lindau, natürlich", bestätigte der Bursar. „Was überrascht Euch daran?"

Gregor war aufgestanden und durchquerte ein ums andere Mal das Zimmer.

„Hm... Lindau ist fern und Lucius war auf sich allein gestellt. Wie hätte er das Gold befördert?"

„Gar nicht", seufzte Bruder Magnus. „So läuft das nicht. Die Goldstücke dienten lediglich dazu, den Handel abzuschließen und die Vorleistung zu erbringen. Später liefert der Kaufmann mittels eines streng bewachten Wagenzuges das Gold, nimmt aus der Abtei ein Dokument mit, das die einwandfreie Auslieferung beurkundet und erhält in Lindau von unserem banchieri sein Geld."

Gregor blieb vor Magnus stehen und starrte ihn an.

„Aber Bruder Lucius hatte keine Goldstücke in seinem Beutel als wir ihn fanden."

Magnus zuckte mit den Schultern.

„Er wird in Lindau erfolgreich gewesen sein und den Handel

abgeschlossen haben. In dieser Hinsicht war der selige Bruder ein schlauer Fuchs. Ihr wisst doch, dass er ehemals meinen Posten bekleidete."

„Warten wir ab." Wahrscheinlich dachte Gregor an den ausstehenden Bericht des Büttels, den der Bürgermeister Odwin nach Lindau schickte.

„Wie heißt der Händler?"

Bruder Magnus blätterte eine Zeit lang in seinen Pergamenten und legte zuletzt einen Finger auf eine Linie mit Schriftzeichen.

„Hier – es ist das Kontor von Adalbrand Seliger."

„Adalbrand Seliger? Nie gehört." Gregor fuhr sich mit der Hand durch seine dunkelblonden Haare, denen die ehemalige Tonsur längst nicht mehr anzusehen war.

„Wäre es möglich, bei dem banchieri Münzgeld abzuholen?"

„Was meint Ihr? Wozu sollte jemand..." Bruder Magnus glitt eine Handvoll Pergamente vom Schoß, die er fieberhaft wieder einsammelte.

„Um es ganz deutlich zu sagen: Hätte Bruder Lucius bei Eurem banchieri in Lindau Geld erhalten?"

Magnus legte die Pergamente aus der Hand und verschränkte seine Arme.

„Ich weiß wirklich nicht, warum Ihr mich derart absonderlich aushorcht?"

„Fürs erste langt es mir, wenn Ihr darauf antwortet."

„Für Bruder Lucius strecke ich meine Hand ins Feuer des Satans."

„Hat niemand von Euch verlangt, oder?"

Magnus kniff die Augen zusammen. Er glich einem gereizten Stier, als er brummte:

„Wer gibt Euch das Recht, einen unbescholtenen Bruder zu verleumden?"

„Wer gibt Euch das Recht...", äffte Gregor den Verwalter unserer klösterlichen Finanzen nach. Ich konnte nicht nachvollziehen, warum er sich in dieser Weise und derart erschöpfend für die Handelsgeschäfte der Abtei interessierte.

„So beruhigt Euch wieder, Bruder Magnus. Meine Frage zog

nicht die Loyalität und Aufrichtigkeit eines Freundes in Zweifel..." Er hielt einen Moment inne und spielte mit dem Griff seines Messers. „Dennoch erinnere ich Euch an die barbarische Tat, deren Opfer wir betrauern. Solange ich die Gründe, die dazu führten, nicht kenne, werde ich nicht herausfinden, wer sie beging. Und Geld spielte nun einmal in unseren raublustigen Zeiten immer eine Rolle."

Bruder Magnus schwieg. Er presste die Lippen aufeinander und stierte unverwandt auf die Pergamente.

„Manch einer wurde schon wegen ein paar Silberpfennigen heimtückisch ermordet. – Also, was ist mit dem banchieri?"

Magnus zupfte pedantisch seine Kutte zurecht, bevor er antwortete.

„Gewiss... die Möglichkeit wäre gegeben... aber nur hypothetisch. Bruder Lucius hätte dafür eine schriftliche Ermächtigung des Abtes benötigt."

„Die mag er bekommen haben", sagte Gregor.

Magnus schaute zur Decke, als bewundere er die rotbraune Holzvertäfelung.

„Eine solche Ermächtigung wurde nicht erteilt."

„Woher wisst Ihr das?"

Er funkelte Gregor an, stand von seinem Stuhl auf und fuhr dann triumphierend fort: „Das wäre in meinen Unterlagen verbucht."

Die Tür öffnete sich und Abt Konstantin betrat seinen Arbeitsraum. Einen Moment verharrte er mit der Türklinke in der Hand. Er musterte uns der Reihe nach mit seinen stechenden Augen. Anscheinend überraschte es ihn, dass wir inmitten des Zimmers standen, anstatt in aller Ruhe um den Tisch zu sitzen und die Angelegenheit zu besprechen.

„Probleme?" Er ging hinter seinen Schreibtisch und setzte sich.

„Probleme?", knurrte Gregor. „Wo denkt Ihr hin? Nur ein ermordeter Mönch, ein Haufen Spuren, die im Nichts verlaufen und ein selbstherrlicher Finanzverwalter."

Magnus schnappte geräuschvoll nach Luft. Abt Konstantin beobachtete uns mit gerunzelter Stirn.

„Was erregt Euch derart?", fragte er Gregor.

„Nichts, gar nichts", bellte der Arzt.
Konstantin überging Gregors gereizten Tonfall.
„Umso besser. Habt Ihr alle Auskünfte erhalten?"
Gregor nickte, doch dann besann er sich. „Eine Frage vielleicht noch, hochwürdigster Abt."
„Bitte!"
„Habt Ihr Bruder Lucius mit einer Ermächtigung für den banchieri in Lindau ausgestattet?"
Abt Konstantins Augen weiteten sich und einen Augenblick lang blieb es so still, dass ich deutlich unser Atmen hörte. Konstantin sah flüchtig auf Bruder Magnus, der auf seiner Unterlippe kaute.
„Nun... ja", stammelte der Abt, „es war unvermeidbar, eine solche Bescheinigung auszustellen."
Gregor wirbelte zu Magnus herum. Ein triumphierendes Lächeln lag auf seine Lippen. Bruder Magnus schob mit einer ungestümen Bewegung die Pergamente zusammen und sagte eisig: „Ich werde offenkundig nicht mehr gebraucht."
Sein Gewand rauschte, als er zur Tür drängte, sie aufriss und hinter sich krachend ins Schloss warf. Abt Konstantin schüttelte mit offenem Mund den Kopf.
„Heiliger Benedikt, wer hat ihm denn den Weizen verhagelt?"
Gregor neigte sich über den Schreibtisch und grinste.
„Ich befürchte, das ward Ihr, Abt Konstantin."
„Ich? ... Inwiefern?"
„Bruder Magnus erklärte uns zuvor, dass Ihr unmöglich diese Ermächtigung geschrieben haben könnt, da sie nicht in seinen Unterlagen ... eh ... verbucht sei."
„Ah, jetzt begreife ich."
Doch wenn wir erwarteten, mehr über die stichhaltigen Gründe zu hören, wurden wir jäh enttäuscht. Konstantin wich aus, in dem er fragte: „Was habt Ihr herausgefunden?"
Gregor übersah diesen sprunghaften Themenwechsel keineswegs, wie ich an seinen hochgezogenen Augenbrauen erkannte. Unaufgefordert ließ er sich auf eine gepolsterte Bank fallen.
„Kaum etwas, das Ihr nicht schon wisst oder vermutet."
„Was heißt das, ‚kaum'?"

„Die Mordtat geschah nicht in dem Wald, in dem wir Bruder Lucius fanden."
Abt Konstantin nickte und ließ seinen Rosenkranz durch die Finger gleiten, wobei er ab und an lautlos die Lippen bewegte.
„Als Mordwaffe kommt wahrscheinlich ein Dolch oder Messer in Frage", fuhr Gregor fort. „Ich nehme an, dass der Mörder den Leichnam mit einem Wagen in den Wald schaffte."
Gregor hielt eine Weile inne und beobachtete den halbwegs entrückten Abt.
„Habt Ihr schon einmal von Kabbalah gehört?", fragte er übergangslos.
Rasselnd schlug der Rosenkranz auf den Holzfußboden. Konstantin stierte den Arzt mit offenem Mund an. Bevor ich zur Stelle war, bückte er sich hastig und knotete den Rosenkranz wieder an seinen dünnen Gürtel. Er atmete tief durch und ließ sich zögernd auf seinen Stuhl nieder.
„Wie kommt Ihr darauf?"
„Lucius stammelte es, als der Bauer ihn entdeckte – kurz bevor seine Seele ihn verließ."
„Lucius, oh ja, natürlich, ich verstehe."
„Aber ich verstehe bald gar nichts mehr", schimpfte Gregor.
Er trat wieder dicht an den Schreibtisch, beugte sich vor und presste seine Hände auf die Tischplatte. Sein Gesicht lief rot an und die Adern an seiner Schläfe schwollen bedrohlich.
„Dieses geheimnisvolle Kabbalah, die verschleierte Weisung, über die Ihr schweigt wie ein Grab, die Ermächtigung, die Ihr ausschreibt, ohne den Bursar aufzuklären. Wenn Ihr wahrhaftig wollt, dass wir die Hintergründe der Bluttat erhellen, dann solltet Ihr offener mit uns reden, Abt."
Konstantin blickte Gregor lange an, dann schüttelte er gebieterisch den Kopf.
„Nein, dazu ist noch kein Anlass gegeben."
„Kein Anlass, sagt Ihr?" Gregor schlug mit der flachen Hand auf den Tisch, dass die Feder aus ihrem Halter sprang und über den Tisch rollte. Seine Lippen verzogen sich zu einem schmalen Strich, als er den Abt herausfordernd ansah.
„Ich habe meine Gründe..."

„Kann ich mir denken.“
Abt Konstantin breitete seine Hände flach auf den Tisch, doch mir war längst aufgefallen, wie sehr sie zitterten.
„Noch bestimme ich“, presste er hervor, „was in meiner Abtei gesagt und getan wird. – Oder nicht gesagt wird. Wenn es Euch nicht passt, entbinde ich Euch gern von meiner Weisung.“
Gregors Augen funkelten ihn an.
„Na, schön, wie Ihr wollt. Dann eben nicht. Wir kommen schon dahinter, wer hier etwas zu verheimlichen hat.“
Mit einem Ruck drehte er sich um, ging zum Fenster und starrte schweigend hinaus. Konstantins Augen hefteten sich an die breite Gestalt des Arztes. Für eine kurze Zeitspanne erweckte sein Gesicht den Eindruck, als empfinde er unendliches Mitleid mit Gregor. Aber höchstwahrscheinlich missdeutete ich seinen Gesichtsausdruck. Zumindest bemühte ich mich, die Situation zu entspannen. Leise schlich ich zum Schreibtisch und wartete, bis der Abt aufschaute.
„Es ist nötig, dass wir unseren banchieri in Lindau aufsuchen. Wir müssen wissen, ob Bruder Lucius bei ihm war und die Ermächtigung benutzte.“
Abt Konstantin griff nach der Feder und stellte sie an ihren Platz zurück.
Ich war erstaunt, als ich beobachtete, dass seine Finger immer noch zitterten. Was ging hier vor? Welches dunkle Geheimnis verbarg Konstantin vor uns? Und vor allem weshalb? Ich begriff, warum Gregor dermaßen in Wallung geriet. Der Abt wies uns an, Licht in die Sache zu bringen, entzog uns indessen beinahe jede Hilfe. Es wäre nur folgerichtig, wenn Gregor kapitulieren würde.
Doch der schnell reizbare Arzt blieb unbeugsamer als ich annahm. Überdies bezeichnete er Bruder Lucius als Freund. Und für einen Freund trat er eben vorbehaltlos ein. Anscheinend gingen Abt Konstantin ähnliche Gedanken durch den Kopf, denn er nickte mir mehrfach zu und rieb sich über sein kahles Haupt. Dann erhob er sich und schlenderte gemächlich zu Gregor ans Fenster.
„Urteilt nicht zu streng und vor allem nicht voreilig, Gregor.

Mein oberstes Bestreben ist der Schutz der Brüder und der Abtei. Denkbar, dass die Zeit noch kommt, Euch mehr wissen zu lassen, als ich gegenwärtig für ratsam halte."
Er blickte versonnen auf ein schlankes Holzkreuz an der Wand, von dem unser Herr Jesus auf ihn herabzuschauen schien.
„Ich setze eine Vollmacht für Bruder Hilarius auf. Damit könnt ihr unsere Geschäftsbücher in Lindau einsehen. Morgen wird er sie mitbringen."
Von der Klosterkirche hallten glockenhelle Schläge.
„Zeit für das Vespergebet. Mehr kann ich heute nicht für Euch tun", schloss der Abt.
Schweigend drehte sich Gregor um und stürmte aus dem Abtshaus.

25. des mertzo, a.D. 1225, Verkündung Mariä, Dienstag

A solis ortu usque ad occasum. Ja, wirklich, ich befürchtete, es dauere vom Aufgang der Sonne bis zu ihrem Untergang, bis wir den Bodensee zu Gesicht bekämen. Woher auch sollte ich wissen, wie weit Lindau entfernt lag. Mein Leben lang kam ich nicht aus Rothenfels hinaus. Bereits unser Ritt nach Lindenberg war für mich eine abenteuerliche Reise, aber Lindau, das lag außerhalb meiner Vorstellungskraft.
Als mein Vater seinerzeit noch zum Rat der Stadt Rothenfels gehörte, wurde meine Zukunft beschlossen. Um mich auf ein Dasein als gottesfürchtiger Ordensmann vorzubereiten, steckten sie mich in die Klosterschule der Abtei. Trotz anfänglichem Widerwillen begann ich die Unterweisungen, hauptsächlich die Zahlenlehre und die Raumlehre, zu schätzen. Und das Lesen und Schreiben schufen mir Möglichkeiten, von denen ich nicht einmal träumte. Unterdessen war ich seit vier Jahren in die Abtei des heiligen Benedikt aufgenommen und half, die Kranken zu versorgen. Zusätzlich züchtete und pflegte ich die

Kräuter im Klostergarten, die den Leidenden Linderung oder gar Heilung brachten. Doch Reisen war und blieb ein Abenteuer für mich.
Alsbald nach der Terz, der Morgenhimmel zeigte ein trübes, glanzloses Licht, war ich bei Gregor in der Marktgasse aufgekreuzt. Wir verloren keine Zeit und bestiegen rasch unsere Pferde, um uns auf den langwierigen Weg nach Lindau zu machen. Gregor war anfänglich wortkarg und so bekam ich hinreichend Zeit, die Landschaft zu genießen oder meinen Gedanken nachzuhängen.
Die Wunschvorstellung, mir möglichst viel von diesem gelehrten und weit gereisten Arzt anzueignen, schob ich vorerst beiseite. Unsere Untersuchungen beanspruchten uns derartig, dass Gregor nicht dazu kam, mir seine Erfahrungen zu schildern, geschweige denn seine Behandlungsweisen an einem Kranken vor Augen zu führen. *Absque labore gravi non possunt magna parari.* In der Tat, die große Heilkunst würde ich mir durch angestrengte Arbeit verdienen müssen.
In Lindenberg kehrten wir in das Gasthaus des dickbäuchigen Rufus ein, das wir von unserem ersten Ausflug her kannten. Diesmal waren wir die einzigen Gäste und der Schankwirt, der sich sogleich ans uns erinnerte, behandelte uns nun weitaus höflicher. Bei einem Becher Wein brach Gregor endlich sein Schweigen.
„Was denkst du über unsere Arbeit?"
„Eure Arbeit, meint ihr, Meister."
„Was heißt das? Gefällt dir nicht, was wir tun?"
„Schon, aber mein Beitrag daran ist so unbedeutend wie ein einzelnes Schriftzeichen in einer endlos langen Pergamentrolle."
Gregor lachte und schlug mir wohlwollend auf den Arm. „Und doch ist die Pergamentrolle ohne dein Schriftzeichen unvollkommen."
„Was macht schon ein Schriftzeichen aus?"
„Nein, Hilarius, unterschätze dein Wirken nicht. Du bist nicht nur mein Helfer sondern auch mein Weggefährte."
„Eine Art Hofnarr, was?"

„Zugegeben, du ähnelst ab und zu einem Hofnarren. Ich besorge dir in Lindau eine Narrenkappe, damit das Gebimmel der Glöckchen deine Umwelt vor dir warnt."
Er schüttete sich aus vor Lachen. Wenn ich nicht genau wüsste, dass er mich nur necken wollte, wäre ich jetzt beleidigt gewesen. Zum Narren anderer Leute mochte ich mich nicht machen.
Gregor sah mein zerknirschtes Gesicht und zog eine Fratze, mit der er auch auf dem Jahrmarkt bestanden hätte.
„Sei froh, dass wir bei allem Übel noch unseren Sinn für Heiterkeit behalten."
„Euer Gaudium findet Ihr bestimmt auch ohne mich."
„Hör mal zu, du Possenreißer. Es ist überaus wichtig für mich, mit dir darüber sprechen zu können. Und augenblicklich, da wir eine Atempause einschieben, wollen wir gemeinsam überlegen. Also – was denkst du?"
Ich nippte an dem Lederbecher und zerbrach mir den Kopf. Er meinte es ernst, das drückte sein Gesicht aus, in dem das Schmunzeln erloschen war.
Ja, was dachte ich? Zu wenig fügte sich nach wie vor zusammen, dachte ich. Zu viele Mosaiksteine, die wir hin- und herrückten, ohne zu wissen, wo ihr Platz war. Ich ahnte, dass uns ein gewichtiger Tatbestand davon abhielt, das zerstückelte Bild wieder zusammenzusetzen.
„Wir sollten herausfinden, welcher Weisung Bruder Lucius nachging", erklärte ich.
„Siehst du, mein Sohn", wie ein barmherziger Vater streichelte er über meine Hand, „du erfasst die Dinge und bringst sie auf den Punkt. Ich denke ein und dasselbe. Entweder bringen wir Konstantin dazu, uns reinen Wein einzugießen oder wir gehen dem Geheimnis ohne ihn auf den Grund."
Nun lachte ich, denn Gregors Einfall entsprang einer Phantasie, die nach mehreren Jahren der Enthaltsamkeit offenbar vergaß, wie es in einem Kloster zuging.
„Aber, Meister, wie wollt Ihr das bloß anfangen?"
„Es wird äußerst schwer, das weiß ich wohl. Doch ist es möglich."

Gregor beobachtete mich gespannt, als verfolge er einen bestimmten Gedanken. Ich sah ihm an, dass in seinen grauen Zellen eine Idee lauerte, die heraus drängte.

„Worauf wollt Ihr hinaus?“

„Mal ehrlich, Hilarius. Wir können nicht darauf bauen, dass uns Konstantin ins Vertrauen zieht.“

„Sag ich doch.“

„Schauen wir uns nach einer anderen Möglichkeit um. Hast du einen Vorschlag?“

„Nein“, sagte ich aufrichtig und ohne nachzudenken. Dann allerdings erinnerte ich mich an das wenige, dass der Abt uns über Lucius' Unternehmen anvertraute.

„Kämen wir an die Dokumente, die Bruder Lucius zuletzt studierte... Abt Konstantin meinte doch, er habe etwas Ungewöhnliches dabei herausgefunden. Das würde uns vermutlich weiter helfen.“

„Bist ein gescheiter Kopf, Hilarius“, lobte mich Gregor. „Wie bewerkstelligen wir das?“, fuhr er beharrlich fort.

Wenn überhaupt, überlegte ich, kam nur der Büchersaal unserer Abtei in Frage. Sprach nicht Bruder Ivo erst gestern davon...

„Ivo, der Novizenmeister, beaufsichtigt vorübergehend die Bibliothek und die Schreibstube. Aber die Novizen lassen ihm kaum Zeit dazu. Vielleicht sollte ich ihm meine Unterstützung anbieten. Sicher ist es mir möglich, verschiedene Pergamente und Bücher in Augenschein zu nehmen. Leider wissen wir nicht, wonach wir suchen.“

„Dennoch, ein guter Gedanke. Wenn wir zurück sind, sprichst du mit Bruder Ivo.“

„Hundert Jahre werde ich brauchen, um alles durchzublättern.“

„Und weitere hundert, um zu begreifen, was du da liest. Nein, schau dich nur um, ob du etwas über Geheimlehren auftreibst.“

„Ihr meint Kaballah, Nachmanides und so weiter?“

„Der ganze verbotene Kram ist interessant. Ich befürchte, das Kloster hat sich auf ein Gebiet begeben, das Papst Honorius die Zornesröte ins Gesicht treiben würde.“

Ich war bestürzt. So weit hatte ich nicht gedacht. Aber anders war das sonderbar zurückhaltende Auftreten des Abtes nicht zu

deuten. Vermutlich hoffte er, den Mörder von Lucius entlarven zu können, ohne sein Geheimnis an die große Glocke hängen zu müssen. Ja, es war ungeheuer wichtig, die Hintergründe aufzudecken, schon um Schaden von unserer Abtei abzuwenden. Denn gewiss gab es andere Menschen, mit denen Lucius darüber sprach. Wenn es tatsächlich etwas Verbotenes war, drohte dem Kloster durch dieses Wissen möglicherweise Gefahr, zumindest aber eine erschütternde Bloßstellung.
Um die Mittagszeit trabten wir auf der holprigen, mit Löchern übersäten Straße aus Lindenberg hinaus. Die düsteren Wolken des Morgengrauens zerrissen und der Himmel wurde zusehends heller und freundlicher. Erfreulicherweise gesellte sich der Regen der letzten Tage nicht wieder zu uns. Daher kamen wir trotz der erbärmlichen Wegstrecke gut voran. Mehrmals durchquerten wir ausgedehnte Wälder, passierten abseits gelegene Bauerngehöfte oder unbedeutende Ansiedlungen mit wenigen Hofstätten.
Erst am späten Nachmittag, mein Rücken und mein Sitzfleisch schmerzten längst auf dem ungewohnten Pferderücken, hielten wir auf einer Hügelkuppe und blickten in die Ferne. Unterdessen war der Himmel so weit aufgeklart, dass das helle Tageslicht eine Ebene beschien, in die ein Silberschmied sein flüssiges Metall ausgegossen hatte. Der See erstreckte sich bis zum Horizont, ohne uns sein gegenüberliegendes Ufer zu zeigen. Gregor deutete in das Flachland hinab, auf eine Insel, die in der Nähe des uns zugewandten Ufers aus dem Wasser zum Vorschein kam.
„Lindau. Ein Treffpunkt des Handels zwischen Süden und Norden."
Ich schirmte meine Augen mit den Händen ab, um besser sehen zu können.
„Ich erkenne keinen Torbogen in den mächtigen Stadtmauern?"
„Die Einfahrt befindet sich auf der Kehrseite im Hafen", erklärte Gregor. „Zu wenig Platz auf der Insel. Die Häuser stehen jetzt schon dermaßen dicht beieinander, dass du das Gefühl haben wirst, in einer Burg umherzustreifen."
„Ein Gotteshaus brachten sie immerhin noch unter."

Der Kirchturm ragte unübersehbar aus dem Häusermeer heraus. Trotz der Entfernung bemerkte ich zahlreiche Schiffe, die auf dem See schaukelten. Ein wahrhaftig einmaliges Spektakel für einen Mönch, der bisher nur das bergumsäumte Rothenfels und seine Abtei kannte. Wir trieben unsere Pferde vorwärts und galoppierten bald durch die Ebene zum Bodensee.
Als wir zum Ufer kamen, an dem nur eine geringe Zahl Hütten und Lagerschuppen standen, blickte ich auf die unerreichbare Insel, auf der sich die Stadt breit machte.
„Ein Pegasus wäre großartig“, bemerkte ich und zeigte auf die Wasserfläche, die uns von der Stadtmauer abschnitt.
„Bei Gott, damit ging es schneller. Leider entfiel meinem hinfälligen Gehirn der Spruch, mit dem man das Sagenpferd anlockt“, spaßte Gregor und stieg ab. „Wir werden uns mit einem Kahn begnügen müssen. Das kostet zwar ein paar Pfennige, aber dafür brauchen wir keinen Zauberspruch.“
Lachend zogen wir unsere Pferde am Ufer längs zu einer Anzahl von Schaluppen am Uferrand, die im ruhigen Wasser vor sich hin dümpelten. Schnell war ein Fährmann gefunden, der uns für einige Münzen mitsamt den Pferden hinüberzufahren versprach. Es war beschwerlich, die Reittiere dazu zu bewegen, den festen Erdboden mit den schwankenden Planken des Schiffes zu vertauschen. Schließlich legte der Fährmann ab und das Boot glitt gleichmäßig schaukelnd hinüber zur Insel.
Entlang der Schutzmauer umrundeten wir die Stadt, um von der Seeseite her in den Hafen einzulaufen. Hier war die Stadtmauer unterbrochen, um Reisenden und Händlern Einlass zu gewähren. In Scharen rannten geschäftige Menschen hin und her. Aus einem Dreimastsegler luden eifrige Arbeiter eben Ballen mit Tuchen und unzählige bauchige Weinfässer aus. Aus einem schmaleren Schiff daneben schleppten die Seeleute in einem fort schwere Säcke ans Land. An einem wuchtigen Tor, das in die Mauer eingefügt war, wachten zwei Bewaffnete.
„Zolleinnehmer“, erklärte mir Gregor. „An uns werden sie nichts verdienen – keine Ware, kein Zoll.“
Trotz dieser Behauptung lenkte er sein Pferd zu einer der Wachen. Aus der ovalen Aussparung seiner Kettenhaube mus-

terte uns ein energisches Gesicht. Mit der Linken presste der Mann einen herzförmigen Schild an sich, während er mit der anderen Hand, die eine spitze Hellebarde führte, wie zufällig unseren Weg versperrte.
„Gott zum Gruß“, redete ihn Gregor an.
Der Wächter kam näher, doch behielt sein Gesicht die Strenge bei.
„Was zu versteuern?“, fragte er mürrisch, obgleich er sah, dass unsere Pferde nicht mit Handelswaren beladen waren. Dessen ungeachtet stapfte er um sie herum, als wäre er daran gewöhnt, auf seine Frage keine ehrliche Antwort zu bekommen.
„Nein, wir sind keine Händler, sondern Pilger“, erklärte Gregor, wobei er den Lanzenträger im Auge behielt.
„Dacht's mir gleich.“ Der Zolleinnehmer baute sich vor uns auf und betrachtete uns von oben bis unten.
„Wohin pilgert's denn?“
Gregor, der trotz seiner eindrucksvollen Gestalt fast einen Kopf kleiner als der Goliath von Wächter war, ließ sich durch den übellaunigen Ton keinesfalls einschüchtern.
„Nach Lindau.“
„Wär' ich nicht drauf gekommen.“
„Weiß man's?“
Der Zolleinnehmer hämmerte mit seiner Hellebarde gegen seinen Schild.
„Jedermann, der unsere Stadt betreten will, hat auf unsere Fragen zu antworten.“
„Da seid Ihr gut beschäftigt.“
„Wohin in Lindau?“, brummte die Wache, Gregors Spöttelei ignorierend.
„Wenn es keinen Zoll kostet, sag ich es.“ Ich bemitleidete den armen Mann. Er merkte in seinem übertriebenen Eifer nicht, dass Gregor weiter seinen Spaß mit ihm trieb.
„Nein!“, krächzte die Wache. Seine Stimme hörte sich gereizt an.
„Wir suchen das neue Franziskanerkloster. Kennt Ihr das?“
„Fischergasse.“
„Fischergasse, aha. Mögt Ihr zwei müde Pilger nicht führen?“
„Gradaus, dann rechts zur Kirche.“

Er drehte sich hastig um und stolzierte zu dem zweiten Wachmann. Offenbar hatte er genug von der unergiebigen Unterhaltung.
„Danke, guter Mann. Gott mit Euch", rief ihm Gregor lachend nach.
Ungehindert passierten wir das Stadttor, bestiegen wieder unsere Pferde und trabten über die schlammige aufgeweichte Straße nach Lindau hinein. Dem Straßengraben entströmte ein Geruch, der mir bald die Tränen in die Augen trieb.
„Hier stinkt es noch erbärmlicher als bei uns in Rothenfels."
Gregor kicherte, hielt sich die Nase zu und sagte so zu mir: „In Lindau hausen mehr als dreimal so viele Menschen wie bei uns. Je größer der Gestank, umso größer die Stadt. Merk dir das, Hilarius."
Immer wieder stiegen die Pferde über Abfälle aus den Häusern, die die Straße bedeckten wie Mist, den die Bauern in ihren Gärten verstreuten. Gott sei gedankt, dass wir auf den Pferderücken nur die Qualen unserer Riechorgane erdulden mussten.
Schließlich drangen wir zwischen niedrigen Fachwerkbauten zu einer rechts abzweigenden Gasse vor, an deren Ende wir den schlanken Turm einer Kirche ausmachten.
„Das muss sie sein, Meister", rief ich aufgeregt und zeigte in das enge Sträßchen. Erst vergangenes Jahr siedelten sich die Franziskaner hier in Lindau an. In ihrer bescheidenen Pilgerherberge wollten wir einkehren, solange unser Aufenthalt in der Stadt andauerte.
„Alsdann, suchen wir beim heiligen Franziskus Obdach", seufzte Gregor und lenkte sein Pferd in die Gasse, die sich merkwürdigerweise weit weniger verschmutzt zeigte als ihre Vorgängerin.
Binnen kurzem hielten wir vor einer Kirche an, hinter der sich etliche flache Gebäude ausstreckten. Wir stiegen ab und erkundigten uns an der Pforte nach der Pilgerherberge. Weit laufen mussten wir nicht, denn die Herberge empfing uns außerhalb der Klostermauern, unmittelbar hinter dem Kirchenbau.
Während ich die Vespermesse besuchte, wollte sich Gregor den

Schlafsaal, der bekannt bescheiden ausfallen würde, anschauen. Der Tag ging schon seinem Ende zu, es dämmerte bereits und für heute waren wir mit unserem glücklichen Eintreffen zufrieden. Morgen begann unsere Arbeit in Lindau. Den banchieri der Abtei und den Goldhändler, bei dem Bruder Lucius ein Geschäft einfädeln sollte, nahmen wir uns vor. Wenn sich keine unvorhergesehenen Barrieren auftürmten, konnten wir spätabends zurück in Rothenfels sein.

26. des mertzo, a.D. 1225, Mittwoch

Bene dormit, qui non sentit, an male dormiat. Aber ich merkte schmerzhaft, dass ich schlecht geschlafen hatte. Keine Ahnung, ob das an dem steinharten Lager lag, das ich doch gewohnt war, oder an der ersten Vollmondnacht des Lenzings. Jedenfalls fühlte ich mich im Morgengrauen gerädert wie ein Gefolterter.
Wir beeilten uns, die mehr als karge Unterkunft der Bettelmönche zu räumen. Während wir schliefen musste es ausgiebig geregnet haben. Die Straßen waren noch matschiger als tags zuvor. Dafür hatte der Guss die Abfälle zur Seite gespült und die Straßengräben mit neuem Wasser gefüllt, so dass aus dem pestilenzischen Gestank einstweilen ein durchdringender beißender Geruch geworden war.
Auf unseren Pferden ritten wir durch diese schlammigen Straßen. Gregor hatte sich bei einem Franziskaner nach dem Stadtviertel der banchieri und Handelshäuser erkundigt. Zunächst trabten wir durch enge Gassen, vorbei an schiefen Häusern, vor denen ein paar Kinder in verschlissenen Kleidern spielten. Mit großen Augen schauten sie hinter uns her. An einigen Fachwerkbauten sahen wir Zunftschilder, die auf das Handwerk hinwiesen, das hier ausgeübt wurde. Da werkten Dachdecker Tür an Tür mit Messerschmieden, Sattler neben Leinwebern. Wir ritten an einem alle Häuser überragenden

gemauerten Turm vorbei und bogen in eine breitere Straße ab. Hier bot sich uns ein anderes Bild. Beide Seiten säumten aufwändige Steinbauten, deren Pracht das Vermögen ihrer Besitzer vorführte. Neben den Handelshäusern der Fernkaufleute kamen wir an Werkstätten der Gewandschneider, Domizilen der Ratsherren von Lindau oder weiterer, uns unbekannter, betuchter Personen vorbei.

Später fanden wir auch die banchieri, die sich hier ansiedelten. Doch unsere Fragen nach Zacharias vom See, dem banchieri der Abtei, wurden entweder schadenfroh belächelt oder verächtlich abgetan. Zu guter Letzt ließ sich einer der Geldwechsler dazu herab, uns zu belehren.

„Wenn Ihr durchaus mit Juden Eure Geschäfte abmachen wollt, müsst Ihr hinüber zum See."

„Ist hier nicht das Handelsviertel von Lindau?", fragte ich.

„Das fehlte uns noch, dass diese Juden unser makelloses Stadtviertel verschandeln." Mit einem Kopfschütteln widmete sich der Mann wieder seinen Kunden.

„Habgier und Hochmut sind die Hauptlaster der Mächtigen", sagte Gregor zu mir, als wir uns aufmachten, den jüdischen banchieri zu suchen.

Wir entdeckten Zacharias vom See in einem bescheidenen aber hübschen Fachwerkhaus, das geradewegs neben der Stadtmauer errichtet war.

Wir gingen hinein, blieben jedoch überrascht neben dem Eingang stehen. In einem langgestreckten Raum mit einer großen Anzahl an Tischen und Bänken, saßen drei oder vier elegant gekleidete Herren in Gespräche vertieft. Ein würziger Duft hing in der Luft. Einige Male wechselten Dokumente an den Tischen die Seiten oder die Herren besiegelten die soeben vereinbarten Kontrakte.

Noch während wir über den geschäftigen Hochbetrieb staunten, kam ein hochgewachsener, gefälliger junger Mann auf uns zu, um sich nach unseren Wünschen zu erkundigen. Auf Gregors Frage nach dem banchieri Zacharias bat uns der Jüngling abseits zu einem leeren Tisch. Er forderte uns auf, einige Augenblicke zu warten.

Gregor trommelte mit den Fingern auf den Tisch.
„Eine Menge los hier.“
Bevor ich ihm sagen konnte, wie aufregend ich meine erste Begegnung mit einem Geldwechsler fand, trat ein älterer Mann, der eine schwarze Kappe auf dem Kopf trug, an unseren Tisch. Lange, schwarzgelockte Haarsträhnen quollen unter seiner Kappe hervor und pendelten im Rhythmus seiner Kopfbewegungen drollig hin und her.
„Schalom! Mit welchem Handel kann ich den hochwohlgeborenen Herren dienen“, sagte er und lachte uns aus einem mit tiefen Grübchen auf beiden Wangen geprägten und von der Sonne golden gefärbten Gesicht schelmisch an.
„Ihr seid Zacharias, der banchieri der Abtei zu Rothenfels?“, fragte Gregor.
„Na, schau an“, er klatschte in die Hände, „Rothenfels, gewiss doch, gewiss.“ Er sah uns eifrig an, besonders Gregor beäugte er eingehend. „Ihr lebt im Kloster von Abt Konstantin?“
„Ich bin Bruder Hilarius“, beantwortete ich seine Frage. „Dies ist ein Vertrauter unseres Abtes, Gregor vom Stein.“
„Seid willkommen in meinem bescheidenen Haus.“
Der banchieri setzte sich neben uns.
„Nun – ich bin Zacharias, den Ihr sucht.“
„Dann könnt Ihr uns jedenfalls sagen...“
„Warum schickt der Abt diesmal Euch?“
„Was meint Ihr?“, fragte ich.
„Aber, ehrenwerte Herren, ist denn Bruder Lucius krank?“
Eine tiefe Furche zeichnete sich auf der Stirn des Juden ab und die zierlichen Nasenflügel seiner schmalen abgeflachten Nase zuckten.
„Er ist verhindert“, brummte Gregor, ohne den Tod von Bruder Lucius anzusprechen. Bestimmt gab es Gründe dafür, auch wenn ich im Augenblick seine Zurückhaltung nicht durchschaute.
„Schade, so schade, es hätte mich wirklich interessiert...“
„Wir sind berechtigt, die Handelsbücher der Abtei einzusehen“, unterbrach ihn Gregor.
Zacharias zog eine Augenbraue hoch. Sein Oberkörper straffte sich unmerklich.

„Herrje, die Bücher einsehen? Ist da etwas nicht in Ordnung?“, fragte Zacharias und seine listig blitzenden Augen schienen uns zu durchbohren.
„Woher soll ich das wissen, bevor wir die Papiere studiert haben?“, entgegnete Gregor und trommelte wieder mit den Fingern auf der Tischplatte.
Der banchieri, der die Ungeduld meines Begleiters spürte, verschränkte die Arme und schwieg. Nach einer schier endlosen Pause, als kämpfe er lange mit seiner Entscheidung, nickte er mit dem Kopf.
„Gewiss seid Ihr bevollmächtigt?“
Ich schob ihm das Dokument über den Tisch, das uns der Abt zu diesem Zweck ausstellte. Wieder nickte der banchieri, nachdem er den Wortlaut sorgfältig gelesen hatte.
„Aber ja, ich bringe die Papiere. Dachte mir gleich, dass es Ärger gibt.“
Er reichte mir das Pergament zurück und verschwand in den hinteren Räumen.
„Was meint er mit Ärger, Meister?“, flüsterte ich Gregor zu.
„Sehen wir gleich.“ Er rutschte auf der Bank hin und her. „Hilarius, ich bin sicher, dass wir dem Rätsel um Bruder Lucius' Tod ein erstes Geheimnis entlocken. Warte nur.“
Der banchieri kam mit einem breiten schwarzen Buch wieder, das er aufgeschlagen vor uns auf den Tisch legte.
Er deutete mit einem Finger auf eine Eintragung und sagte: „Möchtet Ihr Euch vielleicht dafür interessieren?“
In zierlichen Schriftzügen stand in dem Handelsbuch geschrieben: 11. Nisan 4985 (21. mertzo 1225) – Auszahlung aus dem conto Kloster Rothenfels an nachgewiesenen Bevollmächtigten, Lucius, Benediktiner, über 1300 Silberstücke, abgerechnet in Fiorino d'argento in barer Münze. Der Vermerk trug am Rand zwei Unterschriften, von denen ich eine als das Handzeichen von Lucius wiedererkannte.
Gregor stützte sein Kinn in eine Hand und grübelte über das Gelesene nach.
„Bei allen Heiligen“, murmelte er, „was wollte er mit einem Sack voller Münzen anfangen?“

Zacharias atmete hörbar ein und aus. Ich schätzte ihn auf etwas mehr als fünfzig Jahre. Graue Strähnen durchsetzten bereits sein gelocktes schwarzes Haar.
„Na, gewiss, genau, was ich sagte."
„Und was war das?", fragte Gregor.
„In den zwölf Jahren unserer gemeinsamen Geschäfte ist es niemals vorgekommen, dass das Kloster eine derart beträchtliche Summe in Münzgeld abholte. Wechsel ja, Kreditbriefe ebenfalls, aber Münzen?"
Beunruhigt sagte ich: „Der 21. des mertzo war an Benedicti, als..."
Gregor räusperte sich auffällig. Gewarnt ließ ich den Satz unvollständig. Dann erfuhr der banchieri eben nicht, dass wir Bruder Lucius an Benedicti im Wald fanden.
„Stimmt genau", räumte dafür der banchieri ein. „Ich erinnere mich. Lucius erwähnte, dass der heilige Benedikt an seinem Ehrentag ein wahrhaftig göttliches Geschenk bekomme. Aber, sagt selbst, was soll Euer Heiliger mit einem Sack voll Geld, frage ich mich?"
„Worin diese Gabe bestand, verriet er nicht?", wollte Gregor wissen.
„Mit keinem Wort. Er tat jedoch äußerst geheimnisvoll und zwinkerte mir dauernd verschwörerisch zu, als könnte ich mir an den Fingern abzählen, wem der Geldsegen zufallen würde."
„Was sind Fiorino d'argento?" fragte ich den banchieri, denn dieser Ausdruck war mir fremd.
„Nun ja, wie sollt Ihr das wissen", erklärte Zacharias vom See. „Dies bezeichnet die Silbermünze der Stadt Florenz. Allerorts, wo mit fernen Ländern Handel getrieben wird, zeigt sich früher oder später auch der Fiorino d'argento."
Er nickte mir lachend zu und kramte in einem Lederbeutel, der an seinem Gürtel hing.
„Hier, junger Benedictus, seht selbst."
Er legte eine blanke silberne Münze vor uns auf den Tisch. Ich sah deutlich eine große Lilienblüte obenauf.
„Das Zeichen der Stadt Florenz", sagte Gregor. Natürlich, er kannte diese Münze. Wenn einer so weit gereist war. Ich dreh-

te das Silberstück um und betrachtete die Rückseite, auf der ein Mann dargestellt war.
„Das ist Johannes der Täufer, der Heilige der Stadt Florenz", setzte Gregor seine Unterweisung fort. Aufgeklärt gab ich das Geldstück zurück. Trotzdem ging ich noch einer anderen Frage nach.
„Eintausenddreihundert solcher Silbermünzen... Nicht eben wenig, um sie mit sich zu schleppen. Wie schaffte Bruder Lucius das?"
„Oh, gewiss, sehr einfach. Er brachte einen großen ledernen Beutel mit, wie ihn alltäglich Reisende für ihr Hab und Gut benutzen. Da hinein füllte er die klingenden Münzen. Ich ging ihm dabei sogar zur Hand und sah bei dieser Gelegenheit, dass der Boden des Beutels schon mit einer großen Zahl Goldmünzen bedeckt war."
„Wie viele?", fragte Gregor umgehend.
„Hm... Ist schwer zu schätzen." Der Geldwechsler drehte die Enden seiner Haarlocken um einen Finger. „Möglicherweise zweihundert, vermutlich mehr. Gezählt habe ich sie nicht."
„War der Beutel nicht zu schwer?", fragte ich.
„Er trug schon arg daran, das stimmt. Aber sein Pferd stand vor dem Haus und wir luden zusammen die wertvolle Last hinauf."
„Um welche Zeit des Tages war das?"
„Lasst mich überlegen." Er zog mehrfach an seinem Ohrläppchen, dass ich dachte, er wolle es sich ausreißen. „Je nun... Aber ja, ich besinne mich. Es war auffallend früh am Morgen. Bruder Lucius erwähnte das Gebet zur dritten Stunde, welches er nicht vernachlässigen dürfte."
Gregors Stirn legte sich in Falten.
„Und keine Andeutung, wofür er das Geld holte?"
Der banchieri hob bedauernd die Hände. „Nein, nein, wirklich nicht."
„Was dachte er sich nur dabei?"
„Ich weiß um die Gefahren sehr wohl, die auf unseren Wegen lauern und ich fragte ihn geradeheraus danach."
„Zacharias, Ihr denkt an Räuber und Wegelagerer, oder?", fragte ich.

„Gewiss, Bruder Hilarius. Doch Lucius lachte mich nur aus und meinte, das Geschäft seines Lebens liege in der Luft."
„Das Geschäft seines Lebens?", wiederholte Gregor. „Eher das Gegenteil."
„Was soll das heißen? – Je nun, jedenfalls musste ich mich wohl oder übel damit zufrieden geben. Ich sah keinen Anlass, die Auszahlung abzulehnen, das müsst Ihr verstehen."
Er hielt inne und kratzte sich am Hinterkopf, dass seine Kappe verrutschte.
„Sagt mir ehrlich, ist etwas Ungewöhnliches vorgefallen, das Euch so besorgt macht?"
„Ungewöhnlich ist gut", brummte Gregor und stand von der Bank auf. Zacharias vom See blickte ihn aus schmalen Augen an.
„Euch trifft keine Schuld, Zacharias. Aber Bruder Lucius bezahlte das Geschäft seines Lebens mit dem Tod. Bei Gott einen zu hohen Preis, meint Ihr nicht auch?"
Der Unterkiefer des Geldwechslers fiel jählings herab. Er verdrehte die Pupillen, bis sie angsterfüllt weit auseinander standen. Heftig schlug er sich eine Hand vor den Mund. Auf dem Weg zur Tür drehte sich Gregor noch einmal um.
„Ach, übrigens, kennt Ihr ein Handelskontor mit Namen Seliger, Adalbrand Seliger?", fragte er den banchieri, der uns wie aus Stein gemeißelt nachstarrte.
Schleppend kam er näher, wobei er seine Augenbrauen zusammenzog.
„Äh..., ja..., gewiss...", stammelte er. „Seliger..., direkt am Markt..., der einzige Treppenaufgang..., könnt nicht fehlgehen. – Aber, was hat..."
„Danke, Zacharias", unterbrach ihn der Arzt. „Ihr habt uns sehr geholfen."
„Jetzt bin ich neugierig, ob Bruder Lucius wirklich das Goldgeschäft aushandelte", sagte Gregor, als wir wieder auf dem Rücken unserer Pferde saßen.
„Aber wir hörten von Bruder Magnus, dass es unüblich ist, derlei Handel in barer Münze abzuwickeln", wandte ich ein.
„Eben, Hilarius. Trotzdem müssen wir sicher sein. Wenn das Geld nicht bei diesem Kaufmann geblieben ist, dann haben wir

vermutlich einen Grund, warum irgendwer einen Mönch ermordet..."
„Wo wollt Ihr den denn herzaubern, mit dem Lucius das Geschäft seines Lebens machen wollte?"
„Weiß ich auch noch nicht. Aber immer einen Schritt nach dem anderen. *Caedimur et totidem plagis consumimus hostem.*"
Er hatte Recht. Wir mussten mit gleicher Münze zurückzahlen. Irgendjemand hatte zugeschlagen. Irgendjemand nutzte die Begeisterung eines Mönchs aus, um ihn zu berauben und zu ermorden. Die harten Linien in Gregors Gesicht drückten nur eins aus: Wir würden parieren. Aber wo fingen wir an? Ich war überzeugt, dass uns der Goldhändler nicht weiterbrächte. Was blieb danach? Ich musste unbedingt in der Klosterbibliothek nachforschen. Möglich, dass es mir dort gelang, uns neue Anhaltspunkte zu verschaffen.
Wir fanden das Handelshaus nahe dem Marktplatz. Seligers Kontor, ein mit Zinnen und Türmen bestückter Steinbau, ragte über die anderen Gebäude hinaus. Doch unsere Zuversicht, hier mehr über Bruder Lucius zu hören, wurde im Nu zunichte gemacht. Ein Schreiber des Hauses erklärte auf unsere Nachfrage, dass der Meister verreist sei und erst in einigen Tagen heimkehre. Ohne seine Billigung war er nicht geneigt, uns Auskunft über die Handelsbeziehungen zu geben.
Ernüchtert verließen wir das Kontor. Ein feuchtkalter Wind blies durch die Straße, als wir die Pferde bestiegen.
„Reiten wir heim, Hilarius."
„Dann müssen wir nochmals her, um Seliger auszufragen."
„Für heute ist unser Werk getan. Wir können nichts erzwingen. Wer weiß schon, ob wir diesen Handelsherrn überhaupt brauchen."
„Wenn wir schnell genug reiten, können wir Abt Konstantin wenigstens berichten, was wir bei Zacharias erfahren haben. Mal sehen, was er dazu meint."

Reichlich vor der Vesper galoppierten wir durch das bogenförmige Eingangstor der Abtei in Rothenfels und klopften unverzüglich an die Eichentür des Abtshauses.

Konstantin begrüßte uns ausgesprochen freundlich und wir setzten uns gemeinschaftlich an den langen Besuchertisch.
„Gott sei gedankt, dass Ihr wohlbehalten zurückkehrt. Habt Ihr Neuigkeiten?"
„Wenige", brummte Gregor.
„Nanu. Keine neuen Erkenntnisse in Lindau?"
„Eigentlich nur eine."
„Also doch."
„Die hat es in sich."
„So sprecht doch endlich."
Gregor ließ den Abt noch eine Weile im Ungewissen. Umständlich streifte er seinen Umhang ab und setzte sich auf die Bank.
„Bruder Lucius benutzte Euer Dokument."
Einen Moment lang blitzten Konstantins Augen auf. Im nächsten Augenblick dagegen runzelte er die Stirn und faltete die Hände in seinem Schoß.
„Wie viel?", fragte er urplötzlich.
„Eintausenddreihundert." Gregor betonte jede Silbe dieser unglaublichen Zahl.
„Eintausenddrei..." Konstantins Gesicht verdüsterte sich.
Gregors Stimme klang messerscharf, als er nachforschte. „Ich frage Euch, was beim heiligen Benedikt, hatte er damit vor?"
Konstantin sackte in sich zusammen und schlug die Hände vors Gesicht, doch er schwieg.
„Mit Schweigen kommen wir nicht vom Fleck", dröhnte Gregor und schlug mit der Faust auf den Tisch. Doch er erntete nur einen bösen Blick und ein nichts sagendes Kopfschütteln.
„Macht doch endlich den Mund auf! Was, in Gottes Namen, ist so viel Geld wert, dass dafür ein Mensch sterben musste."
Konstantin schnellte hoch und funkelte den Arzt an.
„*De hoc satis* – genug davon!", schrie er.
Ich erinnerte mich nicht, den Abt jemals derart aufgewühlt erlebt zu haben. Stets hielt er wie ein erfahrener Fährmann in stürmischer Brandung das Ruder fest in der Hand. Doch nun marschierte er auf und ab, nestelte an seinem Goldkreuz, wäh-

rend seine Lippen einen entschlossenen dünnen Strich formten.

„Bruder Lucius wird nicht wieder lebendig, wenn ich seine Pläne offenbare.“

„Dann brauchen wir seinen Mörder wohl nicht mehr zu suchen, was?“, erwiderte Gregor.

„Im Moment muss jeder Zweifel von unserer Klostergemeinschaft fern gehalten werden. Am besten, Ihr brecht Eure Nachforschungen ab.“

Wie ein angeschossener Eber schreckte Gregor hoch.

„Was? Das kann nicht Euer Ernst sein.“

„Mir ist nicht nach Scherzen.“

„Konstantin, besinnt Euch, was Ihr sagt.“ Er hielt inne und beobachtete den Abt.

„Da Ihr nicht einsichtig seid, was diesen Punkt betrifft, ist es das Beste für die Abtei, wenn wir alles vergessen.“

„Einfach so? Vergessen?“, schrie Gregor mit feuerrotem Kopf. „Ich war immer glücklich, ein Bruder dieser Gemeinschaft zu sein“, erklärte er stolz.

„Ihr gehört nicht mehr dazu. Folglich geht es Euch auch nichts mehr an.“

„Wir dürfen den gewaltsamen Verlust eines Bruders nicht dulden.“

„Aus diesem Grunde gab ich Euch die Weisung, nachzuforschen. Aber nicht zum Nachteil des Klosters.“ Konstantin straffte seinen Körper und reckte den Kopf empor.

„Bei allen Unstimmigkeiten, die zwischen uns standen, erkannte ich Euch doch als einen außerordentlich gewandten, arbeitsamen und vernünftig handelnden Kirchenmann.“

Abt Konstantin blieb mit offenem Mund vor ihm stehen und zog die Augenbrauen hoch. Anscheinend verblüfften ihn Gregors Worte.

„Vergessen wir einmal diesen geheimnisvollen Handel“, fuhr er fort. „Aber gebt uns die Chance, den Tod unseres Bruders aufzuklären. Helft, so gut Ihr könnt.“

Der Abt rieb sich sein Kinn. Zwei-, dreimal wanderte er zwischen uns hin und her.

„Also schön. Solange Ihr vernünftig bleibt."
Gregor zog eine Grimasse, wie sie ansonsten nur bei den Mysterienspielern an den Festtagen zu beobachten war, und lächelte zu meiner Verblüffung den Abt an.
„Ja, ja, kein Wort mehr davon."
„Ich mache mir genug Vorwürfe, dass ich Bruder Lucius in dieser Mission allein fortreisen ließ", sagte Konstantin.
Er lief wieder auf und ab und knetete dabei seine Hände derart, dass ich befürchtete, er wollte jemanden den Hals umdrehen. Gregor hatte seine Gesichtszüge wieder unter Kontrolle. Er stellte sich vor den Abt, so dass dieser sein unruhiges Umherlaufen aufgeben musste.
„Konstantin, für Selbstanklagen ist es zu spät." Seine Stimme klang, als spreche er zu einem Kind, das eine Eselei bereute.
„Könnt Ihr uns zumindest verraten, mit wem Bruder Lucius das Geschäft seines Lebens abschließen wollte?"
„Das ist es ja." Konstantin warf die Arme in die Luft und ließ sie anschließend kraftlos herabfallen. „Die Aussicht, der Abtei diesen ungewöhnlichen Gegenstand verschaffen zu können, muss meinen Geist geblendet haben."
„Wieso geblendet?", fragte Gregor.
„Ich überließ es Bruder Lucius, alle Fäden in den Händen zu halten. Ausgenommen, dass eine größere Geldsumme dafür nötig war, habe ich keinerlei Informationen, mit wem er Verbindung aufnahm." Seine Finger zitterten, als er fahrig nach dem goldenen Kreuz auf seiner Brust griff.
Auf Gregors Stirn bildeten sich tiefe Furchen. „Wickelte die Abtei mit dem Handelshaus Seliger öfter Geschäfte ab?"
„Was? Ach so – Seliger. Ich glaube ein einziges Mal, vor ungefähr einem halben Jahr."
„Erst einmal? Kauf oder Verkauf?"
„Die letzte Goldlieferung für unsere Werkstatt. Nichts Ungewöhnliches. Alles war in Ordnung. Warum fragt Ihr mich danach?"
„Wollte Lucius nicht eine neue Lieferung aushandeln?", fragte Gregor.
„Das ist richtig. Aber das Gold war nur ein Deckmantel für

seine Reise und hat nichts mit seinem plötzlichen Tod zu tun."
„Trotzdem möchte ich mehr wissen über diesen Kaufmann."
„Über Seliger? Fragt lieber Bruder Magnus nach ihm."
„Allzu viel weiß Euer Verwalter bestimmt nicht. Ich befürchte, wir werden uns erneut auf den Weg nach Lindau machen müssen."
„An Pascha werdet Ihr kein Glück haben", wandte Konstantin ein.
„Ich brauche auch mehr als Glück allein", seufzte Gregor und trommelte mit den Fingern auf der Tischplatte. „Aber wir lassen keine fünf Tage verstreichen, ohne etwas zu unternehmen."
„Was ist mit Karsamstag?", mischte ich mich ein.
Am einzigen Ostertag, an dem keine heilige Messe stattfand, waren zumindest in Rothenfels Händler und Handwerker auf den Beinen. Warum sollte das in Lindau anders sein?
„Wäre möglich", meinte Gregor. „Wenn Seliger bis Samstag von seiner Reise zurück ist."
„Warum ist der Kaufmann so wichtig für Euch?", wollte der Abt wissen.
„Ich muss herausfinden, wo das Geld geblieben ist."
Abt Konstantin nickte, als leuchte ihm dieses Argument ein.
„Treffen wir ihn nicht an", warf ich ein, „reiten wir auf dem Heimweg durch Missen. Vielleicht können wir mehr über diese Fiona erfahren."
„Wer ist Fiona?", hakte Abt Konstantin nach.
Gregors Augen blitzten, als er den Abt ansah.
„Lucius führte einen regen Schriftwechsel mit einer Frau in Missen", sagte er bissiger, als ich erwartete.
Konstantins Augen weiteten sich. „Frau? Was für eine Frau?"
Gregor stemmte seine Fäuste in die Hüften und sagte: „Noch einer, der es mit seinem Keuschheitsgelübde nicht so wörtlich nahm?" Mit dieser Antwort konnte ich nichts anfangen, doch das Gesicht des Abtes verzerrte sich.
Ich trat zu ihm und sagte leise: „Die Tochter eines Buchbinders. Durch einen Boten ließ Bruder Lucius ihr wiederholt versiegelte Dokumente zukommen."
„Aber das ist undenkbar", schrie der Abt, wild mit den Händen

fuchtelnd. „Bruder Lucius kennt keine Frau. Was faselt Ihr da?" Seine silbergrauen Augenbrauen zogen sich eng zusammen.
„Ein Schmied in Lindenberg wurde zufällig Augenzeuge, wie Lucius einen Boten anwies, ein Schreiben zu überbringen", sagte Gregor ungerührt.
Das spöttische Lächeln um seinen Mund drückte aus, dass es ihn erfreute, Abt Konstantin diesen unglaublichen Tatsachen gegenüberzustellen.
„Wir fanden diesen Boten, einen Tagelöhner. Er bestätigte die Geschichte und gab zu, wenigstens zweimal ein Dokument zu dieser Fiona nach Missen befördert zu haben."
Konstantin schlug die Hände vor sein Gesicht und flüsterte kaum hörbar: „Was habe ich getan? Bin ich am Ende schuldig an Lucius' Tod?" Er fiel kraftlos auf die Bank und stierte vor sich auf den Fußboden.
Gregor kam zu mir. „Wir lassen ihn besser allein. Er hat genug zum Nachdenken."
Schweigend überquerten wir den Innenhof, liefen durch das Gästehaus und standen plötzlich im Obstgarten der Abtei. Zielstrebig steuerte Gregor auf die kleine Bank zu, die seit Urzeiten an der Klostermauer zwischen den Felsenbirnensträuchern stand. Mit einem sanften Lächeln heftete Gregor seinen Blick auf die zum Platzen gespannten Knospen.
„Eines Tages kommt alles ans Licht", sagte er und ließ sich auf der Bank nieder.
Zumindest was die Knospen betraf, würde er Recht behalten, denn die Sträucher, die über unsern Köpfen die Zweige zusammenschlugen, sollten in wenigen Tagen aufbrechen. Aber ich war überzeugt, dass er nicht allein diesen Strauch mit seinen mattgrünen Blättern meinte. Ich blieb vor ihm stehen und wartete auf eine Erklärung.
„Weißt du, Hilarius, ich frage mich, warum ich mir das antue. Ich lernte Arbeit und Demut hier im Kloster kennen. Tod und Zerstörung waren meine Kameraden im Heiligen Land. Verrat und Verleumdung bekam ich als Lohn."
Er sah mit verklärten Augen durch den Garten und mich beschlich der Eindruck, als spreche er mehr zu sich, als zu mir.

Seine Stimme schwankte, als er fortfuhr: „Jetzt sitze ich hier auf dieser Bank. Wie oft bestaunte ich in diesem Garten Gottes wunderbare Natur und erholte mich von den häufig Sterbenskranken. Hier läuterten die Blüten meinen trüben Blick und ihr Duft gab mir neue Kraft und Entschlossenheit zum Gebet."

Ich wollte mich davonschleichen, um meinem Freund die wiederkehrenden Augenblicke seiner Vergangenheit zu gönnen. Doch Gregor verdrängte meine Gegenwart keineswegs.

Hellseherisch sagte er: „Bleib, Hilarius. Du störst mich nicht." Er schaute mich lächelnd an.

„Ich wollte dir nur meinen Lieblingsplatz zeigen. Die Bank und den Garten vermisse ich sehr. Warum nur quäle ich mich mit diesem Anblick? Warum mische ich mich in Sachen ein, die mich nichts angehen, auch wenn Konstantin sie von mir verlangt? Warum, Hilarius, sag du mir, warum?"

„Weil Ihr ein guter Mensch seid, Meister", antwortete ich, ohne zu überlegen.

Gregor lachte dröhnend und seine Augen leuchteten schelmisch. „Wenn dich dein Abt hört, kannst du bald die Ziegen hüten."

Bei dem Gedanken musste ich grinsen. „Und den Bock lasse ich die Blumen vor dem Abtshaus abfressen."

„Hilarius, du charakterloser Bengel", rief Gregor in gespieltem Entsetzen. Dabei streckte er seine Arme hilfesuchend gen Himmel und rollte verzweifelt mit seinen braunen Augen. Prustend wischte ich mir die Tränen aus den Augen, so sehr brachte mich Gregors Ausbruch zum Lachen. Es war leicht, Gregor aus seinen traurigen Gedanken zu reißen. Der Arzt stand auf und legte für einen Moment seinen Arm um mich.

„Weißt du, Hilarius, der Mann, der sich dein Vater nennt, kann sich glücklich schätzen, einen Sohn wie dich in die Welt zu schicken."

„Ein Sohn wäre der beneidenswerteste Mensch auf Gottes Erde, wenn er Euch seinen Vater nennen dürfte", antwortete ich.

In den wenigen Tagen unserer gemeinsamen Arbeit war mir

Gregor fast schon ein väterlicher Freund geworden. Wenn ich jetzt den kraftvollen, beschützenden Druck seines Armes auf meiner Schulter spürte, wünschte ich mir, dass mein Vater dergleichen getan hätte. Gregor, der meinen Vater kannte, verstand mich sofort. Seine Augen schimmerten feucht und er wischte mit dem Rockzipfel hastig die Spuren beiseite, die ihn als gefühlsbetonten Menschen verrieten.

„Lachen ist gesund", versuchte er auszuweichen.

„Bei Gott, besonders wenn man nichts zu Lachen hat."

„Hilarius, ich sag dir was. Wir legen eine Rast ein, die zwei Tage dauert. Am Karsamstag machen wir uns mit neuen Kräften wieder auf den Weg. Was meinst du?"

„Ein guter Gedanke", sagte ich. „Sehen wir uns morgen bei der Messe, wenn des letzten Abendmahls gedacht wird?"

Er packte mich bei den Schultern und schaute fassungslos.

„Hilarius, wie kannst du das fragen? Um nichts auf der Welt lasse ich mir entgehen, wie Abt Konstantin zwölf Männern aus der Gemeinde die Füße waschen muss. Alljährlich ist das für mich die Krönung des Osterfestes."

Lachend trennten wir uns im Obstgarten. Gregor schwankte durch eine schmale Pforte in der Klostermauer davon, wie ein gutmütiger Bär, der nach einem Streifzug durch seinen geliebten Wald zurückkehrt hinter die Gitter seines Jahrmarktwagens. Morgen, an cena domini, begannen die österlichen Festtage. Doch ehe wir dem HERRN dienten, musste ich noch eine wichtige Aufgabe erledigen.

27. des mertzo, a.D. 1225, cena domini

„Hier stapeln sich die Rollen und Bücher, die aus der Schreibstube und den Studierzimmern zurückkommen", sagte Bruder Ivo und schwirrte händeringend um den Tisch, auf dem sich die unersetzbaren Handschriften, Folianten und Schriftrollen

auftürmten, als habe seit der Vertreibung aus dem Paradies niemand mehr Ordnung hineinbringen können.
Während ich das Durcheinander betrachtete, dachte ich daran, wie einfach es gewesen war, den Novizenmeister, der vorübergehend auch die Bibliothek und Schreibstube verwaltete, für meinen Plan zu gewinnen. Er war über alle Maßen erfreut, als ich meine Hilfe anbot. Er nahm sich augenblicklich die Zeit, mich in die Arbeit einzuweisen. Zugegeben, angesichts der Berge von Schriftstücken kamen mir Bedenken, ob ich mir damit einen Gefallen tat. Bruder Ivo entzückte es auf jeden Fall.
„Dem Himmel sei Dank, dass es Brüder wie dich gibt, Hilarius", sagte er und presste seine gefalteten Hände an die Brust.
„Ich helfe gern."
Hoffentlich ließ mich der Novizenmeister bald allein. Wenn ich in dem Wirrwarr aus Schriften fündig werden wollte, musste ich jeden Augenblick nutzen. Bruder Ivo flatterte gleich einem Schmetterling, der nicht weiß, wie er auf der Blüte landen soll, immerfort um mich herum. Er schob ein paar Rollen zur Seite, stapelte alte Chroniken übereinander und blieb endlich vor mir stehen.
„Mir wächst das allmählich über den Kopf. Höchste Zeit, dass der Abt einen neuen Bibliothekar bestimmt." Seine Finger wischten seitlich an seiner Kutte entlang und spielten dann mit den nussbraunen Perlen seines Rosenkranzes.
„Unablässige Arbeit besiegt alles", zitierte ich einen überlieferten Dichter.
„Aber der Erfolg wird ein paar Tage auf sich warten lassen", fügte ich hinzu.
„Kein Mensch drängt dich, Hilarius. Alles kommt wieder an seinen Platz, das ist das A und O." Dabei nickte er mit dem Kopf in Richtung Büchertisch und zog mich zu dem kleinen runden Schemel, der davor auf mich wartete.
„Dafür will ich sorgen", sagte ich, während mich der Novizenmeister sanft auf den Sitz drückte.
„Ich muss gehen. Die Postulanten erwarten ihre Unterweisungen."
Voller Elan drehte er sich um und hastete zur Tür. Die Hand

auf der Klinke, rief er mir noch zu: „Wenn du Schwierigkeiten hast, erkundige dich bei den Brüdern in der Schreibstube. Sie kennen den Aufbewahrungsplatz jedes einzelnen Schriftstücks."

Bevor ich betonen konnte, dass ich alles im Griff hätte, fiel schon die Tür hinter ihm zu und ich hockte verlassen zwischen den Seiten jahrhundertealten Wissens. Ich atmete tief durch. Soweit hatte ich es geschafft. Doch wo sollte ich jetzt suchen?

An allen vier Wänden der Bibliothek waren breite, mehr als mannshohe Regale aufgestellt. Buch an Buch und Rolle über Rolle reihten sich darin aneinander, wie Ritter in einem wahrhaftig königlichen Heer. Die vielfarbigen Glasfenster ließen an diesem wolkenverhangenen, aber trockenen Tag ausreichend Tageslicht ein, um die kunstvollen Beschriftungen der Ledereinbände entziffern zu können. Wie ein Feldherr schritt ich erst einmal die endlosen Reihen ab, auf der Jagd nach einem Anhaltspunkt, von dem aus ich anfangen konnte. Ab und an widerstand ich nicht der Versuchung, ein auffallend prächtiges Buch herauszuholen und darin zu blättern.

Schon die äußere Ausschmückung ließ mein Herz vor Freude springen. Oft verzierten goldene oder silberne Platten die Ledereinbände. Sogar reliefartige Einlegearbeiten aus wertvollem Holz und seltenem Elfenbein entdeckte ich. Es gibt keine Worte, die annähernd beschreiben, wie ehrfürchtig ich die Zierschriften und farbigen Anfangsbuchstaben der Kapitel bewunderte. Meine Mitbrüder nebenan saßen oft viele Wochen an ihren Pulten, bevor sie ihre Kunstwerke zu Papier gebracht hatten. Zahlreiche Miniaturbilder fügten sich formvollendet in die Niederschrift ein.

Am Ende einer dieser Buchreihen stand ich unversehens vor einem reich verzierten Schrank, der mir zuvor nicht auffiel. Zwei hohe Flügeltüren versperrten den Inhalt vor meinen Augen. Obwohl ich versuchte, die Türen zu öffnen, war mir sofort, als ich die leeren Schlüssellöcher entdeckte klar, dass ich erfolglos sein würde.

Seltsam, warum mussten Bücher eingeschlossen werden? Gab es etwa schriftliche Zeugnisse, die nicht für jedermanns Augen

bestimmt waren? Sollten hier gar die Schriften lagern, in denen Bruder Lucius seine rätselhafte Entdeckung machte? Wenn es so war, wäre mein Vorhaben gleich am Anfang gescheitert. Damit hatte ich nicht gerechnet. Was nun? Aufgeben?
Ich musterte stirnrunzelnd die Werke, die im Regal neben dem Schrank aufgestellt waren. In Augenhöhe klaffte eine Lücke in der Reihe. Vermutlich gehört ein Buch aus dem Chaoshaufen hierher, dachte ich. Doch dann sah ich, dass in dem Zwischenraum ein abgerissener Papierfetzen lag. In undeutlicher Schrift, die in abstrusem Gegensatz zu den Schönschriften der Bücher stand, war darauf vermerkt:
Schrift über die Zahlen bei A.K. Unterzeichnet war der Satz mit: *L.* Die Handschrift ähnelte der von Bruder Lucius, wenn er in Eile war.
A.K. und L.? Ob dies Abt Konstantin und Lucius bedeutete? Es lag zumindest nahe. Doch was war das für eine Schrift über die Zahlen, die so bedeutungsvoll war, dass sie der Abt verwahrte? Vielleicht durchschaute Gregor den Zusammenhang.
Jedenfalls schob ich das Papier in meinen Beutel. Immerhin ein kleiner Erfolg. Mit leeren Händen mochte ich meinem Mentor nicht in die Arme laufen. In Gedanken vertieft zog ich ein Buch vom Brett und schlug es auf. Doch die Schriftzeichen hüpften wie aufgeregte Männchen vor meinen Augen hin und her, denn ich las nicht sondern zerbrach mir den Kopf unablässig über die Initialen auf dem Papier.
So kam es, dass ich das Buch gedankenlos zu weit in das Regal zurückschob. Überrascht hörte ich ein Rascheln an der Wand. Etwas sehr Leichtes fiel auf den Steinboden. Noch heute kann ich mir nicht erklären warum, aber mir schlug mein Herz bis in die Kehle hinauf und ich war überzeugt, dass meine Suche ganz und gar nicht vergeblich gewesen sein würde.
Zögernd ließ ich mich auf die Knie hinab, als rechnete ich damit, ein Wunder zu erleben. Auf dem Fußboden lag ein zusammengerolltes Schriftstück. Es musste hinter den Büchern gelegen haben und war durch meine Achtlosigkeit hinabgestoßen worden. Mit zittrigen Fingern holte ich die Rolle hinter dem Regal hervor und trug sie näher zum Fenster. Als ich sie

behutsam ausrollte, tanzten mir verschnörkelte Zeichen entgegen, die ich zwar nicht entziffern konnte, aber erst jüngst schon einmal sah: Arabisch.
Ich glaubte immer noch nicht, dass irgendjemand in der Lage war, in diesen Bogen und Linien einen Sinn zu erkennen. Aber Gregor gelang es anscheinend. Doch ich hielt die Schriftrolle in der Hand wie ein Kalb, das hilflos vor dem Stalltor stand. Führte mich meine Vorahnung hinters Licht?
Schon beschloss ich, das Pergament einzurollen und enttäuscht beiseite zu legen, da entdeckte ich in der oberen rechten Ecke einen handschriftlichen Vermerk in lateinischer Sprache. Das Blut rauschte in meinem Kopf und die Schrift verschwamm vor meinen Augen, als löse sie sich in einem rötlich brausenden Nebelschleier auf. Ich schloss die Augen und atmete tief durch. Ich sollte mich beruhigen. Doch selbst zwischen den Schatten meines Geistes erschufen sich die Schriftzeichen wie von selbst. Ich erkannte sogleich, dass sie von Lucius' Hand stammten. Vor meinem inneren Auge bildete sich immer wieder dieser Randvermerk, der mich derart schwanken ließ. Endlich wagte ich, das Pergament nochmals anzuschauen, bereit, die Anmerkung als Gespinst meines erfolgsgierigen Hirns zu verwerfen. Doch noch immer las ich die beiden, sorgfältig aneinander gereihten Worte: *Edidit Nachmanides* – Herausgegeben von Nachmanides.
Das musste ich Gregor zeigen. Nicht erst nach der heutigen Messe, gleich jetzt musste es sein. Eine erste, greifbare Spur. Ich hatte Mühe, das Pergament einzurollen, so sehr zitterten meine Finger. Ich versteckte das Schriftstück unter meiner Kutte und verließ eilig die Bibliothek. Gott sei Dank durfte ich mich durch die Zusammenarbeit mit dem Arzt jederzeit aus dem Kloster entfernen, ohne zuvor Abt Konstantins Billigung einzuholen. So beobachtete niemand, außer Bruder Barnabas an der Pforte, der an mein Kommen und Gehen gewöhnt war, dass ich mich auf den Weg zur Stadt machte.

Als ich, von Klara hereingelassen, mit hochrotem Gesicht in Gregors Arbeitsraum stürmte, um endlich meinen Glücksfund zu enthüllen, blieb ich wie angewurzelt stehen. In meinem Feuereifer setzte ich natürlich voraus, dass Gregor allein war. Daher wurde mein Tatendrang jäh gebremst, als ich den Bürgermeister erkannte, der mit dem Arzt unter dem Fenster auf den Lehnstühlen saß.

Beide blickten mich mit großen Augen an.

„Nanu, Hilarius, welcher Teufel ist dir denn auf den Fersen?"

Gregor konnte klug reden. Ich war unschlüssig, ob ich in Gegenwart des Bürgermeisters, der mir freundlich zulächelte, mein Geheimnis preisgeben durfte.

„Ich wollte... ich müsste...", stotterte ich und trat von einem Bein auf das andere.

Gregors Augen blitzten einen Moment auf, als erfasse er, wie dringend meine Mitteilung war. Doch als wäre nichts gewesen, erhellte ein Lächeln sein Gesicht und er sagte: „Nimm dir den Schemel und setz dich zu uns. Wir reden später miteinander." Dabei zwinkerte er mir zu, ohne dass es der Bürgermeister bemerkte. „Odwin kennst du ja. Es wird dich interessieren, was er zu berichten hat."

Ich zog den Schemel zum Fenster und setzte mich. Bürgermeister Odwin Wohlgemuth, dessen kantiger Kopf mit dem buschigen, leicht ergrauten Haar, mich eher an einen Henker erinnerte, räusperte sich und nahm seinen offensichtlich durch mich unsanft unterbrochenen Bericht wieder auf.

„Also, wie ich schon sagte: Mein Mann erfuhr vom Magistrat der Stadt Lindau, dass Adalbrand Seliger dort kein Namenloser ist. Und das war keinesfalls anerkennend gemeint." Sein langes, bärtiges Gesicht blickte uns verkniffen an.

„Anfänglich betrieb der Herr seine Geschäfte in der Marktsiedlung Isny und in der Gegend. Wiederholt wurde er bei minderen Gaunereien ertappt und entging einer Bestrafung nur durch die Fürsprache seines Vaters, der als angesehener Handelsherr in Lindau ein Kontor führte."

Gregor zog die Augenbrauen hoch.

„Schau an, wer hätte das gedacht? Wie ging es mit ihm weiter?"

Bürgermeister Odwin rieb sich die hohen Wangenknochen, die unter seinem Bart hervorstachen.

„Als sein Vater vor einigen Jahren starb, war der Herr fein raus. Er übernahm das Kontor in Lindau und eine Zeit lang hatte es den Anschein, als ob er ein neues Leben begonnen hätte." Er grinste uns allwissend an, bevor er fortfuhr.
„Doch die Verwaltung in Lindau bestätigte meinem Büttel, dass seine Geschäfte unterdessen schlecht liefen. Und zwar so miserabel, dass er selbst geringfügige Beträge schuldig bleibt."
„Aus einer Schlange wird eben nie eine Taube", behauptete Gregor, wobei er zustimmend nickte.
„Mag sein", warf ich ein, „dass die früheren Zeiten den Kaufmann in keinem günstigen Licht zeigen. Aber das macht ihn noch nicht zu einem Mörder, oder?"
Gregor und Odwin sahen sich an. Der Bürgermeister klatschte in seine Hände, als hätte ich zu seiner Überraschung eben ein Minnelied zum Besten gegeben.
„Ein aufgeweckter Bursche, dein Begleiter, Gregor. So was brauche ich in meinen Reihen. Schade, dass er schon einem Höheren seine Treue gelobte."
Gregor lachte, dass sein kugeliger Bauch auf und nieder wippte wie ein Kahn in stürmischer See. Sie amüsierten sich vortrefflich, ohne dass ich begriff, was an meiner Frage derart komisch war. Als ich meinen Mund zu einem gequälten Lächeln verzog, blickte uns der Bürgermeister augenblicklich mit strengen Augen an.
„In der Tat", nahm er den abgerissenen Faden wieder auf, „jetzt kommt das Verwunderlichste. Unser junger Freund hier scheint das zu ahnen."
„Verwunderlich?", fragte Gregor. Auch aus seinem Gesicht wichen die unbeschwerten Züge. „Nun rede schon."
Odwin Wohlgemuth neigte sich in seinem Lehnstuhl weit nach vorn und flüsterte:
„Ungefähr seit einer Woche verfügt Seliger wie aus heiterem Himmel über einen Haufen Geld. Niemand weiß zu sagen, woher er es bekam."
Er hielt inne, lehnte sich zurück und schaute uns gespannt an.
„Na bitte", rief Gregor und schlug mit der Faust auf seine Stuhllehne. „Zu guter Letzt fügen sich die Steine im Mosaik

zusammen." Er sprang auf und stand wie ein angriffslustiger Eber vor dem Bürgermeister. „Was noch, Odwin?"
„Er zahlte längst fällige Schulden zurück."
„Und?"
„Er ließ sich beim teuersten Gewandschneider der Stadt ein neues Wams aus venezianischer Seide anfertigen."
„Noch mehr?"
„Er reiste in den letzten Tagen, höchstwahrscheinlich aus reinem Vergnügen, hierhin und dorthin."
„Haben wir gemerkt", grollte Gregor. Er lief vor dem Bürgermeister auf und ab und seine Gesichtszüge wurden immer grimmiger. „War's das?"
„Nein – er bestellte auch noch eine Kutsche mit einem Gespann, das einem Gutsherrn alle Ehre macht. Reicht das?"
„Nur weiter so", rief Gregor und rieb sich die Hände. „Auf einmal kommt Schwung in unsere Geschichte, was Hilarius?"
Ich verstand die Begeisterung des Arztes. Nachdem wir lange im Dunkeln herumgetappt waren, erhielt das zerrissene Bild dieses Mordes unverhofft Konturen. Ich fühlte unter meinem Gewand, wie die Schriftrolle bei jeder Bewegung raschelte. Doch was war meine Entdeckung angesichts dieser verheißungsvollen Neuigkeiten?
„Fand der Büttel heraus, wie viel Geld der Händler alles in allem ausgab?", fragte ich den Bürgermeister.
„Wenigstens zweihundert Goldstücke, rechneten wir nach, eher darüber."
„Kann er das Gold nicht von anderer Seite erhalten haben?", fragte ich.
„Hilarius", sagte Gregor und breitete seine Arme aus, als ob er mich wegen einer dermaßen törichten Frage aufmuntern müsste, „Jetzt enttäuscht du mich. Wer gibt diesem Spitzbuben aus freien Stücken so viel Geld, da seine Betrügereien schon stadtbekannt waren?"
Bürgermeister Odwin nickte und stand aus seinem Stuhl auf. „Stimmt genau. Das ist der Punkt. Woher kam der Geldsegen, wenn nicht von einem sorglosen Klosterbruder, der ins Netz einer Giftspinne stolperte?"

Er nahm seinen weiten Umhang von der Bank und schwang ihn um seinen spindeldürren Körper.
„Das war's, meine Herren."
„Wie willst du vorgehen?", fragte Gregor sofort.
„Ich denke, nach den Festtagen reite ich höchstselbst nach Lindau, um diesem Galgenvogel sein Ende zu bereiten."
„Du willst selbst..."
„Im Magistrat von Lindau sitzen zwei, drei alte Bekannte. Wir werden diesem Seliger gehörig auf den Leib rücken."
„Was können wir in dieser Zeit tun?", wollte ich wissen.
„Ihr?" Der Bürgermeister lachte und knuffte Gregor in die Seite. „Ihr seid besser dran. Für Euch ist die Arbeit damit getan, für mich fängt sie nun erst richtig an. Gott zum Gruße."
Nachdem der Bürgermeister gegangen war, saßen wir lange schweigend auf unseren Plätzen. Schließlich erinnerte mich das raschelnde Pergament daran, warum ich eigentlich hierher kam. Gregor ging mit der Schriftrolle zum Fenster und überflog die Niederschrift. Er warf mir einen kurzen Seitenblick über die Schulter zu.
„Woher hast du das?"
„Es lag hinter einem Büchergestell in unserer Bibliothek", antwortete ich in atemloser Spannung. Ich war versessen darauf, endlich zu erfahren, ob der Inhalt dieses Dokuments Anhaltspunkte enthielt, die uns vorwärts brachten.
„Und? Was steht da?"
Gregor runzelte die Stirn, während er las.
„Nicht so hastig, mein Sohn. – Also, es geht um die Bedeutung von Zahlen, soviel begreife ich."
„Was denn für Zahlen? Geldsummen?"
„Nicht doch, Hilarius. Immer kreist nun doch nicht alles ums Geld. Hier ist von Zahlen die Rede, die in alten, in überaus alten Schriften zu finden sind."
„Zahlen. Schriften. Ich verstehe kein Wort."
„Ich auch noch nicht. Den Inhalt muss ich gründlicher in Augenschein nehmen, um die Beziehungen zu durchschauen." Er rollte das Pergament zusammen. „Welche Zahlen kann Nachmanides meinen?"

Mir fiel das Papier wieder ein, das ich im selben Regal fand. Ich holte es aus meinem Beutel und gab es Gregor.
„Das lag in einem der Regale anstelle eines Buches."
Gregor besah sich das Papier von allen Seiten.
„Das Buch über die Zahlen ist bei A.K. schreibt L. Würde mich nicht wundern, wenn das Bruder Lucius aufgeschrieben hätte. Wir könnten annehmen, dass er dieses Buch Abt Konstantin ablieferte."
„Das kam mir auch in den Sinn."
„Vielleicht brauchen wir dieses Buch, vielleicht aber auch nicht."
„Es würde uns zweifellos helfen", sagte ich.
„Kommt darauf an, was die Schriftrolle hergibt. Sonst noch was?" Er sah mich mit hochgezogenen Augenbrauen an. Ich erwähnte den abgeschlossenen Schrank.
„Ach ja, ich erinnere mich", sagte er. „Darin bewahrte man zu meiner Zeit die Schriften auf, in denen Zweifel an unserer Glaubenslehre verbreitet wurden."
„So was gibt es?"
„Gewiss. Wo ein Glaube ist, ist auch der Zweifel nicht weit. Das war von jeher so. Klar, dass diese Handschriften nicht jeder Bruder zum Studium erhält."
„Warum werden die Schriften nicht einfach vernichtet?"
Gregor sah mich lange an, ehe er antwortete.
„Zweifler machst du nicht mundtot, indem du ihre Schriften verbrennst."
„Verbrennen oder einschließen, wo ist da der Unterschied?", fragte ich.
„Kommt auf den Inhalt an. Ich vermute, Konstantin hütet den Schlüssel. Aber das ist im Moment unerheblich."
Er rollte das Schriftstück auf seinen Tisch und legte das Papier daneben.
„Heute Nachmittag beschäftige ich mich mit dem Pergament. Du kehrst zurück in die Abtei."
„Aber, ich dachte..."
„Bei der Messe zur Ehre des letzten Abendmahls darfst du nicht fehlen. Doch morgen, Hilarius, morgen verlange ich deine Hilfe. Auch wenn es Karfreitag ist. Die Passionsliturgie wird erst

zur Zeit der Non vorgetragen. Wenn du beizeiten herkommst, haben wir hinreichend Gelegenheit, noch einmal über all das zu sprechen, was bislang geschehen ist und was die Schriftrolle uns offenbart."

„Schade. Aber wenn Ihr denkt, Meister. Ich werde da sein. Allerdings – haben wir den Mörder nicht schon gefunden? Ihr habt gehört, was der Bürgermeister berichtete?"

Gregor trommelte mit den Fingern auf dem Tisch.

„Ich weiß, was du meinst, Hilarius. Doch ich möchte zu gern wissen, welchem Mysterium Lucius nachspürte."

„Ach so, das."

„Bei dem Gedanken daran wird mir hundeelend."

Für einen Augenblick schien Gregors Gesicht eine seelische Qual anzudeuten. Niedergeschlagene Augen, wie die eines Knechtes, blickten aus einem demütig gebeugten Kopf. Was erschütterte diesen Berg von einem Mann derart tief? Manchmal gab mir Gregor Rätsel auf, als hätten wir davon nicht schon mehr als genug. Doch dieser beängstigende Moment verstrich so schnell, wie ein Eichenblatt brauchte, um vom Herbstwind aufgewirbelt auf den Erdboden zu sinken.

„Nun, Hilarius, wenn ich es schaffe, sehen wir uns bei der Messe."

„Der Allmächtige schütte seinen Geist über Euch aus."

„Meinst wohl, ich hätte es nötig, was?" Er lachte mich an, doch es wirkte gequält. „Wenn nicht, erwarte ich morgen deine tatkräftige Unterstützung."

Er rieb sich die Hände und gab mir einen Klaps auf den Rücken. Ehe ich etwas einwenden konnte, schob er mich sanft, aber bestimmt zur Tür hinaus.

Na schön, es schadete nichts, wenn ich mich wieder einmal dem Heil unseres HERRN hingab. Zum Gloria erklänge die Orgel ein letztes Mal, bis Sonntag. Keine Kirchenglocken, kein geschmückter Altar, kein Kreuz... und keine Ahnung, wie ich die Gedanken an Bruder Lucius und sein gewaltsames Ableben beiseite drängen sollte, um mich auf den Dienst an Gott zu beschränken.

Hätten wir nur schon Freitagmorgen.

28. des mertzo, a.D. 1225, Parasceve

Gregor entdeckte ich bei der Abendmahlsmesse nicht. Wahrscheinlich studierte er immer noch die Schriftrolle. Ich entschloss mich, den Weg nach Rothenfels zu Fuß zurückzulegen. Der junge Vormittag lud dazu ein. Sein wolkenloser Himmel glich, mit den wenigen schneeweißen Schlieren, den Fährten des Wildes in einer Winterlandschaft. Es war kalt und ich raffte meinen Umhang fester um meinen Leib. Mein Atem blies einen bleichen Nebel vor mir her. Meine Gedanken tauchten längst wieder in die geheimnisvollen Untiefen um Bruder Lucius hinab.

So scheute ich wie ein aufgeschrecktes Reh und taumelte einige Schritte rückwärts, als mich eine schroffe Stimme anrief: „Du streichst herum, als koste dich jeder Schritt einen Heller."

Gregor stand oberhalb des Feldwegs und winkte. Er musste quer durch die saftig grünen Wiesen marschiert sein. Ob ihm auch der Sinn nach frischer frühlingsduftender Luft stand? Wie ein gutmütiger Bär tapste er herunter zu mir auf den Weg.

„Gut, dass ich dich treffe", sagte er und wischte sich mit dem Rockzipfel den Schweiß von der Stirn. Dunkle Ringe zeichneten sich unter seinen Augen ab. Er sah übernächtigt aus.

„Herr im Himmel, habt Ihr mich erschreckt", sagte ich.

„Du hast doch nicht etwa ein schlechtes Gewissen?"

„Warum sollte ich? In Gedanken war ich halt."

„Warst du auf dem Weg zu mir?"

„Könnt Ihr hellsehen?"

„Na, so schwer ist das nicht zu erraten."

„Und Ihr? Ihr holt mich doch nicht ab, oder? Ich dachte, wir reden über die letzten Ereignisse?"

„Reden können wir auch unterwegs."

Er ging langsam auf dem Feldweg weiter und mir blieb nichts anderes übrig, als ihm zu folgen. Inzwischen gewöhnte ich mich bei ihm an Überraschungen. Er schaute mich von der Seite an.

„Bauer Tasso schickte nach mir. Sein einziger Sohn stürzte vom Apfelbaum und verletzte sich."

„Wenn ich das gewusst hätte, wäre ich nicht zu Fuß gegangen“, gestand ich.
„Hab dich nicht so. Zu Fuß wie die Apostel, Hilarius. Aber...“, seine Augen blitzten mich an, „... wenn dir der Weg zu Tassos Hof zu weit ist, ruh deine altersschwachen Füße in der Abtei aus. Da vorne zweigt der Weg ab.“
„So hab ich das nicht gemeint.“
Altersschwache Knochen, das fehlte mir gerade noch. Mit Gregors wohlgenährtem Leib wollte ich es allemal aufnehmen. Zuweilen war es schwer, mit Gregors direkter Art klarzukommen. Ich wechselte lieber den Gesprächsstoff, während ich neben ihm hertrottete.
„Endlich kann ich von Euch lernen“, sagte ich hoffnungsvoll.
„Erst mal schauen, was dem Burschen fehlt.“
„Gibt es was Neues aus dem Pergament?“
Gregor blieb stehen und zeigte auf sein Gesicht. „Sieh mich an. Die halbe Nacht brütete ich über dem verwünschten Arabisch.“
„Ihr seid eben nicht mehr geübt in dieser Sprache“, wagte ich achselzuckend zu erklären.
„Komm mir nicht komisch, Hilarius“, ereiferte er sich, während er weiterlief.
„Nicht die Sprache, der Wortlaut hielt mich auf.“
„Dann blieb Euch verborgen, um was es geht?“
„Hilarius, heute trittst du mein Selbstbewusstsein, wo du nur kannst.“
„Hätte nicht gedacht, dass ich das schaffe“, kicherte ich. „Erzählt mir schlicht, was Ihr herausgefunden habt.“ Gregor war gereizt, gereizt wie ein wilder Stier.
Wir wanderten am Waldrand entlang, den Berghang hinauf, der zu Tassos Hof führte. Trotz der Kühle schnappte Gregor schwitzend nach Luft, als er stockend zu erzählen anfing: „Wie schon erwähnt... geht's um Zahlen... aus der Heiligen Schrift.“
Keuchend blieb er stehen und blickte zurück auf die fernen Dächer von Rothenfels.
„Warum mache ich das nur?“ Ich unterdrückte die Antwort, die mir schon auf der Zunge lag. Heute war scheinbar kein geeigneter Tag, um zu scherzen.

„An welche Zahlen denkt Ihr, Meister Gregor?“, fragte ich stattdessen.
„Besinne dich. Die Heilige Schrift spricht unablässig in Zahlen. Sieben Gemeinden, siebenarmiger Leuchter, siebzig Ausgesandte, tausendjähriges Reich, Zehn Gebote, zwölf Apostel...“
„Die Zahl für das Tier nicht zu vergessen“, warf ich dazwischen. Erneut hielt er an und beobachtete mich, als hätte ich gewagt, ihm einen medizinischen Rat zu erteilen. Doch ich irrte mich.
„Bist ein kluger Kopf“, sagte er überraschend.
In der Ferne tauchte die Hofstätte aus den Wiesen und Äckern auf.
„Das Pergament lässt keinen Zweifel daran, dass alle Zahlen der Schrift ihre eigene göttliche Bedeutung haben. Doch nur das Wesen der 666, der Zahl des Tieres aus der Offenbarung des Johannes, sei bis jetzt ein Buch mit sieben Siegeln geblieben.“
Ein Kolkrabe flatterte aufgescheucht über unsere Köpfe hinweg. Mit einem ärgerlichen „tok, tok“ kreiste er ein paar Mal über dem Weg und segelte dann hinüber zum nahen Wald.
„Bis jetzt?“, fragte ich, während ich dem schwarzen Vogel mit den zottigen Federn nachsah.
„Genau, was ich dachte“, sagte Gregor. „Klingt, als wäre das Rätsel um diese prophetische Zahl gelöst worden.“
„Wirklich? Das kann ich kaum glauben. Seit Jahrhunderten zerbrechen sich die Menschen den Kopf über diese harte Nuss.“
„Und Nachmanides meint, ihre Schale zerbrochen zu haben.“
„Klar, ich bin schon neugierig, welchen Namen das Böse trägt, das uns Johannes offenbarte. Aber mit unseren Untersuchungen hat dies doch nichts zu tun.“
Wir näherten uns dem Hof und erkannten den alten Bau schon deutlich vor den weit dahinter zurückliegenden Gipfeln. Drunten im Tal glänzte der Alpsee zu uns herauf. Ich genoss den Blick auf das verträumt an seinem Ufer liegende Rothenfels. Nicht weit entfernt, an der Biegung eines sich dahin schlängelnden Flusslaufes gewahrte ich eine weitere Ansiedlung.
„Mir war nicht bewusst, dass Immindorf schon so groß ist.“
Gregor zog am Ärmel meines Gewandes. Er atmete tief durch

und blickte in den wolkenlosen Himmel, als wären wir lediglich Wanderer, denen die Schönheit der Natur am Herzen lag.
„Es mag eine Beziehung da sein, die wir nicht begreifen, Hilarius", erklärte er. „Abt Konstantin verheimlicht uns aus gutem Grund, was Lucius erforschte. Möchte bloß wissen, was der sich einbildet", grollte er. „Solange wir nicht ahnen, was er im Schilde führt, sind wir gezwungen, jeden Hinweis im Auge zu behalten."
Er zeigte nach vorn, wo eben ein kleinwüchsiger Mann aus dem Haus trat.
„Kein Wort mehr davon. Auf dem Heimweg reden wir weiter. Jetzt gehört unsere Aufmerksamkeit dem Verletzten."
Als wir näher kamen, blickte ich auf eine vernachlässigte und heruntergekommene Hofstätte. An Scheune und Stallungen schepperten beschädigte Holzbretter im Wind und morsche Balken hielten die Stadel mit letzter Anstrengung. Es glich einem Wunder, dass sie noch nicht eingestürzt waren. Das Holzhaus, vor dem uns ein scharfgeschnittenes Gesicht musterte, ähnelte äußerlich eher einer unbewohnten Hütte, als dem Heim eines Landmanns. Ein grimmigstolzer Zug lag um Mund und Kiefer des Mannes, als er uns begrüßte. Mich starrte er dabei ausgesprochen griesgrämig an.
„Zu Pferd wäret Ihr schneller gewesen."
„Warum brachte der Knecht kein Pferd mit?", antwortete Gregor, während seine Augen beharrlich über den Hof streiften. Der Bauer zuckte die Achseln.
„Mein einziges Pferd?"
Gregor grinste ihn aus schiefen Mundwinkeln an. „Wie viele Söhne habt Ihr denn?"
Tasso biss sich auf die Lippen und verstummte. Wieder schleuderte er mir einen verächtlichen Blick zu. Ich hatte noch kein Wort gesprochen und doch blickte mich der Bauer an, als sei ich sein Todfeind. Sein Filzhut hing schief über dem dunkelbraunen Haar, das struppig darunter hervorlugte.
„Was will der Pfaffe hier?"
„Fürchtet Ihr den Geist des Herrn in Eurer Nähe?"
Tasso schnaubte.

„Kommt", sagte er, ohne Gregors Frage zu beantworten.
Er stiefelte vor uns her über den Hof und verscheuchte mit einer herrischen Handbewegung ein paar Hühner, die auf dem schlammigen Boden um einen Regenwurm wetteiferten. Hinter dem Bauernhaus gelangten wir in den von wild wuchernden Brombeersträuchern gesäumten Obstgarten. Aber auch die Apfel-, Birn- und Kirschbäume passten sich dem allmählichen Verfall an. Schlaff hingen die meisten Äste herunter. Niemand plagte sich damit ab, sie zurückzuschneiden.
Unter einem Apfelbaum kauerte eine Frau im Gras. Als sie sich erhob und uns ihr Gesicht, das ein braun und rot gestreiftes Kopftuch umgab, zuwandte, bemerkte ich ein feuchtes Glitzern in ihren geweiteten Augen und auf den geröteten Wangen.
„Zur Seite, Weib", brummte Tasso und stieß die Frau mit seinen schwieligen Händen fort. Sie faltete ihre Hände und schlug die Augen nieder, wie eine gescholtene Stallmagd.
Im Gras neben ihr lag ein junger Bursche, halb so alt wie ich, möchte ich meinen, und wimmerte leise. Sein rechtes Bein war unnatürlich gekrümmt, als gehöre es nicht zum übrigen Teil seines Körpers. Seine fiebrig flackernden Augen bettelten um Hilfe, als er in die Runde starrte.
Gregors flinke Finger flogen über das gekrümmte Bein, tasteten, fühlten und drückten. Während das Gestöhne des Knaben lauter wurde, starrte uns der Arzt besorgt über die Schulter an.
„Über dem Knie gebrochen", stellte er zu mir gewandt fest. „Ich muss es richten." Die Frau schluchzte auf, doch der Bauer zeigte keine Regung.
„Halt ihn fest", forderte mich Gregor auf.
Ich wusste, was nun bevorstand und bedauerte den Verunglückten und seine mitfühlende Mutter. Gregor, als lese er meine Gedanken, drehte sich zu der Frau um.
„Ich brauche Leinentücher... eine Handvoll. Und schlagt fünf, sechs Eiweiß in eine Schale. Ihr habt doch Eier, oder?"
Die Frau fuhr mit dem Schürzenzipfel durch ihr Gesicht, nickte, doch sie rührte sich nicht von der Stelle.
Erst als ihr Mann sie anfuhr: „Weib, hast du keine Ohren?", schreckte sie zusammen, als erwache sie aus einem bösen

Traum. Sie raffte ihr knöchellanges grünes Wollkleid und rannte zum Haus hinüber.
„Pass auf, Hilarius“, zischte Gregor, doch seine zu einem dünnen Strich verzogenen Lippen bewiesen, dass er sich nur mühsam beherrschte. Ich presste ein Knie auf die Brust des Knaben.
„Jetzt“, rief Gregor und augenblicklich drückte ich meine Hände gegen die Schultern des Verletzten. Ein Laut, wie wenn sich ein Holzstecken in ein Kiesbett bohrt, ließ mich hoffen, dass der gebrochene Knochen wieder seine natürliche Lage einnahm.
Der Bauernsohn bäumte sich mit weit aufgerissenen Augen und offenem Mund auf. Doch drückte ich ihn eisern ins Gras zurück. Plötzlich fiel sein Kopf zur Seite und die eben noch schreckgeweiteten Augäpfel wurden trüb und die Lider sanken herab.
Im selben Moment wurde ich, wie von einer Keule getroffen, zu Boden gestreckt. Über mir stand breitbeinig der Bauer und blitzte mich an.
„Jetzt habt Ihr mir auch den letzten Sohn ermordet, Ihr Pfaffengesindel. Aber dafür musst du büßen.“
Fäusteschwingend, wie sich Tasso über mir aufbaute, fühlte ich meine letzte Stunde gekommen. Dabei wusste ich nicht einmal weswegen. Wo blieb Gregor? Überließ er mich einfach meinem Schicksal?
Schlagartig verschwand das bedrohliche Gesicht über mir und ich hörte einen erstickten Schrei. Ich sprang auf die Beine und sah, wie der Arzt den Bauern am Genick gepackt hielt.
„Noch ein Wort und du kannst dir deinen Sprössling alleine zusammenflicken“, tobte er mit rot angelaufenem Gesicht.
Tasso wand sich, um frei zu kommen. Doch immer wieder griffen seine Hände ins Leere, denn Gregor überragte ihn um mehr als zwei Haupteslängen.
„Lasst mich...“, stammelte er und ruderte wild mit den Armen um sich.
„Könnte dir so passen. Was denkst du, machen wir hier, was?“ Er lockerte den Griff, damit der Bauer wenigstens sprechen konnte.

„Der hat ihn umgebracht“, schrie es aus ihm heraus und er zeigte mit beiden Armen auf mich.
Gregor lachte und rüttelte den spindeldürren Körper des Bauern. „Der? Der kann nicht mal eine Küchenschabe zertreten, ohne sich sündig zu fühlen.“
„Aber... ich habe doch gesehen...“
„Dann brauchst du zwei neue Augen.“ Er stieß Tasso gereizt von sich, denn in diesem Moment vernahmen wir ein Stöhnen. Der Bauernsohn schlug die Augen auf und blickte sich um, als suche er den Widersacher, der ihm das antat.
„Kommst schon wieder auf die Beine, Bub“, sagte Gregor so sanft, dass ich für einen Augenblick dachte, jemand anderer hätte gesprochen. Der Bauer stand mit hängenden Schultern daneben und schwieg.
„Wo bleiben die verflixten Tücher?“, raunzte ihn Gregor an.
„Mein Weib kommt schon“, murmelte Tasso, nach einem unsicheren Blick zum Haus.
„Gebt mir Euer Messer.“
Schweigend zog der Bauer ein längliches Messer aus seinem Gürtel und reichte es Gregor. Währenddessen kam die Frau des Bauern mit den frischen Tüchern und einer bräunlichen Tonschüssel.
Als sie sah, wie sich Gregor mit dem Messer in der Hand über ihren Sohn beugte, schrie sie erschreckt auf. Die Schüssel riss ich ihr eben noch aus den Händen, bevor sich ihr Inhalt über die Wiese ergoss. Gregor verdrehte die Augen und seufzte.
„Noch ein Blinder. Schaut her, ich schlitze ihm jetzt den Bauch auf.“
Wie ein Mysterienspieler hob er die Waffe. Doch seine Hand fuhr blitzschnell in das Hosenbein des Knaben, um den groben Wollstoff zu teilen, damit wir das verletzte Glied behandeln konnten. Er hatte Schwierigkeiten, den Stoff auseinander zuschneiden.
„Hat auch schon schärfere Tage erlebt, was?“ sagte er zu dem Bauern.
„Ich hab nur das eine...“
Die Bauersleute beruhigten sich wieder und beobachteten uns

mit offenen Mündern. Gregors Hände tasteten nochmals über die Bruchstelle. Zufrieden nickte er.
„Die Tücher, Hilarius."
Während ich die Leinentücher gründlich in der zähflüssigen Eiweißmasse einweichte, kramte Gregor aus seinem Lederbeutel einen kleinen schwarzen Tiegel hervor. Umsichtig strich er daraus eine Salbe über den verletzten Oberschenkel.
„Jetzt du", forderte er mich auf.
„Ich?"
„Siehst du hier noch einen Heilkundigen?"
„Aber ich dachte..."
„Zum Denken sind wir nicht hier. Beeil dich, sonst trocknet die Salbe."
Ich kauerte mich neben den Knaben und lächelte ihn an. Sorgfältig wickelte ich dann die durchtränkten Leinentücher von oben herab bis unter das Knie und strich sie in regelmäßigen Abständen glatt. In weniger als einer Stunde verband sich das Eiweiß mit dem Gewebe zu einer harten Masse und verhinderte, dass sich der Knochen während der Heilung bewegte.
„Na bitte, hast ihn ja nicht gleich umgebracht", bewertete Gregor meine Arbeit, wobei er den Bauern durchdringend ansah. Angesichts seines Temperaments betrachtete ich sein Urteil durchaus als Lob. Er gab Tasso das Messer und sagte zu mir: „Fass an." Zusammen trugen wir den Bauernsohn ins Haus und betteten ihn in einer winzigen düsteren Kammer behutsam auf eine Strohunterlage.
„Zwei Wochen Nichtstun und kräftiges Essen", sagte Gregor, dem der Schweiß von der Stirn tropfte. „Nächste Woche komm ich wieder."
Tasso nickte und führte uns in die Küche des Bauernhauses. Die Glut in der Herdstelle verbreitete eine wohlige Wärme. Allerdings war der Raum mit milchig weißblauem Rauch durchzogen, da die Schwaden durch das enge Loch im Dach nicht gänzlich abzogen. Es roch wie in einer Räucherkammer, nur fehlten die Schinken und Braten, um meine Vorstellung zu ergänzen. Immerhin schaukelte über den prasselnden Flammen

ein zerbeulter eiserner Kochkessel an einer Kette, dem ein appetitlicher Duft entströmte.
Tassos Weib saß inzwischen vor einem Webstuhl und ordnete die Fäden des Wollstoffs, der auf dem Tuchbaum aufgerollt war. Ab und an stand sie auf und rührte stumpfsinnig in dem Kessel. Der Bauer wartete vor uns, als gehöre er nicht hierher. Seine anfänglich ruppige Art war von ihm abgefallen. Fast unterwürfig senkte er sein Haupt, kratzte sich regelmäßig unter dem Filzhut und kaute auf der Unterlippe.
„Meister Gregor, was die Bezahlung angeh...t"
„Hab ich was gesagt?", fuhr Gregor dazwischen. Offensichtlich verzieh er ihm noch nicht den Angriff auf mich.
„Üblicherweise", wollte Tasso fortfahren, doch Gregor wedelte mit den Händen.
„Üblicherweise? Für gewöhnlich werden mein Helfer und ich mit Achtung empfangen, nicht mit aberwitzigen Drohungen und Fäusten. Was habt Ihr Euch nur dabei gedacht?"
„Setzt Euch." Tasso wies zu einem grob gezimmerten Tisch, vor dem auf beiden Seiten Holzbänke standen. „Ein Bier?"
Er wich meinem Blick aus.
„Noch so eine Attacke wie im Garten und Ihr braucht nicht mehr nach mir zu schicken, Bezahlung hin oder her. – Wo bleibt das Bier?" Gregor setzte sich auf eine Bank. Ich wählte meinen Platz ihm gegenüber.
„Kommt gleich", sagte der Bauer und sein Mund grinste erleichtert. Mit dem Überschwang eines Kindes, dem eine Unartigkeit verziehen wurde, stürmte er aus dem Haus. Sein Weib schaute auf, als die Tür zufiel.
„Ist der allezeit so mürrisch?", fragte Gregor.
„Erst seit unsere Ältesten gestorben sind", antwortete die Frau leise, als befürchte sie, außerhalb der Küche gehört zu werden.
„Was fehlte ihnen?", erkundigte ich mich.
„Das solltet Ihr doch wissen. Die Kirche war nicht unschuldig daran." Ihr Rücken straffte sich und die klaren, grünbraun gesprenkelten Augen sahen mich klagend an. Ich stand auf und ging zu ihr hinüber.
„Was hat die Kirche mit dem Tod Eurer Kinder zu schaffen?"

Immer wieder schoben die Leute ihr trauriges Schicksal auf die Umstände, die von ihrem Leben Besitz ergriffen. Mal waren es die Grundherren oder die Bürgerverwaltung, ein anderes Mal lag es am Wetter oder den feilschenden Händlern auf dem Markt. Aber an der Kirche?
Tassos Weib legte ihre Hände in den Schoß und starrte auf den ausgetretenen Lehmfußboden, als läge dort sichtbar die Antwort.
„Vor vier Wintern", begann sie, „ward unsere Ernte von Unwettern vernichtet. Zum zweiten Mal hintereinander."
„Das war gewiss schrecklich, aber ich begreife nicht..."
„Fast alle Vorräte wurden verbraucht und wir hatten noch keine Abgabe bezahlt."
„Ihr meint den Zehenten?", fragte ich. Die Bauersfrau nickte.
„Tasso rannte bald jeden Wochentag zum Grundherrn und in die Abtei. Die Abgaben sollten uns erlassen oder wenigstens herabgesetzt werden."
Ich merkte der Frau an, dass sie ein Bild aus vergangenen Tagen vor Augen sah, als sie stockend fortfuhr.
„Er redete in den Wind. Nahezu alles, was wir noch besaßen, mussten wir abgeben. Bis auf Baldo, unseren ältesten Knecht, verließ uns das Gesinde, weil wir es nicht mehr ernähren konnten. Die Reste reichten nicht mal für uns."
Sie sank in sich zusammen und vergrub ihr Gesicht in den Händen. Tröstend legte ich eine Hand auf ihre Schulter, doch schluchzend schlug sie nach meinem Arm. Als sie hochschaute, flossen Tränenbäche über ihr Gesicht und hinterließen glitzernde Bahnen auf ihren roten Wangen.
„Die Freigiebigkeit des Großherrn und das Erbarmen Eurer Kirche haben meine beiden Söhne verhungern lassen", schrie sie mich an. Erschreckt taumelte ich zurück und quetschte mich wieder auf die Bank.
„Sie waren noch so jung", jammerte die Frau und wischte mit dem Ärmel ihres Gewands über die nassen Augen. Sie blickte uns an, wie ein in die Enge getriebenes Kaninchen auf der Flucht nach vorn.
„Vielleicht begreift ihr jetzt, weshalb Tasso so mürrisch ist. Er hat nie wieder einen Fuß in die Kirche gesetzt."

Mir wollte nicht in den Kopf, was ich hörte. Unsere Mutter Kirche half, wo sie konnte, die Leiden der Menschen zu lindern, nicht umgekehrt. Das wollte ich genauer wissen.
„Das kann doch nicht..." Eine Hand berührte meinen Arm. Gregor schaute mir tief in die Augen und schüttelte den Kopf. Als die Tür aufging und Tasso mit drei schaumbedeckten Holzbechern hereinkam, zog seine Frau längst wieder die dunkelgrauen Wollfäden über den Holzrahmen.
Das Bier sah frisch und einladend aus. Dennoch rührte ich den Becher, eingedenk des Fastentages, nicht an.
„Karfreitag", sagte ich nur, als mich der Bauer mit verkniffenen Augen beobachtete.
Nachdem er auch meinen Becher geleert hatte, stand Gregor auf und sagte, auf die Trinkgefäße deutend: „Eure Schuld ist beglichen. Möglich, dass Ihr mir eines Tages einen Gefallen erweisen müsst. Wenn meine kargen Jahre anbrechen."
Wir gingen hinaus und ich war heilfroh, aus der stickigen und trübsinnigen Küche entfliehen zu können. Tasso lief ein paar Schritte neben uns her.
Zwischen der verfallenen Scheune und den Stallungen, von denen sich bereits die Holzbretter lösten, arbeitete ein Mann an einem zweirädrigen Wagen. Seine ausgefransten Beinkleider und das an mehreren Stellen durchlöcherte Leinenhemd passten gut auf diesen arg gebeutelten Hof.
„Baldo, die letzte treue Seele", erklärte Tasso. „Ich hab ihm gesagt, er soll's lassen, aber er will den Wagen durchaus wieder zum Laufen bringen." Er stemmte die Fäuste in die Seiten und grinste spöttisch. „Ich kann mein Schicksal nicht mal mehr beweinen. Ihr kennt doch die Redensart, wonach uns eher die Tränen ausgehen als die Anlässe zum Leiden."
Er blickte unverwandt auf den mit stoischer Ruhe werkelnden Knecht. Er vergaß unsere Gegenwart und sprach wie zu sich selbst.
„Erst die jämmerlichen Ernten, dann die Kinder, das Gesinde über alle Berge, der Bub fast zu Tode gestürzt. Und der Wagen zerbrochen. Wen interessiert schon, wie wir die Feldfrüchte auf den Markt bringen?"

„Ihr ward keinen Tag mehr auf dem Markt?“, fragte Gregor.
„Seit diesem unglückseligen Samstag nicht mehr. Was muss der blöde Gaul den Wagen auch ausgerechnet über die knorrige Baumwurzel zerren. Dabei ist der Weg breit genug.“
„Hadert nicht mit dem Pferd, Tasso“, beschwichtigte Gregor. „Das Licht des Himmels wird auch Euch wieder wohlwollend beleuchten.“
Tasso zuckte die Achseln und spuckte aus. „Ihr wisst doch: Eine Wohltat schwindet aus dem Gedächtnis, Unrecht bleibt.“
Er drehte sich ohne weiteren Gruß um und wie ein gebrechlicher müder Greis schlurfte er davon.
Wir machten uns auf den Heimweg. Da die Mitte des Tages inzwischen vorüber war, erwärmte sich die Luft. Gregor lief schweigend neben mir her. Ohne die Schmetterlinge zu beachten, die ruhelos die Wiesenblumen umflatterten, oder die Aussicht auf die schneebedeckten Berggipfel zu würdigen, stapfte er über den Weg. Wenngleich unsere Ermittlungen durch diesen Ausflug aufgehalten wurden, war ich doch glücklich, den kundigen Arzt endlich bei der Arbeit beobachtet zu haben. Bruder Lucius konnte bestimmt ein paar Stunden warten, er hatte es nicht mehr eilig.
„Glaubst du, was er behauptet?“, fragte Gregor in die Stille hinein.
Ich wusste nicht, woran er dachte. Doch Gregor ließ mir keine Zeit zum Nachdenken.
„Ich glaube es.“ Er lachte kurz und verzog die Mundwinkel. „Sieht dem Abt ähnlich, auf sein Recht zu pochen, auch wenn dabei jemand draufgeht.“
„Der Abt ...?“ Ich war verwirrt. Was hatte der Abt mit dem Bauernhof zu tun?
„Wer sonst?“, wetterte Gregor. „Meinst du, der Stallbursche entschied, dass zwei unschuldige Kinder elendiglich verhungern können? Hauptsache, die Abtei bekommt ihren Blutzins, was?“ Er fuchtelte mit den Händen in der Luft herum, während seine Stimme immer dröhnender klang. „Aber eines Tages bekommt er, was ihm zusteht. Glaub mir, der Allwissende hat ein langes Gedächtnis.“

„Ihr könnt Abt Konstantin nicht für alles verantwortlich machen", widersprach ich.
„Was weißt du schon von Verantwortung?" Seine Füße rannten immer schneller den Abhang hinunter.
„Und Ihr?"
Er blieb stehen und sah mich mit eingefrorenem Gesichtsausdruck an.
Er fauchte: „Was willst du damit sagen?"
„Wisst Ihr nur, was Verantwortung bedeutet oder handelt Ihr auch demgemäß?"
„Pass auf, was du sagst." Sein Gesicht lief feuerrot an.
„Ihr flüchtet vor Eurer Verantwortung", sagte ich so sanftmütig wie möglich.
„Ihr drängt sie ständig nach hinten. Dafür stellt Ihr den Abt an den Pranger. Warum schaut Ihr Eurer Verantwortung nicht ins Gesicht?"
Er starrte mich mit offenem Mund an. Einen Augenblick bildete ich mir ein, er würde mir an die Kehle springen. Doch er kehrte mir den Rücken zu und trottete den Weg hinunter. Stillschweigend liefen wir am Waldrand entlang. War ich zu weit gegangen? „Nein", dachte ich, „einmal muss er aus seinem Kaninchenbau, in den er sein Gewissen verfrachtet hatte, ans Sonnenlicht kriechen." Aber höchstwahrscheinlich war er noch nicht bereit dafür. Ich änderte die Gesprächsrichtung.
„Woher wusste Seliger, dass Lucius so viele Geldstücke besaß?"
Ich erhielt keine Antwort.
„Der banchieri wenigstens wusste es." Immer noch keine Antwort.
„Ob dem Wirt in Lindenberg etwas dämmerte? Immerhin fanden wir den leeren Lederbeutel in der Kammer. Wäre doch denkbar, oder?" Gregor schnaubte und schwieg.
„Brachte Lucius' Tod irgendjemand einen Nutzen, den wir übersehen?"
Ich musste grinsen, als mir Bruder Ivo einfiel, dem die Schandtat mehr Plackerei einbrachte, als er bewältigen konnte. Nun, Bruder Ivo zählte ich nicht ernstlich zu den Nutznießern.
„Also doch wieder das Geld", sagte ich mehr zu mir, denn ich

fand mich damit ab, meine Fragen selbst beantworten zu müssen.
„Und wo wird der abgesplitterte Rubin vermisst? An der Mordwaffe? Wo sollen wir die aufstöbern?“ Vor uns tauchte zwischen den tiefgrünen Hügeln die Abzweigung auf, an der der Fahrweg sich teilte.
„Dann möchte ich noch wissen, zu welchem Fuhrwerk die Radspuren passen.“ Immer mehr ungelöste Fragen fielen mir ein.
An der Weggabel machte Gregor Halt.
„Du schwätzt zuviel“, sagte er.
„Oh, und ich dachte schon, Ihr habet ein Schweigegelübde abgelegt“, platzte ich heraus. Wider Erwarten lächelte er.
„Der Teufel hat mich geritten, als ich dich auswählte.“
„Eher springt der Satan ins Weihwasser, als sich mit Euch einzulassen.“
„So arg?“ fragte er.
„Schlimmer.“ Wir lachten beide und ich war heilfroh, dass die dunklen Wolken, die Gregors Kopf eben noch belagerten, zerstoben waren.
„Mal ehrlich, Hilarius. Ich hörte dir aufmerksam zu. Stimmt alles, was du aufzählst. Und noch etwas anderes will mir nicht in den Kopf.“
„Und zwar?“
„Dass Seliger nach dem räuberischen Mord von Lindau beinahe bis zur Abtei kutschierte, um sein Opfer loszuwerden. Warum übergab er den Leichnam nicht einfach den Fluten des Bodensees?“
„Weil der Mord nicht in Lindau passierte“, sagte ich auf gutes Glück.
Gregor rieb sich sein Kinn, dann nickte er.
„Morgen, in aller Frühe, reiten wir los.“
„Wohin diesmal?“
„Wir holen uns ein paar Auskünfte.“
„Können wir wahrhaftig gebrauchen.“
„Bitte für uns während der Messfeier.“ Er gab mir einen Klaps auf den Rücken und marschierte in Richtung Rothenfels davon.

Nach einigen Schritten drehte er sich noch einmal um und rief: „Renne, Sohn. Sonst riskierst du, deine Unpünktlichkeit verantworten zu müssen.“ Dabei dehnte er das Wort verantworten genießerisch aus.
Lachend lief ich zur Abtei hinauf.

29. des mertzo, a.D. 1225, Karsamstag

Wenn wir auch gut gelaunt bei Tagesanbruch im Sattel saßen, so schauten wir nun, da wir uns dem Bodensee näherten, immer wieder sorgenvoll nach oben. Anfänglich begleiteten uns eine leuchtende Sonne und weiße Wölkchen, die aussahen, als hätten die Bewohner des Himmelreichs die letzten Schneereste in Haufen zusammengeschüttet. Nun allerdings war der Sonnenschein hinter dunkelgrauen, fast schwarzen Wolkenbergen versunken.
Ein frostiger Wind ließ unsere Haut prickeln und kündete ein Unwetter an. Wir galoppierten die letzte Anhöhe hinab in die Ebene und waren erleichtert, das Ufer zu erreichen, ehe der Regen einsetzte.
Wir staunten, dass nur noch ein Lastkahn im Wasser schlingerte. Ein Reisender zog eben sein Pferd ins Boot, während der Bootsführer das armdicke Tau lockerte, mit dem der Kahn am Ufer festgemacht war.
„In Gottes Namen, halt!“, schrie Gregor und rutschte aus dem Sattel. „So wartet doch.“
Der Bootsführer hielt mit dem Tauende in der Hand inne und schaute uns entgegen. Der Fahrgast rief ihm etwas zu, doch verstanden wir ihn nicht. Wir zerrten unsere Reittiere zum Boot und Gregor wollte bereits über die Planke, als der Reisende eine Faust in die Luft reckte und schrie: „Sofort ablegen, hab ich befohlen.“
„Herr“, rief Gregor, „es wird Eure Überfahrt wenig verzögern, wenn wir noch an Bord kommen.“

Der Bootsführer schaute von einem zum anderen, unschlüssig, wie er sich verhalten sollte. Doch der Reisende, auf dessen rechter Wange eine hässliche Narbe glühte, ließ ihn keinen Augenblick im Zweifel darüber, was er verlangte.
Er brüllte: „Wenn Ihr weiter für die Gilde fahren wollt, dann setzt den lausigen Kahn endlich in Bewegung."
Gregors Gesicht lief dunkelrot an. Er schleuderte die Zügel seines Pferdes auf den Boden und stampfte auf den Steg.
„Seid Ihr der Kaiser in persona?"
Der Mann mit der Narbe schwieg. Sein Umhang flatterte im Wind, als wollte er jeden Augenblick in die Lüfte aufsteigen. Breitbeinig starrte er den Bootsführer an. Seine roten Haare steigerten das Gefühl einer Unheil bringenden Bedrohung.
Er fauchte: „Wird's bald."
Der Bootsführer zuckte die Achseln und warf das Tau auf den Kahn. Leichtfüßig sprang er hinterher und packte eine lange Stange, um sein Boot vom Ufer abzustoßen.
„Rennt mir bloß nicht über den Weg", donnerte Gregor und schwenkte nun seinerseits die Fäuste. Ein höhnisches Gelächter flog über die Wellen zu uns herüber. Dann bellte der Mann, der währenddessen den Bootsrand umklammerte:
„Schwimmt doch. Euer dickes Fell hält Euch zweifellos über Wasser."
Abermals machte der Mann sich lachend über uns lustig und versetzte der Bootswand einen Fußtritt.
Gregor raste am Ufer auf und ab wie ein gereizter Stier. Er schimpfte und fluchte mit Worten, die ich aus seinem Mund nicht erwartete.
„Hundsfott niederträchtiger, Spitzbube, Halunke, wenn ich dich zu packen kriege, warte nur, Kerl."
Nur mit Mühe wäre es mir gelungen, seinen hitzigen Gemütszustand abzukühlen, wenn nicht just in diesem Moment die ersten dicken Regentropfen auf die Erde klatschten. Gregor raufte sich die nassen Haarsträhnen und schrie mich an: „Ich bring den Kerl um, diesen blasierten Schweinehund."
„Aber bitte erst nach dem Unwetter", rief ich ihm durch das Prasseln des Regens zu und zerrte ihn vom Ufer fort. Unsere

Pferde tänzelten nervös auf ihren Hufen. Wir ergriffen schleunigst die Zügel und rannten auf die Lagerhäuser zu.
Als wir um die Ecke eines langgestreckten Holzhauses bogen, lief uns eine geduckte Gestalt vor die Füße und stolperte zu Boden. Rasch stand der Mann wieder auf seinen Beinen, denn der Regen wurde stärker. Aus listig blitzenden Augen schaute er uns an und sagte gehetzt: „Pech gehabt, was?" Vermutlich beobachtete er die Posse am Ufer. „Kommt mit."
Ohne zu ahnen wohin, stürmten wir den dunkelblauen Beinkleidern hinterher, denn mehr war durch den Regenschleier nicht auszumachen. Im Nu bildeten sich breite Wasserlachen, die uns mit ihrem schlammigen Schmutz bespritzten, wenn wir mitten hindurch trampelten.
Der Fremde riss das Tor eines Lagerhauses auf und rief uns zu: „Die Gäule bleiben draußen."
Hastig banden wir die Pferde an einen Pfahl, zerrten unser Gepäck herunter und huschten durch das offene Tor.
Im Innern war es düster. Schemenhaft machten wir Kästen, Säcke und Fässer aus, die aufgetürmt waren. Nur in einem Winkel brannte eine Kerze in einer Eisenlaterne, die auf einem niedrigen Holztisch stand. Um den Tisch herum waren Fässer aufgestellt, von denen uns vier Männer beäugten. Einer von ihnen, der, mit dem wir im Regen zusammenstießen, winkte uns heran. „Nur herein in unseren Palast."
Wir gingen zum Tisch und Gregor pfefferte seinen Lederbeutel in eine Ecke. Dann riss er sich die schwarze Kapuze vom Kopf, streifte den tropfnassen Umhang ab und schleuderte ihn hinter dem Beutel her. Die Männer grinsten, während sie jeder Bewegung folgten.
„Er hat sich mit dem Narbigen in die Wolle gekriegt", erklärte der Mann, der uns hierher brachte, seinen Gefährten, „und den Kürzeren gezogen."
„Oho" und „Aha" tönte es von den Fässern.
Gregor polterte: „Ja, aha. Wenn ich den in die Finger bekomme, kann er noch ein paar Narben mehr vorzeigen." Die Männer lachten schallend.
Während ich meinen triefenden Umhang auszog, sagte der

Mann mit den listigen Augen: „Setzt Euch. Nehmt einen Schluck.“
Aus einem bauchigen Gefäß füllte er Bier in zwei Lederbecher und schob sie vor uns. Wir hockten uns auf die Fässer und tranken.
„Was treibt ihr hier überhaupt?“, erkundigte sich Gregor.
„Wir kümmern uns um den Stapelplatz der Gilde.“
„Was stapelt ihr in diesem Lagerhaus?“, wollte ich wissen.
„Bier, was sonst“, beteuerte ein Krauskopf mit schwerer Zunge.
„Halt dich zurück, Imbert. Dein Maß ist für heute voll“, herrschte ihn der Listige an.
„Lagerluft macht durstig“, knurrte es aus der Ecke zurück.
„Außer Bierfässern lagern gegenwärtig auch Getreidesäcke, Bauholz und anderes hier und warten auf Schiffe und Fuhrwerke.“
„Warum hier und nicht in der Stadt?“, fragte ich.
„Wo denn? In den stinkenden Gassen oder zwischen den Buden der Händler auf dem Marktplatz? Die treten sich doch jetzt schon auf die Füße in Lindau.“
„Und ihr vier werft also ein Auge auf die Waren?“, hakte Gregor nach.
„Klar doch! Ich bin Hagen, der Lagerverwalter.“ Er zeigte auf seine Kameraden.
„Imbert arbeitet im Hafen... wenn er nicht gerade in seinen Bierkrug stiert. Karl ist Fassträger und Landolf schleppt Säcke.“
Er füllte die Becher ein zweites Mal. „Und Ihr?“
„Ein Arzt und ein Mönch in Geschäften“, erklärte Gregor kurzerhand.
Die Lagerarbeiter grinsten und Hagen meinte: „Fabelhafte Brüder. Wenn die Heilkunst mal versagt, gibt’s wenigstens den Segen des Himmels.“
Die Arbeiter johlten, dass ich fürchtete, sie würden jeden Moment von ihren Fässern stürzen.
„Lästert nur“, sagte Gregor und hieb mit der Faust auf den Tisch.
„Na, na“, lachte Hagen, „Seid Ihr ein zimperliches Weib?“
„Das würde Euch so gefallen, was?“

„Wär' mal 'ne echte Ab... lenkung", lallte Imbert. Er fuhr sich mit einer Hand durch sein krauses Haar. „Besser als ... Kähne voll laden."
„Und Säcke schleppen", ergänzte Landolf, dessen spitze Ohren, wie ich trotz des schummrigen Kerzenlichts bemerkte, rot anliefen.
Der Mann, den Hagen als Karl, den Fassträger vorstellte, griff in einen Beutel und sagte: „Ein Spielchen?" Er rollte vier Würfel über den Tisch.
„Warum nicht?", stimmte Gregor zu meinem Entsetzen zu. „Wär' doch mal 'ne echte Ablenkung", machte er Imbert nach.
„Meister", wollte ich empört dazwischen gehen, denn das Würfeln war den gottgefälligen Menschen ein Gräuel und eine Sünde. Doch Gregor bremste mich mit einer schroffen Handbewegung.
„Verhülle dein Gesicht, Hilarius, aber lass mir meinen Spaß."
„Das ist kein Spaß. In den Würfeln haust der Teufel."
„Dann muss er sich aber arg klein machen in seinem Heim, was?"
Die Lagerarbeiter kreischten und schlugen sich übermütig auf die Schenkel.
Ich rüttelte Gregor an der Schulter. Sollte ich zuschauen, wie er der Sünde verfiel?
„Lasst ab vom sündigen Spiel. Denkt an den Abt."
„Diese Sünde vergibt mir der Bruder Pförtner, dazu brauche ich keinen Abt."
Es war nicht vernünftig mit ihm zu reden. Er schichtete ein paar Silbermünzen auf den Tisch und schüttelte klappernd die Würfel mit einer Hand.
„Du auch?", fragte er mich.
Sprachlos stand ich auf und ging zum Tor, das ich einen Spalt weit öffnete. Während ich zusah, wie die Wolken ihre Last über das Land ausgossen und die Erde in eine schlammige Fläche verwandelten, hörte ich hinter mir die Würfel klappern. Lautstarke Ausrufe krönten jeden Wurf und ich hätte liebend gern das Lagerhaus verlassen. Doch der Himmel kannte kein Erbarmen mit mir. Unverändert trommelte der Wolkenbruch

herab. Die vereinzelten Wasserlachen verschmolzen binnen kurzem zu einem endlosen, unwegsamen See, den der Regen aufwühlte, als würde es in ihm brodeln.
Die Kerze auf dem Tisch war ein beträchtliches Stück heruntergebrannt, als das Unwetter endlich nachließ und der Wind die Wolken zerfetzte, um vor der wieder erwachten Sonne zurückzuweichen. Die Würfelspieler ließen von ihrem Zeitvertreib ab und Hagen schickte seine drei Mitstreiter hinaus, um einen Stapel Holzplanken auszulegen, damit es möglich war, am Ufer herumzulaufen, ohne bis zu den Knien im Schlamm einzusinken.
Gregor dankte Hagen für Bier und Kurzweil. Der Lagerverwalter winkte ab.
„Geht dem Narbigen lieber aus dem Weg“, riet er.
„Warum?“
„Mit einem Spitzbuben sollte man keine Händel anfangen.“ Er kratzte sich hinter dem Ohr. Gregor zog die Augenbrauen hoch.
„Kennt Ihr den mit der Narbe?“
„Narbengesicht kennen hier alle“, lachte Hagen. „Früher oder später läuft er dir über den Weg und dann... na, egal.“
„Egal?“, blaffte Gregor. „Da ist noch eine Rechnung offen.“
„Rechnung? Ist ganz schlecht.“
„Was heißt ‚Rechnung ist ganz schlecht‘?“
„Da lauern noch andere.“
„Wie andere?“
„Der bezahlt doch keine Rechnungen. Die Spatzen pfeifen es längst von unseren Dächern.“
„Also doch ein Spitzbube?“, sagte Gregor und nickte dabei.
„Der Seliger war schon immer ein Halunke.“
Gregor erstarrte mitten in der Bewegung. Sein Gesicht formte sich zu einer Fratze, die sogar dem Satan Furcht eingeflößt hätte. Er fauchte: „Seliger? Sagtest du Seliger?“
„Warum gerätst du gleich aus dem Häuschen?“, sagte Hagen achselzuckend. „Na, klar, Adalbrand Seliger. Seines Zeichens Goldschmiedemeister, Handelsherr und einer der größten Schurken, den Gilde und Zunft je beherbergten.“

Der Arzt riss Augen und Mund weit auf. „Was noch?", brummte er.
Hagen kratzte sich am Kopf. „Nun, seit irgendjemand ausposaunt hat, dass ihm das Kontor nicht mehr gehört, laufen die Geschäfte immer schlechter."
„Wieso gehört ihm das Kontor nicht mehr?"
„Schulden über Schulden. Muss froh sein, dass er den Laden los ist."
„Wer kaufte..."
„Man munkelt, eine wohlhabende Dame habe seine Schuldverschreibungen übernommen und das Handelshaus an sich gerissen. Ein Weib, überlegt Euch das mal."
„Ein Weib? Wer?"
Hagen wiegte den Kopf hin und her und murmelte: „Leider, ihren Namen haben die Spatzen noch nicht gepfiffen. Aber sie soll nicht aus Lindau sein."
Plötzlich lachte Gregor und schlug dem Lagerverwalter auf die Schulter.
„Na, prächtig, mein Freund. Der Herr soll zu spüren bekommen, was es heißt, bei Gregor vom Stein eine Rechnung offen zu haben." Er rieb sich die Hände.
„Hilarius, sieh nach, ob die Boote schon zurück sind. Wird Zeit, dass wir dem Ehrenmann das Rad auf die Stirn brennen."
Obwohl der Himmel aufklarte, sah ich die dunklen Wolken kommen, die über dem Handelshaus Seliger aufzogen, als wir die Stufen des Steinhauses hinaufstiegen.
Ein Geruch aus Kerzenwachs und Schweiß schlug uns entgegen. Seliger sei im Haus, wurde uns bestätigt. Wir müssten uns indes gedulden, bis seine geschäftliche Besprechung beendet sei. Gregor wippte von einem Fuß auf den anderen, schaute immer wieder zur gegenüberliegenden Tür und raunte mir zu: „Nicht viel los hier."
Zwei Schreiber standen tief über ihre Pergamente gebeugt an ihren Pulten. Das eintönige Kratzen der Federn war das einzige Geräusch, das ihre Arbeit verriet. Mit Ausnahme der Schreibpulte zierte den Raum ein breiter Schrank, aus dessen offenen Fächern übereinander gestapelte Schriftrollen heraus-

schauten und ein niedriger, viereckiger Holztisch, auf dem ein Rechenbrett lag.
Auf einmal wurde es hinter der Tür, hinter der wir Seliger vermuteten, lauter. Ich konnte nicht verstehen, was gesprochen, oder besser geschrieen wurde, aber der Tonfall ließ keinen Zweifel daran, dass nebenan jemand schimpfte wie ein Fuhrknecht. Übergangslos wurde die Tür aufgerissen und ein grauhaariger Alter mit gekrümmtem Rücken humpelte ins Zimmer.
„Raus hier“, donnerte eine Stimme hinter ihm her. „Ersetz den Schaden oder such dir eine andere Arbeit, altersschwacher Trottel.“
Die Tür knallte zu, dass die Holzwände wackelten. Der gebrechliche Mann presste beide Hände auf seine Ohren und mir fiel auf, dass er zitterte, wie eine ins Wasser gefallene Katze. Seine abgewetzten Beinkleider schlotterten um die hagere Gestalt, ohne den abgezehrten Leib verbergen zu können.
Gregor, der näher zu ihm stand, sagte behutsam: „Hier, Alter.“ Er hielt ihm ein paar Münzen hin. Der von ihm abgekehrte Kopf fuhr rasch herum. Mit den klagenden Augen eines gescholtenen Kindes, über denen buschige graue Augenbrauen wie Felsüberhänge thronten, stierte er Gregor an, ungerührt, aber aufmerksam.
Der Arzt fuhr entschlossen fort: „Ich muss mit Euch reden. Wartet in der Schänke am Marktplatz.“
Er griff nach der Hand des Alten und schob die Münzen hinein. In diesem Moment sah auch ich, was Gregor schon vor mir entdeckt haben musste: Die Fingerspitzen des Grauhaarigen waren schwarz gefärbt. Ohne eine Erwiderung steckte der Mann die Münzen weg und humpelte zur Tür hinaus.
Eben wollte ich auf die schwarzen Finger zu sprechen kommen, da flog abermals die Kontortür auf und der Mann, den wir höhnisch triumphierend im Gedächtnis hatten, brüllte: „Wie lange muss ich noch auf den Kontrakt warten?“
Dann erblickte er zwei Personen, die nicht in sein Kontor gehörten. Er polterte: „Was wollt Ihr?“ Erst jetzt erfasste er, wer vor ihm stand. Er fuhr sich mit der Hand über die Narbe.

„So schnell sehen wir uns wieder", sagte Gregor friedlicher, als ich erwartete.
Seliger stemmte eine Faust in die Seite seiner dunkelblauen Seidenjacke und musterte uns aus argwöhnisch verkniffenen Augen. Plötzlich hellte sich sein Gesicht auf und er sagte: „Hat dich dein dickes Fell also doch über Wasser gehalten."
Angesichts seines Zorns auf Seliger blieb Gregor weiterhin auffallend besonnen. Er ging auf den Händler zu und sagte: „Euch wird das Wasser gleich über dem Rotschopf zusammenschlagen."
Seliger grinste ihn an.
„Willst du dich beschweren?"
„Bin ich ein Weib, das den nächsten Rockzipfel zum Ausweinen sucht?"
„Wer weiß?" Seligers Mund grinste noch breiter, noch aufreizender. „Warst du nicht eben schon den Tränen nahe?"
Gregor ballte die Fäuste und drohte: „Du wirst gleich heulen, wenn du nicht auf der Stelle zugibst, Bruder Lucius ermordet zu haben."
Seligers Gesicht erstarrte. Seine Narbe glühte wie Feuerholz. Aus den Augenwinkeln beobachtete ich, wie die beiden Schreiber mit angehaltenem Atem jede unserer Bewegungen verfolgten. Einer von ihnen schmolz eben Siegelwachs über einer Kerze. Das flüssige Wachs tropfte bereits über die Pergamente, doch der Schreiber ließ kein Auge von dem Spektakel.
Der Handelsherr drehte sich jählings um und marschierte in sein Kontor. Die Tür ließ er offen. Offenbar wollte er den Wortwechsel nicht vor seinen Mitarbeitern austragen. Gregor stapfte hinterher und als wir beide in dem mit edlen Läufern und Möbelstücken ausgestatteten Raum standen, stieß er heftig die Tür zu.
„Ich warte", sagte Gregor und stemmte die Fäuste in die Hüften.
Seliger stand aufrecht hinter einem massiven Schreibtisch und drehte einen gekrümmten, mit geschwungenen Mustern geschmückten Dolch in der Hand.
„Ist er das?", donnerte Gregor und zeigte auf die Stichwaffe.
„Das?" Seliger schaute stirnrunzelnd auf den Dolch. „Was soll das sein?"

„Der Dolch, mit dem du den Mönch niedergestochen hast."
Der Händler schleuderte den Dolch augenblicklich auf den Tisch. „Kerl, wovon redest du?"
Gregors Gesicht war feuerrot angelaufen. „Am Ende kennst du gar keinen Mönch mit Namen Lucius, was?"
„Schon, aber..."
„Na bitte, der Herr kennt ihn immerhin", sagte Gregor zu mir.
„Was wollt Ihr von mir? Ich bin beschäftigt." Er schob ein paar Dokumente auf dem Tisch hin und her.
„Dem Henker ist es einerlei, wie beschäftigt Ihr tut."
„Dem Henker? Mensch, Ihr seid wirr im Kopf."
„So, ich bin also wirr im Kopf. Aber mein Kopf sitzt zumindest fest auf dem Hals, mein Freund. Für den Euren gäbe ich nicht einmal einen Silberdenar her."
Seliger blies seine Atemluft geräuschvoll zwischen den Lippen heraus, kniff die funkelnden Augen zusammen und schwieg. Gregor ging näher zum Tisch.
„Unschuldig wie ein Lamm, was? Dann gesteht doch endlich, was Ihr mit Bruder Lucius getan habt."
Seliger, der eben einige Papiere vom Tisch aufnahm, warf die Dokumente mit einer knappen Handbewegung zurück.
„Ich sah den Mönch schon längere Zeit nicht mehr."
„Längere Zeit? Dass ich nicht lache. Du hattest doch Geschäfte mit ihm."
Seliger schloss die Augen und stützte sich auf seinen Schreibtisch.
„Früher, ja... Außerdem war ich die letzten Tage verreist... mit meiner Verlobten..."
Er atmete schwer und winzige Schweißperlen glänzten auf seiner Stirn. „Was geht Euch das an?"
Einen Moment war es mir, als wenn ein schmerzlicher Gedanke über sein Gesicht glitt. Seine Mundwinkel fielen herab und die Augen wurden immer schmaler.
Gregor drehte sich zu mir um. „Er fragt, was uns das angeht. Hörst du das, Hilarius?"
Seliger ließ sich auf einen wuchtigen, mit schönen Schnitzereien verzierten Lehnstuhl fallen. Er vergrub den Kopf in bei-

den Händen und stierte ausdruckslos auf den Tisch. Unerwartet, ohne weitere Forderung, erzählte er.

„Wir waren in meinem Heimatdorf bei einem Zimmermann, um Möbelstücke auszuwählen."

„Das wissen wir schon", sagte Gregor, doch der Kaufmann schien ihn nicht zu hören.

„Zu guter Letzt hatte sie ‚Ja' gesagt."

„Wer sagte wozu ja?"

„Im Wonnemond sollte Hochzeit sein."

Seliger hockte zusammengesunken da, wie ein Häufchen Elend, das die Schergen erwartet. Konnte er ein ruchloser Mörder sein? Sollten wir uns täuschen, oder spielte der Kaufmann uns eine Komödie vor, besser als es die Mimen der Mysterienspiele beherrschten?

Gregors Augenbrauen waren leicht hochgezogen, als er Seliger aus zusammengekniffenen Augen anstarrte.

„Ihr wart demnach in Isny. Das ist doch Eure Heimat, oder?", forschte er.

Der Rothaarige nickte, ohne den Kopf zu heben. „Den Wagenbauer wiesen wir an, eine neue Kutsche zu bauen."

„Weiß ich alles."

„Die große Welt wollte ich ihr zeigen... und jetzt..." Er sank noch mehr in sich zusammen.

Gregor ließ sich von dem Mitleid erregenden Anblick nicht erweichen. Er zischte:

„Woher kam denn plötzlich das viele Geld? Ihr seid doch abgebrannt."

Seliger hob bedächtig den Kopf. Als seine Faust auf den Tisch knallte, sprang der Deckel von einem runden Holzkästchen, in der wie verirrte Lämmer ein paar Silberpfennige lagen.

„Ich habe den verdammten Mönch nicht gesehen", tobte er. „Und meine Geschäfte gehen keinen was an."

„Wenn Ihr dafür mordet, dann schon."

„Mord! Mord! Mord! Ich weiß von keinem Mord!"

„Wo habt Ihr die Münzen versteckt?", fragte Gregor erbarmungslos.

„Rede ich in taube Ohren, Kerl?"

Seliger schnellte hinter dem Schreibtisch hoch und stieß seinen Stuhl um. Offenbar hatte er die unerklärliche Schwermut verdaut. Lärmend zog er eine Lade auf, griff mit zitternden Fingern hinein und schleuderte Gregor eine Handvoll längsgespaltener Holzstäbchen vor die Füße, die mit Kerben übersät waren.
„Meint Ihr, die verwahre ich zu meinem Vergnügen?"
Gregor sammelte die Kerbhölzer ein und legte sie auf den Tisch. Ein bemerkenswerter Schuldenberg, den der Handelsherr angehäuft hatte.
„So leicht kommt Ihr nicht davon", sagte Gregor. „Wir sprechen uns noch."
Er drehte sich um und stolzierte aus dem Zimmer. Seliger blickte uns kopfschüttelnd nach, als wir das Kontor hinter uns ließen.
„Ich gebe jedes Gran meines Leibes, Hilarius, dass der Kerl uns Lügen auftischt", sagte Gregor und schlug sich auf die Wölbung, die er vor sich herschob. Es waren nur wenige Schritte bis zum Marktplatz, deshalb führten wir die Pferde an den Zügeln über die Straße.
„Wie ein Hungerleider schaute er nicht aus, in seinem seidenweichen Wams", bekräftigte ich, „trotz der Kerbhölzer."
„Eine Bereicherung für jeden Jahrmarkt", lachte er. „Alles Theater, glaub mir."
„Aber vielleicht war er tatsächlich unterwegs und traf mit Bruder Lucius gar nicht zusammen. Was meint Ihr?"
„Glaubst du das?" Seine herabgezogenen Mundwinkel zeigten mir unübersehbar, was er von meiner Meinung hielt.
„Immerhin denkbar", beharrte ich.
„Wir werden sehen. Wenn Zeit und Wetter mitspielen, reiten wir auf dem Heimweg über Isny."
„Zimmermann und Wagenbauer?", riet ich.
Gregor nickte. „Dem feinen Herrn kommen wir noch auf die Spur."
Er blickte sich auf dem Marktplatz um und suchte die Schänke. Handwerker eilten hin und her, bauten Verkaufsstände und Bühne für den Osterjahrmarkt auf, wie es im gleichen Moment auch in Rothenfels geschah. Etliche Kinder beobachteten mit

ungläubigen Augen, wie die Männer Querbalken und Bretter verbanden und Tische und Holzbänke aufstellten. Wir bahnten uns einen Weg quer durch das muntere Treiben und entdeckten gegenüber das Wirtshaus, in dem, so hofften wir jedenfalls, der Alte aus dem Kontor auf uns warten würde.

In der Gaststube empfing uns ein auf- und abschwellendes Stimmengewirr. Nahezu an allen Tischen räkelten sich Männer, scherzten und zechten und waren gut gelaunt. In der Nähe der Feuerstelle stapelten sich Stroh- und Binsenbündel. Die mit Essensresten und Bierflecken beschmutzten Schlafgelegenheiten luden nicht eben zu einer gemütlichen Nachtruhe ein. Schon wollten wir kehrtmachen, da bemerkte ich im hintersten Winkel einen grauhaarigen Schopf an einem Holztisch.

Vor ihm lag ein Handteller großes Käsestück, von dem der Mann bisweilen einen Streifen abschnitt und bedächtig durchkaute. Als er uns näher kommen sah, strahlten seine Augen und ein Lächeln huschte über sein faltiges Gesicht, aus dem die Wangenknochen hervorstanden wie bei einem Almosenempfänger. Wir setzten uns zu ihm und Gregor bestellte jedem ein Bier.

„Danke“, sagte der Alte nur, als der Schankwirt die Becher brachte.

Gregor schaute der hageren Gestalt eine Zeit lang zu, dann fragte er unvermittelt: „Ärger gehabt?“

Der Mann nickte.

„Seliger?“

„Wer anders?“

„Was gab's denn?“

„Das Übliche“, nuschelte der Mann, während seine Kiefer genüsslich ein Stück Käse zermalmten, als wäre er eine weidende Kuh auf einer grünen Bergwiese.

„Setzt Euch zur Wehr“, schlug Gregor vor.

Der Alte zuckte die Achseln und unterbrach schlagartig sein Mahl, als bliebe ihm nichts anderes übrig, als gründlich über die Anregung nachzudenken.

„Wehren?“, sagte er schließlich. „Wie?“ Es hörte sich an wie eine verstümmelte Auflehnung gegen einen unüberwindlichen Folterknecht.

„Arbeitet anderswo?“
„Ich zähle jetzt einundsechzig Lenze.“ Er schob die letzten Käsebrocken in den Mund, wischte sein Essmesser am Beinkleid ab und knotete es wieder an seinem Gürtel fest.
„Was schafft Ihr in Seligers Kontor?“, fragte Gregor.
Es war eine mühselige Unterhaltung. Der griesgrämige Alte blieb einsilbig und wirkte verbittert.
„Dort? Nichts.“ Er schlürfte an seinem Bier und rieb sich mit dem Handrücken den Schaum von den blutleeren Lippen. Er fügte hinzu: „Nichts mehr.“
„Was meint Ihr mit ‚Nichts mehr‘?“
„Früher war das anders“, sagte der Alte und blickte starr vor sich hin.
„Als Onno noch lebte, was handelten wir für Geschäfte aus, die Reichsten spazierten ein und aus bei uns, die Bücher waren randvoll mit Weisungen, die Geldbeutel platzten beinahe aus ihren Nähten, und auch die Buchführer erhielten ihren Teil.“
Er sprudelte seine Gedanken hervor, als sei eine Quelle in ihm aufgebrochen.
„Wer ist Onno?“, fragte ich.
„Onno? Ein feiner Herr... und allezeit gerecht... zu jedermann. Alle nannten ihn Onno, als er noch da war. Arnold Seliger... Adalbrands Vater.“ Sein Gesicht verdüsterte sich wieder.
„Und Ihr habt für Arnold Seliger gearbeitet?“, fragte ich weiter.
„Sein erster Schreiber und Buchführer war ich, Markus Gelting, bis dieser Schuft von Sohn in das gemachte Nest flatterte. Da war's aus mit Geld und Gerechtigkeit. Den Buckel hab ich mir krumm geschuftet für das Kontor. Allein für Adalbert war ich nur ein alter Mann. ‚Du gehörst ins Siechenhaus‘ hat er mir ins Gesicht geschleudert.“
„Aber Ihr seid noch da, wieso?“, wollte ich wissen.
„Der Mensch muss leben. Ich habe nichts und ich bin nichts.“
Gregor wies auf die schwarzen Fingerspitzen und fragte: „Was ist das?“
Markus Gelting verschränkte seine Finger. „Erinnert mich nicht daran.“
„Warum?“

„Diese verwünschten Finger lösten den Krach aus."
„Wie das?"
Markus Gelting ballte seine Hände zu Fäusten, bis die Knöchel bleich hervortraten.
„In die Goldschmiedewerkstatt hat er mich gesteckt, als Handlanger, mich, einen Schreiber und Buchführer."
„Goldschmiedewerkstatt? Kapiere ich nicht?", gab Gregor zu.
„Was ist da zu kapieren?"
„Seliger besitzt eine Goldschmiede?", fragte ich abermals.
„Alles vom Vater übernommen und zugrundegerichtet... na, ist ja egal. Jedenfalls hatte ich gestern die Mischung für die Gravuren anzusetzen."
Gregor unterbrach ihn. „Augenblick mal, welche Mischung? Wovon sprecht Ihr?"
Der ehemalige Schreiber schloss einen Moment die Augen und kniff sich in den Nasenrücken, bevor er fortfuhr. „Alles leuchtet mir auch nicht ein, bin ja kein Goldschmied."
„Meister, wir könnten in der Werkstätte der Abtei der Sache auf den Grund gehen, wenn wir mehr darüber wissen müssen?", schlug ich vor.
„Das könnten wir, Hilarius, ein trefflicher Einfall. Aber weshalb diese schwarzen Finger?"
Markus Gelting betrachtete seine Hände und rieb mit den Daumen über die Fingerspitzen.
„Passiert den Gesellen auch schon mal. Ein sorgloser Moment und du hast die Finger in der Mischung. Davon werden die dann sofort schwarz wie Ruß." Er ließ seine Hände in den Schoß fallen und sah uns an.
„Dauert ewige Zeiten, bis das wieder verschwindet. Leider vergeudete ich zu allem Unglück den restlichen Schwefelvorrat und die dringenden Arbeiten mussten liegen bleiben. Deshalb das Geschrei im Kontor."
Über Gregors Stirn zogen sich tiefe Furchen. Er murmelte: „Die rätselhafte Dame hatte auch..." Er kaute auf den Lippen. „Und natürlich der Mönch..."
Der Alte kicherte zu unserer Verblüffung.
„Wo Ihr gerade von einem Mönch sprecht. Ein Mönch hat sich

erst unlängst schwarze Finger bei uns geholt." Abermals kicherte er.

„Donner und Wetter?", schrie Gregor so schrill, dass sich die Lindauer an den Nachbartischen zu uns umdrehten. „Wann? – Wieso denn? – Erzählt schon, Mann."

„Das war wirklich drollig", sagte Markus Gelting lachend. „Seliger war mit seiner Verlobten in der Werkstätte, um vor seinem Aufbruch noch ein bisschen wichtig zu tun."

„Weiter – was dann?" Gregor trommelte mit den Fingern auf dem Tisch.

„Ein Mönch in einer schwarzen Kutte lief mit ihnen herum. Na ja, der Mönch stolperte über eine Kiste, stürzte gegen den Arbeitstisch, auf dem ich das Gemisch vorbereitete und stieß es um. Im Handumdrehen sah er aus, wie einer von uns. Und Seligers Braut, die der Klosterbruder im Fallen anrempelte, kriegte auch einen Teil ab. Das war ein Spektakel."

„Wann war das?", fragte Gregor mit scharfer Stimme.

Markus Gelting strich sich mehrmals über sein faltiges Gesicht. „Das war... das war... ja, ich meine, Freitag vor Palmsonntag. Stimmt, Seliger ist bald darauf mit seiner Verlobten aufgebrochen. Ich erinnere mich wieder. Warum?"

Gregor schlug mit der Faust auf den Tisch, dass unsere Becher bedenklich tanzten.

„Jetzt hab ich dich!", donnerte er händereibend, ohne auf die Frage des Grauhaarigen einzugehen. Aus seinem Beutel nahm er ein paar Münzen und schob sie vor Markus Gelting auf den Tisch.

„Für Eure Gefälligkeit, Markus. Möglich, dass Euer Verdruss bald ein Ende findet."

Wir ließen den verdutzten Mann an seinem Tisch zurück, bezahlten beim Schankwirt unsere Zeche und gingen ins Freie auf den sonnenüberfluteten Marktplatz.

„Schluss mit dem Theater, Hilarius", sagte er, als wir nach den Zügeln griffen.

„Jetzt soll der vornehme Herr seinen advocatus diaboli kennen lernen."

Wir zwängten uns ungeduldig zwischen den Handwerkern

hindurch auf die andere Seite. Selbst mir perlte der Schweiß auf die Stirn, als wir die ausgetretenen Stufen zum Handelskontor Seliger hinaufsprangen.

Die beiden Schreiber schauten uns mit aufgerissenen Augen an, doch Gregor beachtete sie nicht. Mit den weit ausgreifenden Schritten eines Scharfrichters, der den Verurteilten abführen will, durchquerte er den Raum und riss die Tür zu Seligers Kontor auf.

„Aber, was soll...“, versuchte einer der Schreiber einzuwenden, doch Gregor war schon durch die Tür.

„Wo ist er?“, dröhnte seine barsche Stimme an mein Ohr.

Ein Schreiber schlich um sein Pult herum und spähte stirnrunzelnd hinter ihm her. Plötzlich stand der Arzt wieder auf der Schwelle und rief noch einmal: „Wo ist er?“

„Der Herr ist fort“, sagte der Schreiber.

„Denkst du, ich bin blind?“

Mit zusammengezogenen Schultern kroch der Schreiber hinter sein Pult zurück.

„Er ging alsbald nach Euch.“

„Wohin?“

Die beiden Schreiber schauten uns an, als hätten wir ihnen befohlen, uns die Geldlade zu überlassen.

„Der Herr kommt und geht, wann es ihm beliebt. Es gehört nicht zu seinen Gepflogenheiten, uns darüber Mitteilung zu machen.“

„Verdammt“, grollte Gregor.

„Böse Taten werden durch das Gewissen gegeißelt“, sagte ich.

„Komm mir jetzt nicht mit deinen Sprüchen“, fuhr er mich an.

„Ich meinte, sein Gewissen machte ihm Beine!“

„Auf und davon, denkst du?“

Ich nickte nur, denn die Schreiber spitzten ihre Ohren.

„Komm hinaus.“ Doch Gregor drehte sich noch einmal zu den Schreibern um.

„Wisst Ihr, wie der Zimmermann und der Wagenbauer in Isny heißen, mit denen Seliger ab und an zusammenkommt?“

„Sicher, aus den Geschäftspapieren. Dankmar Brettschneider ist der Zimmermann“, sagte der eine und „Der Wagenbauer heißt

Burkhard Fuhrmann“, fügte der andere hinzu. „Was wollt Ihr von denen?“

„Tisch und Wagen, was sonst.“

Die beiden sperrten ihre Mäuler auf und waren sprachlos. Wir überließen sie ihrer Verwirrung und gingen hinaus.

„Jedenfalls war Bruder Lucius an dem bewussten Freitag bei Seliger“, sagte ich, als wir im Schritt die Straße hinunter zum Hafen ritten.

„Das ist nicht alles. Das Weib, dem er Nachrichten sandte, war Seligers Braut. Und die ist ebenfalls tot.“

„Vielleicht planten sie den Raub gemeinschaftlich und hinterher war sie ihm im Weg.“

„Na, das hast du fürwahr freundlich ausgedrückt. Ich behaupte, er hat sie wie ein Karthager hinterhältig beseitigt. Ein Mitwisser weniger.“

„Und ein Nutznießer.“

„Das obendrein, Hilarius. Du merkst, wie dringend wir den Fisch, der uns aus dem Netz gesprungen ist, wieder einfangen müssen. Aber wie nehmen wir das in Angriff?“

Einige Hunde hetzten kläffend hinter einer fuchsroten Katze her, die sich durch einen halsbrecherischen Satz auf eine hohe Mauer rettete. Mir kam eine Idee.

„Wäre es nicht denkbar...“

„Wäre was nicht denkbar?“

„Na, ein Fuchs lässt sich nicht zweimal in derselben Schlinge fangen.“

„Fuchs?... Schlinge?...“

„Nun, wenn Seliger seine Ausfahrten nur ersann, um uns hinzuhalten, dann könnte es sein, dass er jetzt nach Isny unterwegs ist.“

„Wieso Isny, was meinst du?“

„Seliger wird den Zimmermann und den Wagenbauer beehren.“

„Du denkst...“ Er zügelte sein Pferd und schüttelte den Kopf. „So dumm wird er nicht sein.“

„Die Zahl der Dummen ist unendlich.“

„Und das Volk hält einen gutgekleideten Dummkopf für weise,

ich weiß." Seine Oberlippe schob sich vor, als er mich abschätzend ansah.
„Vermutlich hast du Recht. Es ist ohnehin an der Zeit, heimzukehren. Der Ritt über Isny ist nur ein kleiner Umweg. Also, los."

Kurz vor Lindenberg galoppierten wir nach Norden und gelangten wenig später auf die Straße, die uns über Burg und Dorenwaid nach Isny brachte. Ich war erstaunt, dass das Dorf von einer eindrucksvollen Mauer umgeben war, wie ich es ausschließlich von befestigten Städten wusste. Doch als wir durch das obere Tor trabten, wurde mir rasch klar, dass Isny zumindest ein quicklebendiges ausgedehntes Dorf war. Zu groß für einen Marktflecken, beinahe eine kleine aufblühende Stadt. Selbst den städtischen Geruch nahm es schon an. Entlang eines Grabens reitend, musste ich mir die Nase zuhalten, um nicht vom Pferd zu rutschen. Ich fragte mich, wozu die Mauer erbaut war. Der Graben allein genügte doch, alle denkbaren Feinde abzuschrecken.
In den winkeligen Gassen sahen wir gelegentlich sogar Steinbauten. Als uns ein Ochsengespann begegnete, erkundigte sich Gregor bei dem Bauern nach der Werkstätte von Dankmar. Dank dieser Beschreibung fanden wir die Bleibe des Zimmermanns, ein weiß gestrichenes Fachwerkhaus mit schwarzen Holzschindeln.
Zwei dunkelhaarig gelockte Knaben tollten auf einer Wiese neben dem Haus. Sie schwangen Holzschwerter durch die Luft und spornten sich gegenseitig zum Kampf gegen einen unsichtbaren Widersacher an. Dabei nahmen sie sich die finsteren Gesichter von Rittern zum Vorbild, die sie wahrscheinlich aus vielen Erzählungen kannten. Ich schmunzelte beim Anblick ihres unbeschwerten Zeitvertreibs.
„Die ganze Welt treibt Schauspielerei, sogar die Kinder", sagte Gregor.
Er klopfte kräftig an die Tür. Wenig später hörten wir Schritte. Eine Frau riegelte die Tür auf und blickte uns schweigend an. Ihr mit Bändern geschmücktes Wollkleid, das ihr bis über ihre Füße fiel, war derart eng geschnürt und hob insbesondere den

Oberkörper hervor, dass ich schamhaft den Blick senkte. Gregor hatte augenscheinlich keine Not, die Frau näher anzuschauen.
„Gott zum Gruß. Wir suchen Dankmar, den Zimmermann. Dies ist doch sein Haus?"
Ich schielte hinauf, als die Frau ihr Kinnband über ihrem langen schlanken Hals lockerte.
„Mein Mann ist nicht daheim", sagte sie, wobei ihr zinnoberroter Mund fünf oder sechs glänzende Zähne entblößte. Gregor runzelte die Stirn.
„Wann erwartet Ihr ihn zurück?"
„Am Abend. Was wollt ihr von ihm?" Ihre geschwungenen, ebenholzfarbenen Augenbrauen zogen sich leicht in die Höhe.
„Ihr kennt Adalbrand Seliger?" Gregor blickte die Frau durchdringend an. Die dünnen Wimpern über ihren haselnussbraunen Augen zuckten. Offenbar erstaunte sie die Frage.
„Warum?"
„Wir müssen dringend mit ihm sprechen. Im Kontor sagte man uns, er sei mit seiner Verlobten auf dem Weg zu Euch."
„Ihr kommt zu spät."
„Wann war er hier?"
Die Frau musterte uns von Kopf bis Fuß, doch sie sagte nichts. Gregor versuchte ihren Argwohn zu beschwichtigen. „Wir kommen aus der Benediktinerabtei Rothenfels. Unsere Geschäfte dulden keinen Aufschub, schöne Frau."
Die Zimmermannsfrau verschränkte die Arme und lächelte ihn an, während sich ihre Wangen röteten wie die Sonne beim allabendlichen Untergang.
„Er war mehrfach mit seiner Herzensdame bei uns."
„Ihr meint Fiona, die Tochter des Buchbinders?"
„Ihr kennt Fiona?"
„Flüchtig." Seine Lippen wurden zu einem schmalen Strich. „Kamen sie auch in Geschäften?"
„Das will ich meinen." Während sich ihre Wangen noch eine Spur dunkler färbten, setzte sie leise hinzu: „Für ihre Vermählung bestellten sie ein wahres Prachtbett."
„Vermählung, so, so."

Offenkundig behagte es Gregor nicht, dass die Frau Seligers Aussage bestätigte. Unerwartet hellte sich sein Gesicht auf.
„Wann waren sie zuletzt hier?“
„Das weiß ich nicht mehr. Eine Woche mag es her sein, möglicherweise zwei.“
Gregor schüttelte den Kopf. „Eine Woche, zwei Wochen... besinnt Euch doch.“
„Fragt meinen Mann, wenn er zurück ist.“
Gregor stemmte die Hände in die Hüften. „Wann ist das?“
„Zur Lichtfeier will er da sein.“
„Also am späten Abend“, brummte Gregor. „Und heute war Seliger nicht hier?“
„Heute? Mein Mann weiß besser...“
„Wir kommen wieder.“
Er wandte sich zum Gehen, drehte sich aber noch einmal um. „Gibt es in Isny einen Wagenbauer mit Namen Burkhard Fuhrmann?“
„Wen Ihr alles kennt?“, fragte die Frau des Zimmermanns ausweichend.
„Wir reisen häufig im Namen der Abtei“, kam ich Gregor zuvor.
Sie nickte und lächelte wieder. „Am Kloster vorbei zur Straße, die nach Kempten führt. An seinem Haus ist ein großes Holzrad angebracht, nicht zu verfehlen.“
Sie sperrte die Tür zu und das Trippeln ihrer Füße, die ich unter dem bodenlangen Wollkleid nicht sehen konnte, verebbte allmählich. Was für eine Frau. Wie verzaubert starrte ich auf die geschlossene Tür, bis mich Gregor heftig am Arm packte.
„Du hättest mit deinem Gelübde noch ein paar Jahre warten sollen.“
„Allmächtiger Vater“, dachte ich, „führe mich nicht in Versuchung.“
„Das Glück verlässt uns, Hilarius“, sagte Gregor, als wir durch Isny trabten.
„In einem Land voller Blinden ist ein Einäugiger glücklich“, entgegnete ich.
Er bog sich vor Lachen, was bei seinem stattlichen Leib schwer genug war.

„Land voller Blinden... muss ich mir merken." Plötzlich riss er die Augen weit auf und guckte mich grimmig an.
„Und wer soll der Einäugige sein, he?"
„Aber Meister", sagte ich übertrieben empört. „Da ich nur zwei Augen besitze, die fortgesetzt geradeaus schauen, Ihr dagegen selbst im Hinterkopf Adleraugen habt, muss ich in diesem Gleichnis wohl der Einäugige sein, oder?"
Diesmal war ich aufrichtig besorgt um Gregor, denn er schüttelte sich dermaßen vor Lachen, dass sein Oberkörper wie ein sturmgebeutelter Baum wankte.
„Hilarius, der Einäugige." Er klopfte seinem Pferd mehrmals auf den Hals, bis es wieherte. „Du bist nicht nur einäugig, sondern auch einmalig."
Sein Lachen wirkte ansteckend. Dorfbewohner, die in den Gassen unseren Weg kreuzten, verzogen grinsend ihre Gesichter, obgleich sie den Anlass unserer Heiterkeit nicht kannten. Ich war glücklich, meinen Begleiter so vergnügt zu sehen. Gewiss, er besaß einen besonnenen, rechtschaffenen Charakter. Aber die vergangenen Jahre und ebenso die letzten Tage trieben meistens dunkle Schatten über sein Gesicht. Er durfte nicht ewig mit Tränen im Herzen lachen.
Längst waren wir am Benediktinerkloster vorbeigetrabt, überquerten eine breite Straße mit flachen Kanzleihäusern und bogen schließlich auf den von ausladenden Linden gesäumten Fahrweg in Richtung Kempten ein. Zu meinem Leidwesen verhängten erneut dicke bleischwere Wolken den Himmel.
Das Haus des Wagenbauers, ebenfalls ein Fachwerkbau, war in der Tat nicht zu verfehlen. Schon von weitem wies uns ein übergroßes Holzrad, das mit Stricken und Schnallen die Heimstätte des Wagenbauers kennzeichnete, die Richtung. Eben strebten wir dem Eingang zu, als uns eine mürrische Stimme anrief.
„Was gibt's?"
Aus einem zurückliegenden Nebenhaus stakste ein Mann auf uns zu. Seine Bewegungen waren eckig, als wäre die Holzpuppe eines Kindes zum Leben erwacht. Einige Schritte vor uns blieb er stehen. Seine dunklen Haare waren zu dichten Büscheln verklebt und seine enganliegende beschmierte Hose sowie sein

schmutzstarrendes Hemd machten auf mich nicht den Eindruck, vor einem hoch geschätzten Handwerker zu stehen.
„Was gibt's denn?", fragte er noch einmal und bleckte seine teils schwarzen, teils abgebrochenen Zahnstümpfe. Seine knollige rote Nase und die pfenniggroße hässliche Warze, die seine rechte Wange entstellte, steigerten meine Vorstellung. So schwebte mir immer die Hexe vor Augen, die mich eines Tages in einen teuflischen Schlund stürzen mochte.
Gregor mussten ähnliche Hirngespinste plagen, denn er fasste sich zu meinem Erstaunen ausgesprochen kurz, als er den Wagenbauer nach Seligers letztem Besuch ausfragte.
„Freitag", knurrte der Mann.
„Gestern?", fragte Gregor mit hochgezogenen Augenbrauen.
„Vorige Woche."
„Allein?"
Der Wagenbauer schüttelte den Kopf.
„Wer war bei ihm?", fragte Gregor geduldig.
„Ein Weibsbild."
„Was wollten sie?"
Der Mann stemmte die Fäuste in die Seite und blaffte: „Geht Euch nichts an, oder?"
Gregor schmunzelte, denn er wusste die Antwort auf seine Frage schon.
„Bestimmt wollte er einen neuen Pferdewagen, um seine Braut nach der Hochzeit durch die Umgebung zu kutschieren."
Der Wagenbauer keifte: „Was stehlt Ihr meine kostbare Zeit, wenn Ihr's schon wisst."
Er drehte sich um und stampfte davon.
Wir hörten ihn murmeln: „Kann diese Pfaffen nun mal nicht ausstehen."
„War er danach noch einmal hier?", rief ihm Gregor nach.
„Nein!", schrie der Wagenbauer und marschierte hartnäckig weiter, ohne sich umzuschauen.
Gregor zog eine Grimasse. „Möchte wissen, wie der zu seinen Aufträgen kommt. Der vergrault doch jeden Käufer."
„Alles nach eigenem Gutdünken", sagte ich.
„Der passt zu Seliger. Da haben sich zwei gefunden."

„Ein Esel reibt den anderen, Meister."
„Stimmt, und die meisten Esel haben nur zwei Beine."
Trotz der unerfreulichen Unterhaltung kletterten wir lachend auf unsere Pferde.
Obgleich wir unter dem nebelgrauen Himmel zügig vorankamen, würde ich die Vesper und damit bedauerlicherweise auch die Osterlichtfeier heute versäumen. Das Licht des Tages verblasste schon. Doch dieser Gedanke huschte nur durch meinen Kopf wie ein flüchtiger Windstoß. In der Nähe eines Weilers, in dem ich lediglich sechs armselige Hütten zählte, dehnte sich ein finsterer Tannenwald aus. Die holperige Straße schwenkte ostwärts an seinem Rand entlang.
Gregor zügelte sein Pferd und schaute sich um. Immer wieder folgten seine Augen einem kaum sichtbaren Pfad, der geradewegs in dem düsteren Forst verschwand.
„Wenn ich mich richtig erinnere, kürzen wir durch den Nadelwald ein enormes Stück ab." Dabei sah er mich grinsend von der Seite an, als wollte er mich ohne Umweg ins Höllenreich locken.
„Den Vespergottesdienst versäume ich dennoch."
„Aber für Brot und Suppe reicht es allemal."
„Wenn Ihr meint."
„Was schlägst du vor?"
„Ich? Ich bin außerhalb von Rothenfels ohne Euch verloren. Also, nehmt die Zügel ruhig in die Hand, ich werde Euch nachfolgen."
„Dann kommt."
Wir trabten auf den Pfad und nach wenigen Augenblicken verschluckte uns der Wald. Zwischen den knorrigen dichten Tannen war es düster, denn das fahle Licht der einbrechenden Dämmerung fand manchmal keinen Weg mehr durch das Geäst der hochaufragenden Baumkronen. Schweigend ritten wir voran. Ich wünschte inbrünstig, dass sich mein Weggefährte nicht irrte. Es war zweifellos ermüdend, ja, vielleicht sogar gefährlich, in vollkommener Finsternis aus einem Wald herausfinden zu müssen.
Ich war derart mit meinen Gedanken beschäftigt, dass ich das

Knacken und Rascheln im Unterholz erst wahrnahm, als ein dunkler niedriger Schatten zwischen den Tannen hervorstürmte und wie angewurzelt auf dem Weg verharrte.
Ein borstiger alter Eber funkelte uns aus rotglühenden Augen an und grunzte böse. Gregors Rappe stieg augenblicklich mit den Vorderläufen in die Höhe und wieherte angsterfüllt. Der Arzt tastete verzweifelt nach einem Halt am Hals seines Tieres. Doch die Fülle seines Körpers riss ihn nach hinten. Er stürzte über den Pferdeschwanz zurück und prallte hart auf den Erdboden. Sein Pferd, von der hinderlichen Bürde befreit, tat einen mächtigen Satz nach vorne und jagte den Weg entlang, tiefer in das Gehölz hinein.
Auch mein sanftmütiger Fuchs tänzelte umher. Nur mit großer Anstrengung gelang es mir, ihn zu beruhigen. Der Zwischenfall hatte sich blitzschnell abgespielt. Erst als mein Ross mit bebenden Flanken zum Stehen kam, fiel mir auf, dass der Eber das Weite gesucht hatte.
Gregor lag regungslos auf dem Weg, Arme und Beine weit von sich gestreckt.
„Guter Gott“, entfuhr es mir, „sei ihm gnädig.“
Ich sprang vom Pferd und knotete die Zügel um einen schlanken Tannenstamm. Eine Weile stand ich mit hängenden Schultern auf dem Pfad und schaute fassungslos auf meinen Gefährten hinab.
„Verflixtes Wildschwein“, schrie ich in den Wald.
„Wie redest du denn mit mir“, stöhnte eine brüchige Stimme.
Ich beugte mich über Gregor und bemerkte zu meiner Freude, dass er die Augen aufschlug.
„Meister, Ihr lebt, Gott sei gepriesen.“
„Wie das Leben, so das Ende“, presste er durch die Zähne, während glänzende Tropfen über seine Stirn perlten. Er zog einen Tannenzapfen unter seinem Rücken hervor.
„Scherzt nicht Meister. Habt Ihr Schmerzen?“
Er verzog sein Gesicht zu einer Grimasse. „Wenn ich von deinen scharfsinnigen Fragen verschont bliebe, wäre es zu ertragen.“
„Na, auf den Kopf seid Ihr anscheinend nicht gefallen.“
„Nein, auf die linke Schulter.“

Er wagte es, sich auf seinen rechten Arm aufzustützen. Ich packte den schweren Mann unter den Achseln, während er sich schnaufend und prustend erhob.
„Kein Knochen zerbrochen?“, fragte ich.
„Ich denke nicht. Aber im linken Arm fühle ich gar nichts. Er ist wie taub. Einige Tage werde ich außer Gefecht sein.“
Er fuhr sich mit dem Umhang über die feuchte Stirn und blickte sich suchend um. Mit einer Hand drehte er den Tannenzapfen nervös zwischen den Fingern.
„Wo ist der Gaul? Und wo ist vor allem das zottige Scheusal, dem ich diese Schmach verdanke?“
„Euer Rappe schwang die Hufe, als er das Borstenvieh entdeckte.“
„Und wo ist es geblieben?“
„Vermutlich verängstigte ihn Euer Anblick dermaßen, dass...“
Weiter konnte ich nicht sprechen. Gregor schleuderte den Tannenzapfen nach mir und schwang anschließend seine rechte Faust, während er drohend auf mich zukam.
„Mit einem alten hinfälligen Mann treibt man keinen Spott.“
Ich wich in gespieltem Entsetzen zurück und rief: „Ovidius hat schon erwähnt: Und wenn du dich entrüstest, ein unerlaubtes Vergnügen macht Spaß.“
„So, mein Sturz vergnügt dich, was? Ein reizender Freund bist du.“ Er drehte sich um, aber an seinem zuckenden Oberkörper erkannte ich, dass er sein Lachen nur mühsam unterdrückte.
„Je höher der Aufstieg, desto härter meistens der Fall“, sagte ich. „Ihr solltet zu Fuß gehen.“
Zögernd drehte er sich zu mir um, seine Augen blitzten mich an. Schon öffnete er den Mund, um meine himmelschreienden Worte gebührend zu beantworten, da hörten wir die Hufe von Pferden durch den Wald hallen. Sogleich vergaßen wir unsere Possen. Im zunehmenden Halbdunkel sahen wir die beiden Pferde erst, als sie vor uns anhielten. Ein Mann beäugte uns aus zusammengekniffenen Augen von seinem Pferd herab, während ich bemerkte, wie er die Zügel eines reiterlosen Tieres neben sich in den Händen drehte. Ohne Zweifel hatte er Gregors verängstigten Rappen eingefangen.

„Was treibt Ihr hier?“ Seine schroffe Stimme dröhnte, als hätten wir einen jener sagenhaften Riesen in seinem Schlummer belästigt. Jedenfalls führte er sich ganz so auf, als sei er hier zu Hause.
„Wir warten auf eine Kutsche, die uns heimbringt“, sagte Gregor.
Der fremde Reiter schnaubte und griff nach der Armbrust, die über seiner Schulter hing. Mit geschickten Fingern fischte er einen Bolzen aus einem Lederköcher. Eben begann er die Sehne seiner Schusswaffe zu spannen, als Gregor an sein Pferd trat.
„Wollt Ihr zwei gottesfürchtigen Männern Furcht einjagen?“
„Sagt auf der Stelle, was Ihr hier zu suchen habt.“
Er drückte die Armbrust gegen seine knielange bräunliche Jacke und zielte auf Gregors Brust.
„Wonach wir Ausschau halten, habt Ihr für uns gefunden, wie ich sehe“, sagte Gregor ausweichend und klopfte seinem Pferd auf den Hals.
„Ist das Euer Pferd?“
„Offensichtlich.“ Gregor streichelte auch den Hals des anderen Pferdes, ehe er seelenruhig sagte: „Entspannt Eure Waffe wieder. Wir sind bloß zwei Pilger auf dem Nachhauseweg.“
„Wisst Ihr nicht, dass es strengstens verboten ist, durch den Bannwald zu reiten?“
Gregor schaute mich an und hob die Hände. Na, sieh mal an! Offenbar wusste er haargenau, dass dies das Jagdrevier des Burggrafen war. Deshalb grinste er so verschlagen, als er mir diesen Abstecher aufdrängte.
„Wir sind spät dran“, erklärte Gregor. „Mein Kamerad hier muss frühzeitig die Abtei in Rothenfels erreichen, wenn er einer Bestrafung entgehen will.“
Aha, jetzt war ich der Sündenbock. Immerhin schien ihm der Fremde zu glauben, denn er hängte die Armbrust zurück auf seinen Rücken, neben einen Langbogen.
„Woher kommt Ihr überhaupt so kurz vor Sonnenuntergang?“
Um Gregor keine Möglichkeit zu einer weiteren zweifelhaften Auskunft zu geben, sagte ich: „Wir kommen geradewegs aus Isny.“

Der Fremde schwieg. Er ließ keinen Blick von uns, als erwarte er eine überzeugendere Erklärung. Aus diesem Grunde fügte ich rasch hinzu: „Ein wilder Eber stürzte aus dem Dickicht, der Rappe meines Kameraden bockte, schleuderte ihn zu Boden und jagte auf und davon. Wir danken Euch, dass Ihr ihn zurückbringt."
„Erspart mir einen langen schmerzhaften Fußmarsch", ergänzte Gregor und tippte gegen seine Schulter.
„Den Ihr aber durchaus verdient habt", brummte der Reiter, der sich nun aus dem Sattel schwang. Er machte einen äußerst kriegerischen Eindruck mit seinen Waffen und ich war zu neugierig, um meine Frage zurückzuhalten.
„Verzeiht, Herr, mit wem haben wir die Ehre?"
„Clemens – des Burggrafen Jagd- und Forstaufseher."
„Und was bringt Euch zu dieser späten Stunde noch in den Wald?"
„Die Dämmerung ist die Zeit der Wilddiebe. Ich muss Augen und Ohren offen halten, um das Recht des Grafen zu beschützen." Er nahm seinen Filzhut vom Kopf und fuhr sich mit den Fingern durch die wallenden dunkelblonden Haare.
„Überhaupt streift allerlei Gesindel in der Umgebung herum." Dabei blickte er uns unnachgiebig von der Seite an. „Wenn ich Eure Geschichte glauben soll, müsst Ihr mir erklären, was Ihr in Isny zu schaffen hattet. Ansonsten nehme ich Euch mit auf die Burg. Dann wird der Graf bestimmen, was mit Euch geschieht."
Gregor hob die Hände und winkte ab.
„Soweit wird es nicht kommen."
Er bewegte sich tapsig, als er zwischen uns auf und ab ging. Der Kopf des Jagdaufsehers folgte ihm und er beobachtete Gregor mit den tiefgründigen Augen eines Jagdfalken, der sein Opfer erspäht hat.
Gregor fuhr fort: „Wir sind auf der Suche nach einem gewissenlosen Schurken."
„Pah, davon gibt es genug. Was hat er getan?"
„Einen Mönch mordete er und plünderte dessen reichhaltig gefüllten Beutel."

„Und dieser Schurke haust in Isny?“, fragte Clemens.
„Das nicht“, rief ich dazwischen. „Aber er lebte früher dort, bevor er seine Geschäfte nach Lindau verlegte.“
„Nach – Lindau?“
„So ist's“, bestätigte Gregor. „Er beteuerte, in Isny gewesen zu sein, als die grausige Tat begangen wurde. Deswegen kamen wir her, um seine Aussage zu prüfen.“
Der Jagdaufseher zischte: „Wie nennt sich der Mann?“
„Warum? Er heißt Adalbrand Seliger. Kennt Ihr ihn gar?“
Clemens lachte gekünstelt. „Ob ich Adalbrand Seliger kenne? Mehr als mir lieb ist.“
„Hochinteressant. Erzählt doch.“
Der Aufseher blickte zum Himmel, über dem sich immer mehr schwere dunkle Wolken zusammenzogen.
„Wir sollten aus dem Wald heraus, ehe der Tag zu Ende ist.“ Er warf Gregor die Zügel des eingefangenen Pferdes zu und sagte: „Machen wir uns auf den Weg. Ich berichte Euch unterwegs, was ich von Seliger weiß.“
Ich half Gregor aufzusteigen.
„Mir kommt es so vor, als wärt Ihr nicht gut auf ihn zu sprechen“, sagte er von seinem Rappen herunter. Wegen der angeschlagenen Schulter saß er im Sattel, während Clemens und ich die Pferde durch den düsteren Wald lenkten.
„Dafür habe ich, weiß Gott, allen Grund.“
„Aha, und welchen?“, fragte Gregor.
„Er hat so viele Menschen ins Leid gestürzt, dass er endlich seine Bestrafung bekommen sollte.“
„Wir hörten schon von seinen Gaunereien“, sagte ich. „Aber hier geht es um einen Mord, darüber hinaus an einem Diener Gottes.“
„Pah, dem ist jedes Mittel recht, das ihm klingende Münzen einbringt. Auch ein Mord, glaubt mir.“
Ich drehte mich zu Gregor um, doch der Arzt nickte mir zu. Folglich fuhr ich fort.
„Ihr sprecht sehr offenherzig. Doch... Bauernfängerei und Mord sind zweierlei.“
„Nicht für Seliger. Er ist der Teufel in Person.“ Clemens starr-

te geradeaus. Seine Lippen glichen einem Strich und die Flügel seiner hohen, stolzen Nase, bebten.
„Ihr klingt verbittert. Was nimmt Euch derart gegen Seliger ein? Doch nicht die Machenschaften, derentwegen er in Isny straflos blieb?"
„Er missbraucht jedes Mittel", blaffte er, „zu seinem eigenen Vorteil. Ob er bettelarmen Bauern eine Fuhre Weizen abschwatzt oder Dokumente mit dem Namen seines Vaters verfälscht, das ist ihm gleich. Nur Geldstücke müssen in seinen Säckel springen." Er stampfte so heftig auf den Waldboden, als liege der Bösewicht unter seinen Füßen.
„Was hat er Euch angetan?", fragte ich, denn ich spürte, dass da mehr war, als die bloße Abneigung gegen irgendeinen Betrüger.
Eine Weile stierte Clemens vor sich auf den Saumpfad, der kaum noch zu erkennen war.
„Seliger hat nur eins im Sinn – Geld, Geld, Geld." Er seufzte tief. „So war es auch bei Fiona. Er lockte sie mit Schmeicheleien und Gaben von mir fort. Meine Warnungen schlug sie in den Wind. Meinte, ich sei bloß eifersüchtig."
„Wart Ihr eifersüchtig?", fragte ich.
„Natürlich war ich auch eifersüchtig", gab er zu. „Mein Herz blutete, wenn ich die beiden sah. Ihren Vater trieb die Sorge um seine Tochter frühzeitig ins Grab."
„Was geschah dann?"
„Was dann geschah?", fragte er, als ob es nicht schon ausreichte, seine Angebetete in den Armen eines anderen zu sehen.
„Ja, wie ging es weiter?"
„Nun, Seliger kriegte, was er wollte. Fiona nahm Geld aus dem gut laufenden Geschäft ihres Vaters, das sie nach seinem Ableben fortführte, und bezahlte Seligers Geldschulden. Sie kaufte ihm außerdem sein Handelskontor in Lindau ab, damit er weiterhin den vornehmen Herrn spielen konnte. Seither sah ich die beiden nicht wieder."
„Moment mal", rief Gregor von oben. Wir hielten an und drehten uns um.
„Ihr meint nicht vielleicht Fiona, die Tochter des Buchbinders aus Missen, oder?"

„Doch. Warum überrascht Euch das?", fragte Clemens. „Ihre Sippe stammt wie die meinige ursprünglich aus Isny. Später erst verlegte ihr Vater seine Werkstätte nach Missen."
Er schüttelte den Kopf und blickte uns mit großen Augen an. Gregor legte einen Finger auf den Lippenrand. Nach wenigen Atemzügen nickte er mir zu.
„Sag es ihm, Hilarius."
„Was soll er mir sagen?", forschte Clemens.
„Nun... wisst Ihr..."
„Was? So sprecht doch."
„Fiona ist ... tot."
Nur mühsam kamen die Worte über meine Lippen. Clemens' Gesicht verhärtete sich zu einer leblosen Maske. Erst als meine gewichtige Aussage gänzlich in seinem Kopf angelangt war, verzerrte sich sein Gesicht und er fauchte: „Das ist nicht wahr."
„Leider doch", musste ich gestehen.
„Nein, nein, nein", schrie der Jagdaufseher.
Clemens fiel in meine ausgebreiteten Arme. Der Achtung gebietende Mann mit den unheildrohenden Schusswaffen sackte in sich zusammen und schluchzte hemmungslos. Doch plötzlich riss er sich heftig von mir los und brüllte wie ein angeschossenes Wild: „Du Teufel in Menschengestalt, du Scheusal, ich verfluche dich, Adalbrand Seliger, ich verfluche dich."
Ohne ein weiteres Wort sprang er auf sein Pferd und trieb es vorwärts. Weh dem Tag, an dem der gewissenlose Herzensbrecher dem Jagdaufseher des Burggrafen in die Arme lief.
„Das meiste Leid widerfährt dem Menschen durch den Menschen", sagte Gregor.
Er hing mehr in seinem Sattel, als dass er aufrecht saß. Schleunigst bestieg ich meinen Fuchs, denn wir waren unterdessen am Waldrand angelangt. Es war unter allen Umständen vonnöten, dass Gregor zur Ruhe kam. Ohnehin würde ihn die Schulter in seinem Tatendrang behindern. Gleichwohl kam es zunächst nur darauf an, seine Schmerzen zu lindern.

„Siehst du, Hilarius, da hänge ich fest... eingefangen, wie die Fliege im Spinnennetz", stöhnte Gregor.

Er lag flach ausgestreckt auf seinem Bett. Mit Klaras Beistand und einer von Gregors unerschöpflichen Heilsalben umwickelten wir ihm die schmerzhafte Schulter mit Leintüchern. Gott sei Dank überstanden seine Knochen den Sturz wohlbehalten.
„Im Moment ist es vorbei mit unseren Untersuchungen", grübelte ich wehmütig. Gregor hingegen, der wie schon mehrmals zuvor, meinen Gedankengang durchschaute, war nicht dieser Meinung.
„Nun kannst du beweisen, was in dir steckt."
„Was meint Ihr damit?", fragte ich stirnrunzelnd.
„Aber, Hilarius, du bist im erfreulichsten Sinn ein strebsamer junger Mönch. Du wirst von heute an für uns beide laufen müssen."
„Ich? Aber..."
„Hast du die Absicht aufzugeben?"
„Das nicht, aber..."
„Aber, aber. Kennst du nichts anderes? Bemühe deine Füße, Arme und nicht zuletzt deinen Scharfblick. Lasse nichts unversucht."
„Mit dem größten Vergnügen, aber wo soll ich anfangen?" Ich musste einigermaßen hilflos ausgesehen haben, denn Gregor schmunzelte.
„Setz dich."
Ich zog mir einen Schemel heran und schaute den Mann auf der Bettstatt an. Wie eine stolze Eiche, die der Sturm entwurzelte, wirkte Gregor auf mich.
„Das Netz um Seliger zieht sich zusammen. Kläre Odwin darüber auf, dass er in Lindau nicht mehr Ausschau halten muss. Eher in Isny und in der Umgebung."
Schweigend nickte ich.
„Denke ferner daran, die Laienbrüder in eurer Goldschmiedewerkstatt nach dieser fingerschwärzenden Mischung auszuhorchen. Wer weiß, was dadurch zum Vorschein kommt?"
Er holte tief Luft und schloss für einen Moment die Augen. Er sah erschöpft aus. Vielleicht sollte ich ihm seine Erholung gönnen und tatsächlich abwägen, ob ich vorläufig auf eigene Faust vorankam.

„Solltest du gar nicht mehr wissen, wie du deine Zeit sinnvoll ausfüllen kannst, könntest du einem erbarmungswürdigen alten Medizinmann, den die Vorsehung gegen alle Erwartungen zu Boden schmetterte ‚Guten Tag' sagen."

Ich grinste. Ein bisschen Mitleid empfand ich schon mit diesem ‚erbarmungswürdigen alten Medizinmann'.

„Eure Vorsehung trabte auf vier Hufen und grauste sich vor einem rasenden Eber."

„Du vielleicht nicht?"

„Ich hab keinen Schimmer. Es war mein erstes Abenteuer mit einem Wildschwein. Bevor meine Angst sich zu Wort meldete, war schon alles vorbei und Ihr lagt am Boden."

„Ja, wie ein Blitz aus heiterem Himmel sprang die Bestie zwischen den Tannen hervor."

„Und gegen den Blitz sucht man, erfahrungsgemäß, vergeblich nach einem Mittel."

Gregor schloss abermals die Augen. Doch jetzt atmete er viel ruhiger. Schon wollte ich leise aufstehen, denn ich nahm an, er sei eingeschlafen. Seine nachdenkliche Stimme ließ mich auf den Schemel zurücksinken.

„Woher könnte Seliger plötzlich das Geld haben, wenn nicht von Bruder Lucius?"

„Ich denke, das ist eindeutig."

„Eindeutig ist in dieser Angelegenheit nahezu gar nichts."

„Haltet Ihr Seliger nicht mehr für den Mörder?"

„Aber ja doch. Und das nicht erst seit heute, wie du weißt. Schließlich passt, was wir bislang ausfindig machten, vortrefflich zu dieser Theorie."

„Ich denke mir das folgendermaßen", begann ich meine Ansicht zu erklären.

„Bruder Lucius suchte ihn an Benedicti auf, um das Goldgeschäft auszuhandeln. Da Seliger infolge seines angeschlagenen Kontors den Rohstoff nicht verkaufen konnte, kam der Handel nicht zustande."

„So weit, so gut", stimmte Gregor mir zu. „Und dann?"

„Ich weiß noch nicht wie, aber Seliger brachte in Erfahrung, dass Lucius eine ansehnliche Summe an Münzen bei sich führ-

te. Als der Bruder Lindau den Rücken kehrte, lauerten ihm Seliger und seine Verlobte auf und begingen die abscheuliche Tat."
Gregor schnaubte.
„Und anstatt möglichst schnell das Weite zu suchen, schleppten sie den Leichnam beinahe bis nach Rothenfels, ihr Diebesgut im Gepäck und die drohende Gefahr vor Augen, jederzeit entdeckt zu werden."
„Klingt anscheinend wenig überzeugend, was?", fragte ich geknickt.
Insgeheim predigte ich mir, zukünftig meiner Phantasie nicht allzu vorwitzig die Zügel schießen zu lassen.
„Da ist noch eine Menge, das mich an dieser Darstellung stört."
„Nämlich?"
„Die Goldstücke wie die florentinischen Silbermünzen sind spurlos verschwunden."
„Spurlos, in der Tat. Wenn sie Seliger nicht längst verprasst hat."
Ich suchte hartnäckig nach einem Weg, meine Theorie zu retten.
„Ohne weiteres möglich. Aber mit den fiorino d'argento ist das problematisch. Sie werden nur an den großen Handelsplätzen gebraucht, wie in Lindau, Augsburg und dergleichen."
„Worauf wollt Ihr hinaus?"
„Sollte Seliger, der bekanntermaßen kaum noch Geld besaß, in einem Dorf wie Isny zum Beispiel mit den Geldstücken aus Florenz bezahlen, würde er unweigerlich Aufsehen erregen. Sich diesem Wagnis auszusetzen, ist er viel zu durchtrieben."
„Dann wird er eben einige Zeit auf dem Geldsack hocken bleiben, bis sich niemand mehr an die Einzelheiten erinnert", ließ ich nicht locker.
„Und doch wies er in Isny an, ein Prachtbett und einen Pferdewagen zu bauen. Womit wollte er die bezahlen, Hilarius?"
Ich kratzte mich hinter dem Ohr und zuckte die Achseln. So rasch fand ich die Antwort darauf nicht. Gregor nickte mir zu.
„Erinnere dich auch daran, dass Lucius mitsamt seinem Geldbeutel in die Schänke in Lindenberg zurückkehrte. Denkst du, auf dem Weg von Lindau nach Lindenberg bot sich keine Gelegenheit für deinen räuberischen Anschlag?"

„Stimmt“, musste ich zugeben, „warum sollten sie so lange warten?“
„Eben.“
„Was ist denn Eure Ansicht, Meister?“
Gregor winkte ab.
„Mein Bild will sich einfach nicht zusammenfügen. Zuweilen bilde ich mir ein, immerhin die Umrisse zu erkennen. Doch im nächsten Augenblick wiederum verlieren sich die Konturen in einem undurchdringlichen Nebelschleier. Hilarius, ich werde das Gefühl nicht los, dass wir etwas Schwerwiegendes übersehen.“
„Jetzt bekommen wir ausreichend Zeit, uns darüber den Kopf zu zerbrechen“, sagte ich.
„Die Tage fliegen wie der Wind dahin. Mit jedem Sonnenaufgang werden die Spuren kälter und der Mörder wiegt sich derweil in Sicherheit.“
„Trotzdem werden wir gründlich nachdenken müssen“, sagte ich und stand auf.
„Während Ihr Eure Schulter ausheilt, bleibt Euch sowieso keine andere Wahl. Also, denkt hübsch nach. Verstand haben heißt nicht nur das sehen, was vor den Füßen liegt.“
„Jetzt hör sich einer diesen Grünschnabel an. ...nicht nur sehen, was vor den Füßen liegt...“, machte er meine Stimme nach. „Mach nur, dass du durch die Tür kommst, sonst vergesse ich mein gebrechliches Alter, bis du vor meinen Füßen liegst.“
Wir lachten beide.
„Ach, übrigens: Was wird jetzt aus Euren Kranken?“
„Eine Handvoll armer Seelen, Hilarius. Müssen sich eben ein paar Tage gesund halten.“
„Wovon lebt Ihr, wenn Ihr nicht heilen könnt?“
„Willst es ganz genau wissen, was?“
Ich zuckte die Achseln.
„Na, was soll's, kannst es ruhig hören. Vom Kreuzzug brachte ich allerhand Kostbarkeiten und ein kleines Vermögen mit. Für meine wohlbehaltene Heimkehr wollte ich das alles natürlich der Abtei schenken, als Benediktiner durfte ich es ohnehin nicht behalten.“
„Habt Ihr aber.“

„Erst nachdem sich herausstellte, dass ich einem treulosen Mann Gehorsam schwor."
„Konstantin?"
„Ganz recht, Konstantin." Er blickte starr an die Zimmerdecke und schwieg.
„Morgen ist Pascha", sagte ich. „Kann sein, dass ich in der Abtei aufgehalten werde."
„Mach dir keine Gedanken, mein Sohn. Der Zufall schaut dir beständig über die Schulter. Wirf nur deine Netze aus und schwups... zappelt ein Fisch darin."
Als ich mich auf den Weg zur Abtei machte, war es stockdunkel. Ein Tag mit schauderhaften Wolkenbrüchen, aber auch mit bedeutungsvollen Erlebnissen ging zu Ende. Leider hatte ich nicht den Eindruck, dass wir uns der Lösung annäherten. Und Morgen, am Ostersonntag, würde sich daran kaum etwas ändern.

30. des mertzo, a.D. 1225, Pascha

Dringlichkeit kennt keinen Feiertag. Obwohl mit dem heutigen Tag das höchste Fest der Christenmenschen besiegelt wurde, hatte ich mir zum Ziel gesetzt, meinem Mentor zu beweisen, dass ich auch ohne seinen Beistand etwas zur Entwirrung der arg verknoteten Fäden beisteuern konnte. Da kam es mir eben recht, dass ich nach der Terz hinreichend Muße fand, unseren Kräutergarten durchzugehen, den ich zuletzt aus einleuchtenden Gründen vernachlässigte.
Gewiss, es war verboten, meine geschätzten Pflanzen und Büsche heute zu hegen und zu pflegen. Doch verschaffte ich mir wenigstens einen Überblick, welche der Gewächse in den nächsten Tagen nach meiner Hand verlangten. Zudem beflügelte der mannigfaltige Duft der teilweise sprießenden Heilkräuter von jeher meine Gedanken.
So verharrte ich unter einem dunstigen Himmel, was bei der

launenhaften Witterung der vergangenen Tage bereits eine Verbesserung war, vor einem schlanken Buchenstamm, auf dem sich eine Mistel mit ihren kräftigen Wurzeln festklammerte. Natürlich grübelte ich über den Mord an Bruder Lucius nach. Hatten wir in Seliger tatsächlich den Raubmörder ausgemacht? Sicher, ein Schurke war er allemal, aber tötete er wirklich meinen Mitbruder? Seine Habgier sprach gegen ihn, doch andere Tatsachen blieben ungeklärt. Zum Beispiel wann und wo er Lucius auflauerte. Wo war dessen Pferd geblieben?
Ich betrachtete die Osterveilchen, deren herzförmige Blätter die dunkelvioletten Blüten einrahmten. – Wenn nicht Seliger, wessen Herz war dann so verdorben, dass er sich an einem Kleriker vergriff? Der banchieri in Lindau möglicherweise? Natürlich, er sah auf jeden Fall Lucius' angefüllten Beutel. Das war indessen auch schon alles, was ich gegen ihn vorbringen konnte.
Gemächlich schlenderte ich weiter zu den Rosmarinsträuchern, von denen ein ausgesprochen appetitliches Aroma ausströmte. Unter den blauvioletten Blüten formten sich längst die kurzen Trauben. Ich nahm mir vor, dem Bruder Küchenmeister morgen oder übermorgen ein paar Büschel zu bringen. Er war jedes Mal überglücklich, wenn ich ihm von meinen Kräutern, die auch eine Reihe von Würzpflanzen aufwiesen, zum Trocknen brachte.
Trocknen war ein passendes Stichwort: Mit der Zeit trockneten die Quellen aus, aus denen wir Anhaltspunkte schöpften. Wo sollten wir gegenwärtig noch nachforschen? Wer war überhaupt verdächtig? Etwa der hinkende Markus Gelting? Na schön, er erlebte in der Goldschmiede Lucius' Missgeschick und es war durchaus vorstellbar, dass der verarmte Mann bei dieser Gelegenheit auch die Münzen klimpern hörte. Aber der einstige Schreiber und Buchführer in Seligers Kontor wirkte gebrechlich und war sicherlich mehr damit beschäftigt, sich selber auf den Beinen zu halten, als sich über einen kräftigen Klosterbruder herzumachen. Andererseits – wie häufig wir uns von der Maske der Rechtschaffenheit hinters Licht führen ließen, wusste ich nur zu genau.
Die ledernen dunkelgrünen Blätter der Leberblümchen sehn-

ten ebenfalls mein Messer herbei. Weiß, blau und rosa schimmerten die Blüten auf den langen Stielen. Doch Blüten waren kurzlebig, wie jedes Leben. – Vergänglich wie... ja, wie die Träumereien eines Taglöhners. Überbrachte Theobald, der Häusler, beispielsweise nicht nur versiegelte Botschaften? Erwähnte Lucius ihm gegenüber gar, was darin niedergeschrieben war oder kam vielleicht sogar das viele Geld zur Sprache?
Oder beobachtete Sebald, der Schmied, mehr als er uns anvertraute? Er war jedenfalls kräftig genug, Bruder Lucius in die Knie zu zwingen.
Schließlich spukte mir auch der griesgrämige, dickbäuchige Schankwirt in Lindenberg im Kopf herum. Womöglich erregte Lucius' Geldbeutel bei dessen Rückkehr aus Lindau seine Aufmerksamkeit. Er nutzte den günstigen Zeitpunkt und..., ach was, meine Phantasie galoppierte davon, wie Gregors Ross angesichts des borstigen Ebers.
Ich neigte mich zu den rosa leuchtenden Christrosen hinab, bei denen ich unterdessen angelangt war. Sie würden den Kräutergarten nicht mehr lange verschönern. Ich sollte so bald wie möglich die krautigen Wurzelstöcke freilegen und in Stücke schneiden. – Aber unter Umständen krallte sich das Übel geradewegs an den Wurzeln fest? Würde etwa Abt Konstantin...? Nein... daran war nicht zu denken. Wenn er auch gelegentlich geheimnisvoll tat, gab mir das trotzdem nicht das Recht, ihn mit dieser Schandtat in Verbindung zu bringen. Und dennoch spielte er ohne Zweifel seine Rolle in diesem Mysterienspiel. Irgendwer musste es zu guter Letzt getan haben. Aber wer war dieser Jemand?
Ich stand in den Anblick der Teufelskirsche versunken, deren kugelförmige Beeren leuchtend schwarz blinkten, als eine vertraute Stimme sagte: „Wer mit sich selbst plaudern kann, benötigt keinen anderen." Der Novizenmeister lächelte mich über die Hecke an, die den Kräutergarten umschloss.
„Bruder Ivo", schreckte ich aus meinen Gedanken hoch. „Es stimmt, ab und zu spreche ich mit den Pflanzen, schließlich leben sie."
„Geben sie Antwort?"

„Nicht andauernd, leider. Aber Ihr wisst, auch Schweigen vermag eine Antwort zu sein."
„Wohl wahr, Hilarius. Vielleicht lauschst du lieber den Gewächsen, denen der Teufel nicht seinen Namen geliehen hat."
Ich lachte, weil mir dieses doppelsinnige Wortspiel gefiel.
„Stimmt schon", sagte ich und schwenkte meinen Arm über den Kräutergarten, „Teufelskirsche Seite an Seite mit Teufelsapfel, Teufelsklaue hinter Teufelsmilch und Teufelswurz. Eine feine Gesellschaft. Ich sollte mich von diesen Verführern fern halten."
Bruder Ivo lachte schallend und klatschte in die Hände.
„In der Tat, der Höllenfürst ist allgegenwärtig, sogar in einer Benediktinerabtei."
„Da ganz besonders", stimmte ich ein, worauf sich der Novizenmeister vor Lachen bog.
„Du bist ein Schelm, Hilarius. Der Abt fände Gefallen an dir, wenn er dir zuhören könnte."
„Besser nicht. Abt Konstantin gäbe meinen Kräuterpflanzen ganz bestimmt andere Namen, wenn es nach ihm ginge."
„Wer mag nur den Satan herbeizitiert haben, um diese wundervollen Pflanzen zu benennen." Er krauste einen Moment die Stirn und fügte hinzu: „Nun, höchstwahrscheinlich bleibt das in den tiefsten Tiefen der Geheimlehren verborgen."
Ich schreckte hoch. Geheimlehren? Mir fiel etwas ein, das ich vollkommen vergessen hatte.
„Hier bin ich fertig", sagte ich übereilt. „Nun kümmere ich mich noch ein bisschen um die Schriften und Bücher, Bruder, damit das Durcheinander in der Bibliothek bald ein Ende hat."
„Arbeit an sich tut wohl, Hilarius", sagte er, doch warnte er mit ausgestrecktem Finger, als er hinzufügte: „Lass dich nur nicht vom Abt dabei ertappen. Er liebt es überhaupt nicht, wenn an den Festtagen geschafft wird."
„Weiß ich. Nichtsdestoweniger predigt auch Abt Konstantin, dass Arbeit und Vergnügen, von Natur aus Gegensätze, durch ein natürliches Band miteinander verbunden sind... Und gegen seine Natur kann niemand an."
Lachend ging Bruder Ivo hinüber zur Klosterkirche, während

ich der Bibliothek zustrebte. Gregor trug mir seinerzeit auf, nach Schriften über Geheimlehren Ausschau zu halten. Durch den überraschenden Fund der Schriftrolle des Nachmanides vergaß ich, danach zu forschen. Das musste ich schnellstens nachholen.

Ein Schreiber aus dem Scriptorium saß an einem kniehohen Tisch und blätterte in verschiedenen Schriftstücken. Ich nickte ihm zu und gab vor, dem Durcheinander der abgelegten Schriften und Bücher zu Leibe rücken. Aus den Augenwinkeln beobachtete ich angespannt den Bruder, der in aller Seelenruhe seine Pergamente studierte. Nach unendlichem bangem Warten schob er die Schriftstücke zurück in ein Büchergestell und verließ mit einem Kopfnicken die Bibliothek.

Ich verlor keine Zeit und begann augenblicklich die langen Reihen abzusuchen. Wenn überhaupt, musste sich ein solches Schriftstück in der Nähe des abgeschlossenen Schrankes auffinden lassen. Anscheinend bewahrten wir dort die Handschriften auf, die zwar nicht unbedingt bedenklich für unseren Glauben waren, aber über Geheimnisse und Unerforschtes berichteten, wie das Papier von Lucius über das Buch der mysteriösen Zahlen verriet.

Trotzdem musste ich zahllose Bücher und Schriftrollen in die Hand nehmen, ehe ich mein Ziel erreichte. Ein dünnes, von dunkelbraunem Leder eingehülltes Buch trug die Beschriftung: *secreta in camura*. Geheime Geheimnisse besagte die Handschrift doppeldeutig und mein Herz trommelte plötzlich bis in meinen Hals hinauf, als ich es durchblätterte.

Immer wieder las ich ein, zwei Sätze, doch größtenteils begriff ich kein Wort davon. Das änderte sich schlagartig, als ich eine Seite aufblätterte, deren flammend rot geschriebene Überschrift mir in die Augen sprang: Kaballah.

„Bei der Kaballah handelt es sich um eine Überlieferung jüdischer Mystiker“, las ich mir leise vor. „Auf der Suche nach ihrer persönlichen Erlösung versuchen die Mystiker im Gegensatz zur christlichen Lehre in die Geheimnisse der Schöpfung und der göttlichen Offenbarung einzudringen.“ Welch gotteslästerlicher Geist mochte diese Menschen anleiten?

„Ihre Zirkel bestehen vor allem im Languedoc, in Narbonne, Lunel und Posquieres." Nun ja, Gregor würde wissen, wo diese befremdlich klingenden Orte angesiedelt waren.
„Grundsätzliche Schlüsse sind im sogenannten Buch der Erleuchtung des Sefer Habahir niedergeschrieben." Auf den Scheiterhaufen damit, war mein erster Gedanke.
„Geistiger Verführer der Zirkel ist ein gewisser Isaak Sagi-Nahor, der seine Anhänger um sich schart. Unter ihnen verbreiten die unchristliche Lehre insbesondere ein Azriel von Gerona und ein... Nach – ma – ni – des." Heiliger Benedictus, schon wieder dieser Nachmanides.
Ganz unten auf der Seite las ich, wobei die Worte durch einen dicken roten Strich hervorgehoben wurden: „actus fidei – Gefährliche Irrlehre, die dem Glauben christlicher Gotteslehren einzig ihre Suche gegenüberstellt, die Gottestaten zu beweisen – exemplum facere."
Meine Hände zitterten, als ich auf die Schriftzeichen blickte, die mich wie anklagend anstarrten. Nicht nur, dass die Heilige Inquisition die Irrlehre verurteilte, nein, sie wollte ihre Anhänger auch noch exemplarisch bestraft wissen. Und ich wollte der achte der sieben Weisen sein, als ich die Schriftrolle des Nachmanides aus dem Kloster schaffte. Bei dem Gedanken, Abt Konstantin könnte dabei meinen Weg gekreuzt, ja, sogar durchkreuzt haben, schlotterten mir im Nachhinein die Knie. Hastig, als könnte ich mir am kalten Leder des Umschlages die Finger verbrennen, schob ich das Buch zurück auf seinen Platz und fiel erleichtert auf die Bank, vor dem niedrigen Tisch.
Ich musste Gregor warnen. Wenn irgendjemand die Schriftrolle bei ihm aufspürte, wurde es ungemütlich für ihn.
Eben ertönte die Glocke zur Sext. Bevor ich mich bei Gregor blicken ließ, wollte ich noch, wie besprochen, Aufklärung über jenes seltsame Gemisch erlangen, dem einige meiner Mitmenschen schwarze Fingerspitzen verdankten. Doch zuvor kam das Gebet, denn allein das Gebet ist es, das selbst Gott besiegt.
Nach unserem Kirchgang folgte die Mittagsmahlzeit. Nachdem die Fastenzeit nun zu Ende war, durften wir wieder nach der sechsten Tagesstunde zu Tisch sitzen. Von Bruder Emil erfuhr

ich, dass etliche der Laienbrüder, darunter die aus der Goldschmiedewerkstatt, im Innenhof vor dem Kirchenportal die Überreste des Osterfeuers sicherten. Ich bedauerte, den Höhepunkt der Festtage durch unsere verzögerte Heimkehr versäumt zu haben. Abt Konstantin durchbohrte mich beim Morgenlobgottesdienst mit seinen stechenden Augen. Ein untrügliches Zeichen dafür, dass er meine Abwesenheit missbilligte. Aber er schwieg.

Als ich aus der Abtei in den Hof vor dem Kirchenportal trat, begleitete mich ein milder, leicht diesiger Tag. Mehrere Brüder schaufelten Asche und halb verkohlte Zweige und Äste abseits in eine an der Dornenhecke ausgehobene Grube. Es entsprach unseren Bräuchen, die Überreste des Osterfeuers zu vergraben und es nicht dem Flug des Windes zu überlassen, die Asche über die Klosteranlage zu verteilen.

Ich entdeckte Bruder Thomas, der eben mit einem langstieligen Strohbesen über den Hof lief. Er hatte die schweren Ärmel über seine dicken braunen Arme hochgekrempelt und sein Gewand über die glatten gebräunten Knie hochgezogen, um sich freier bewegen zu können. Die Kapuze breitete sich locker über den Schultern aus. Als er näher kam, hob sich sein Haar wuschelig und dunkel vom Himmel ab. Ein junges, inbrünstiges Gesicht schaute mich fragend an, denn er bemerkte, dass ich auf ihn wartete.

„Bruder Hilarius, was hört man in der Umgebung?"

Zwangsläufig war es niemandem verborgen geblieben, dass ich nahezu täglich das Kloster verließ, vorwiegend auf meinem Fuchs.

„Ach, Bruder Thomas, du weißt doch, dass es sinnlos ist, alles zu hören und alles zu sehen. Viele Kümmernisse blieben uns erspart, wenn wir sie gar nicht erst entdeckten", sagte ich ausweichend. Thomas stützte beide Hände auf den Stiel und lächelte mich an.

„Aber, aber, so tiefsinnig heute? Hast du deinen Frohsinn an der Pforte abgegeben?"

„Heiterkeit weicht der Betrübnis, betrübte Zeiten machen heiteren Platz. So ist das Leben."

Thomas kratzte sich am Kopf. „Bist du hergekommen, um mit mir zu philosophieren?“
„Nein, gewiss nicht.“
Die Muskeln an Thomas' Armen traten deutlich hervor, körperlicher Lohn seiner Arbeit in der Werkstätte.
„Kann ich dir helfen?“, fragte ich übergangslos.
Er grinste mich mit schief stehendem Mund an.
„Nun komm schon, Hilarius. Sag endlich, was du möchtest.“
„Dir kann ich nichts vormachen, was?“
„Nein, fürs Theater taugst du überhaupt nicht. Also?“
„Ich benötige eine Auskunft über deine Arbeit in der Goldschmiedewerkstatt.“
„Seit wann locken dich goldene Monstranzen und edelsteingeschmückte Kreuze?“
„Ehrlich gesagt, gar nicht“, gestand ich.
„Was dann?“
„Gestern erfuhr ich von einem Goldschmiedegehilfen in Lindau, dass in der Werkstätte ein Gemisch aus verschiedenen Substanzen verwendet wird. Ich glaube Schwefel gehört auch dazu.“
Eine schwarze buschige Augenbraue schob sich langsam hoch und Bruder Thomas sagte: „Wir vermischen mancherlei Grundstoffe miteinander. Daran ist nichts Geheimnisvolles.“
„Ich spreche von dem Sammelsurium, bei dem du dir, wenn du leichtfertig genug bist, schwarze Finger holen kannst.“
Unwillkürlich ließ Thomas den Strohbesen fallen und streckte mir seine Hände entgegen. Die Fingerspitzen waren schwarz wie die Asche zu unseren Füßen.
„Etwa so?“, fragte er. Ich nickte.
„Genau so. Ich sehe, dass du auch damit in Berührung gekommen bist.“
„Früher oder später passiert das jedem bei uns. Möchtest du auch ein paar schwarze Finger?“
Ich hob abwehrend die Hände. „Danke, sehr liebenswürdig von dir. Allein, mich interessiert vielmehr, wie sich diese Mischung zusammensetzt.“
„Ach so. Nun, das ist schnell erzählt. Silber, Kupfer, Blei und Schwefel werden zusammengeschmolzen und mit einem

leichtlöslichen Mineral vermengt. Willst du die vollständige Anweisung hören?"
„Nein, das wird nicht nötig sein. Was machst du damit?"
Thomas hob den Strohbesen auf und strich in sich gekehrt über den rauen Holzstiel. Hierauf stieß er ihn ein paar Mal auf den Erdboden.
„In einem Tiegel wird die Mischung zu feinem Staub gepulvert und auf das Silber oder Gold aufgeschmolzen."
„Wozu das?"
„Beim Schmelzen entstehen schwarze, beständige Salze aus dem Schwefel."
„Aha, und wozu dient das ganze?"
„Nun, vor der kniffligen Prozedur werden die auserwählten Werkstücke natürlich graviert, denn wir reden hier über die Arbeitsweise beim Gravieren. Erst danach wird der Pulverstaub aufgeschmolzen. Alsdann säubere und poliere ich das Gold oder Silber und die gravierten Vertiefungen bleiben schwarz zurück und sind deutlicher zu erkennen."
„Klingt einfach."
„Das ist wahrhaftig kein Wunder, wenn du es gelernt hast. Eine steinalte Kunst."
„Aber dann und wann misslingt das Kunststück auch, oder?", fragte ich und zeigte auf seine Finger.
„Du solltest schon Acht geben, das ist wahr. Eines Tages tapst du mit deinen Fingern mal hinein und schon weiß jedermann, wo du arbeitest." Er wischte die Hände an seinem Gewand ab, als könnte er die dunklen Flecken damit abstreifen.
„Für den Rest deines Lebens musst du nun mit diesen Erkennungsmalen rumlaufen?", fragte ich. Thomas schüttelte energisch den Kopf.
„Ach was, alles ist halb so schlimm. Ein, zwei Wochen und du nimmst nichts mehr davon wahr."
„Dann ist es tatsächlich nicht tragisch."
„Tragisch nicht, höchstens lebensgefährlich."
„Lebensgefährlich? Was meinst du damit?"
Er zog eine Grimasse, bevor er erklärte: „Heilsam ist der Kram nicht gerade."

„Bruder Camerarius muss ihn in seiner Küche nicht unbedingt in die Suppe gießen, oder?“

„Beim heiligen Benedikt, nein“, rief er mit aufgerissenen Augen. „Solltest du mit dem Pulver oder der Schmelzmasse in Berührung kommen, musst du deine Finger gründlich baden.“

„Im Badehaus?“, lachte ich, denn ich nahm Thomas' bestürzten Blick nicht ernst.

„Von mir aus magst du sie in den Abort stecken. Entscheidend ist, dass die Substanzen von deiner Haut verschwinden. Bis auf die schwarzen Flecken natürlich.“

„Und wenn nicht?“

„Wenn nicht?“, fragte er zurück, wobei er die Buchstaben zwischen seinen Zähnen dehnte, als behindere ihn ein Mund voller Honig am Sprechen. „Wenn nicht, dann kann es sein, dass du mausetot bist, ehe die Nachmittagssonne untergeht. Langt dir diese Erklärung?“

„Reicht mir vollkommen“, murmelte ich, wenn ich auch nicht erwähnte, wie tief meine Verwirrung ging.

Kannte Fiona die drohende Gefahr? War es ihr gar arglistig verheimlicht worden? Jedenfalls war es denkbar, dass sie durch ihre schwarzen Flecken umgekommen war. Das andererseits spräche dann nicht mehr gegen Seliger, dem wir bislang auch die Schuld am Tod seiner Verlobten zuschoben.

„He, Hilarius, Träume gehören in die Nacht.“

„Was? – Ach so – verzeih, ich war in Gedanken.“

„Hab ich bemerkt. Und wo hast du dich gestern herumgetrieben, als die Lichtfeier anfing?“

„Da schlug ich mit Gottvertrauen einen widerspenstigen Eber in die Flucht.“

„Erzähl keine Legenden. Du besitzt nicht einmal eine Waffe.“

„Wer Gott vertraut, benötigt keine andere Waffe.“

„Sag das mal Kaiser Friedrich. Der wird dir was anderes erzählen.“

Ich lachte und klopfte ihm auf die Schulter.

„Lassen wir dem Kaiser, was des Kaisers ist. Er will schließlich im Stehen sterben. Berichte mir lieber von der Lichtfeier.“

Lichtfeier, schoss es mir durch den Kopf. Wir durften nicht ver-

gessen, den Zimmermann in Isny aufzusuchen. Bestimmt war er unterdessen wieder daheim. Doch das mussten wir aufschieben, bis Gregor sich erholt hatte.
Am Stand der Sonne erkannte ich, dass die Vesper nahte. Also musste auch Gregor warten. Für einen Besuch war es heute bereits zu spät. Morgen, am Ostermontag, wollte ich jedoch sofort bei ihm anklopfen. Schließlich gab es allerhand zu berichten. Dass es weit mehr und dramatischeres zu vermelden gab, als den entdeckten Vermerk über die Kaballah und Thomas' Einführung in die Graviertechnik eines Goldschmieds, ahnte ich allerdings noch nicht.

31. des mertzo, a.D. 1225, Ostermontag

Der Duft des Lenzings, gesättigt aus sprießenden Bäumen, von den Tautropfen der glitzernden Gräser, den blühenden Krokussen und Schneerosen und den aufgewärmten Wäldern, lag berauschend und würzig in der Luft und in der Nase. Ich war gespannt, wie sich mein Mentor fühlte. Ich hörte einmal, dass Ärzte die unerträglichsten Kranken sein sollten. Hoffentlich erwies sich diese These nur als Geschwätz der Leute. Andererseits behaupteten andere Spötter, nur der sei ein guter Arzt, der auch seine eigenen Wunden heile.
Leichtfüßig wanderte ich durch die grünenden Wiesen. Wenige bleiche Wolken zogen wie ferne Schiffe über den Himmel. Immerhin versprach der Tag heute nach den Launen der letzten Woche trocken zu bleiben.
An der Gabelung bog ich auf den Weg nach Rothenfels ein. In Gedanken versunken nahm ich das galoppierende Pferd hinter mir erst wahr, als es mich beinahe umrannte. Aufgeschreckt sprang ich zur Seite.
Der Reiter zügelte sein Pferd neben mir und sagte: „Nanu, Hilarius, so frühzeitig unterwegs?"
Das lange bärtige Gesicht von Bürgermeister Odwin Wohl-

gemuth strahlte mich an. Er schien es eilig zu haben, denn sein buschiges graues Haar klebte schweißnass auf seiner Stirn und an den Schläfen.

„Oh, Bürgermeister, Gott zum Gruß. Ihr habt mich fast in den Boden gestampft."

Odwin lachte.

„Da hättet Ihr Euch einen Weg erspart."

„Das ist nun ganz und gar nicht in meinem Sinn. Mein Weg ist wichtig."

„Ah, verstehe. Ihr besucht Gregor. Wollt Ihr neuerdings wieder dem Mönchsmörder auflauern?"

„Damit ist es vorläufig aus", sagte ich verdrossen.

„Inwiefern? Habt Ihr Eure Jagd etwa aufgegeben?" Er stieg vom Pferd und führte es an den Zügeln neben mir her.

„Aufgegeben? Pah, das entspricht wohl kaum Gregors Natur."

„Aber Ihr sagtet doch..."

„Bei unserem letzten Abenteuer kam es zu einem Unfall."

Rasch erzählte ich ihm von dem unfreiwilligen Fall des Arztes und ebenfalls davon, dass Seliger aus Lindau entflohen war.

„Verflixter Halunke", brummte Odwin. „Denkt, er kann seiner Bestrafung entgehen."

„Wird schwierig sein, ihn aufzustöbern. Zumal wir im Moment aus dem Rennen sind, solange Gregors Schulter keinen Ausritt verträgt."

Odwin rieb sich seine hohen Wangenknochen.

„Der Burggraf ist mir noch zu einer Gefälligkeit verpflichtet", sagte er geheimnisvoll.

„Was hat der Graf damit zu schaffen?"

„Nun, im vergangenen Jahr konnte ich ihm hilfreich in einer...", er räusperte sich. „...in einer delikaten Angelegenheit sein." Er blickte zu Boden.

Offensichtlich war es ihm unangenehm, diese Begebenheit zur Sprache zu bringen.

„Und?"

„Jetzt kann er es mir vergelten."

„Der Burggraf? Ich bezweifle, dass er uns von irgendeinem Nutzen sein kann."

„Fällt Euer Urteil nicht zu früh, junger Mönch. Ich ersuche den Grafen, mir eine Handvoll seiner Männer zu geben."
„Männer? Wofür?"
Odwin lachte wieder.
„Damit wir den Spitzbuben in seinem Nest aufspüren, wofür anders?"
Augenblicklich begriff ich. Gewappnete Reiter, noch dazu Lehensmänner des Burggrafen, brachen auch verstockte Herzen und verschwiegene Mäuler auf. Sie würden zu allen Stätten ausschwärmen, denen Seliger nahe kommen konnte.
„Bei Gott", gab ich zu, „ein verlockender Einfall."
„Nicht wahr? Sofort nach dem Mittagsmahl sprenge ich zur Burg. Ich bin sicher, dass mir mein Anliegen erfüllt wird."
„So seid Ihr heute ständig unterwegs. Wenn es erlaubt ist zu fragen: Wo wart Ihr zu dieser frühen Stunde?"
Augenblicklich verdüsterte sich sein Gesicht und er schaute mich aus zusammengekniffenen Augen streng an.
„Möglicherweise auf einer frischen Fährte."
„Dürft Ihr mir davon erzählen?", fragte ich wissbegierig.
„Warum nicht? – Fahrendes Volk, das tags zuvor die Wagen für das Jahrmarktsspektakel aufbaute, berichtete von einem verendeten Pferd, das sie zwischen Missen und Lindenberg am Wegrand entdeckt haben wollten."
Ich zuckte die Achseln, denn ich begriff weder die Bedeutung noch den Zusammenhang dieser Enthüllung mit unserer Mordgeschichte.
„Und das ist so gewichtig, dass Ihr Euch an einem Feiertag auf der Stelle in den Sattel schwingt?"
„Die Gaukler erwähnten ein silbernes Kreuz an einer langen Kette. Es soll im Gras neben dem Kadaver gelegen haben."
„Gütiger Gott, Bruder Lucius..."
„Dachte ich mir", knurrte Odwin. „Der Bruder besaß ein solches Kreuz?"
„Ja... gewiss...", stammelte ich. „Aber, Silberkreuze gibt es wie Sterne am Himmel. Lasst es mich ansehen."
Doch Odwin schimpfte: „Pah, dieses Gesindel. War längst verschwunden, das Kreuz. Das lassen die nicht daliegen."

„Oh, schade. Wäre wichtig zu wissen, ob es tatsächlich Bruder Lucius' Pferd war. Davon fehlte bisher jede Spur."
Odwin hob sein angespanntes Gesicht und zog einen Gegenstand aus seinem Gürtel. „Wie wär's damit?"
Er hielt mir ein Essmesser vor die Augen, das mir vertraut vorkam. Wie vom Blitz getroffen blieb ich stehen und tastete meinen Gürtel ab. Nein, ich hatte mein Messer nicht verloren. Ich löste es vom Leder und hielt es Odwin entgegen. Für einen Augenblick wirkten wir wie zwei Duellanten, die erste Attacke des Gegners erwartend. Zugegeben, ein lächerliches Duell. Gott sei Dank beobachtete uns niemand.
„Ganz wie das meine", sagte ich, nachdem ich die beiden Messer nebeneinander gehalten hatte.
„Seid Ihr sicher?"
„Seht selbst. Auf dem Griff ist das Haupt des heiligen Benedikt eingraviert. Die Messer sind aus unserer eigenen Werkstätte. Da ist überhaupt kein Zweifel."
Odwin ließ die Zügel los und klatschte in die Hände.
„Na bitte", frohlockte er. „Hat sich die Tortur doch gelohnt."
„Tortur?"
„Glaubt Ihr denn, es sei ein himmlisches Vergnügen, einen seit zehn Tagen verwesenden Pferdekadaver zu untersuchen?" Er schüttelte sich und seine Gesichtszüge spiegelten den Widerwillen, den er empfunden haben musste, wider.
„Was war mit dem Pferd?", fragte ich.
„Brach sich ein Bein. Vermutlich geriet es in eins der tausend Löcher, mit denen unsere Fahrwege übersät sind."
„Möglich. Vielleicht sind Ross und Reiter niedergestürzt, wobei Lucius seine Kette, den Rosenkranz und das Essmesser verlor."
„Wieso Rosenkranz?", fragte Odwin.
„Der fehlte auch bei seinen Sachen."
Zähneknirschend musste ich mir eingestehen, dass ich vergaß, in der Abtei danach zu forschen, wie es mir Gregor auftrug.
„Den Rosenkranz entdeckte ich nicht an jener Stelle."
„Das ist nicht weiter verwunderlich. Ich denke, der Rosenkranz zerriss bei dem Sturz und verstreute die zierlichen dunkelbraunen Holzkugeln in alle Winde."

Odwins kantiger Kopf nickte.
„Was zum Henker wollte Bruder Lucius zwischen Lindenberg und Missen?"
Mir fiel Fiona ein, doch schwieg ich lieber. Mein ausufernder Einfallsreichtum war mir schon einige Male hinderlich gewesen.
„Wenn wir das wüssten", antwortete ich ausweichend.
Währenddessen gingen wir schon durch das mächtige Stadttor in die engen Gassen nach Rothenfels hinein. Odwin schwieg eine Weile. Erst als wir uns der Marktgasse näherten, blieb er stehen und sah mich stirnrunzelnd an.
„Ihr könntet mir einen Gefallen tun, Hilarius."
„Ja, gern. Wenn man Würdigen einen Gefallen tut, verpflichtet man sich alle."
Odwin lachte, dass sich sein spindeldürrer Leib wie im Wind bog. „Nach außen ein Schaf, innerlich aber ein Fuchs, was?"
„Wo es am Schaffell mangelt, muss man sich einen Fuchspelz überziehen. Wen soll der Fuchs für Euch beißen?"
„Eure Zähne könnt Ihr getrost schonen. Ursprünglich wollte ich zu Gregor, um ihm die neue Kunde mitzuteilen."
„Aha, diese Aufgabe darf ich nun übernehmen."
„Umso früher kann ich zum Burggrafen aufbrechen, Hilarius."
„Das ist alles?"
„Noch nicht ganz", sagte Odwin. „Ich möchte auf dem Jahrmarkt einige Früchte kaufen, die Ihr in meinem Namen mitnehmen sollt. Unser gemeinsamer Freund muss doch schnellstens wieder auf die Beine kommen."
„Ein Krug Bier wäre ihm zweifellos angenehmer."
„Dann liegt er noch länger faul herum. Nein, nein. Früchte sind heilsamer."
„Wie Ihr meint", stimmte ich schmunzelnd zu.
Ich sah schon Gregors Gesicht vor mir, wie es sich gequält verzog, wenn ich ihm Birnen und Äpfel vorsetzte. Trotzdem war mir nicht wohl bei dem Gedanken, wie ein leichtlebiger Bürger über den Jahrmarkt zu bummeln.
„Aber über den Jahrmarkt laufen, ich weiß nicht", sagte ich demzufolge und hob abwehrend die Hände.

„Wovor fürchtet Ihr Euch? Vor den Musikanten – oder den Akrobaten?“
„Ich fürchte den Zorn meines Abtes, wenn er erfährt, dass ich mich mitten in das sündhafte Treiben von Schmeichlern und singenden, tanzenden Jungfrauen begeben habe.“
Odwin strich mehrmals über seinen Kinnbart. „Ist Euer Glauben derart leicht ins Wanken zu bringen?“
„Oho, mein Glauben strauchelt nicht. Gleichwohl könnten die Leute die Gegenwart eines Klosterbruders als Zeichen der Zustimmung deuten.“
„Die Leute machen, wonach ihnen gelüstet. Folgen wir dem Glaubensbekenntnis nicht viel besser durch tugendhaftes Handeln als durch verstocktes Zaudern?“
Irgendwie hatte er Recht. Konnte ich durch mein beispielhaftes Verhalten nicht vielmehr Frömmigkeit beweisen als dadurch, dass ich den Verlockungen fernblieb? Sogar Jesus Christus ging den Zöllnern und Prostituierten nicht aus dem Weg.
Aber schlussendlich, ich war nicht der Messias.
Als ich meine Antwort hinauszögerte, klopfte mir Odwin freundlich lächelnd auf die Schulter.
„Junger Freund, ich lasse Euch keinen Augenblick aus den Augen, wenn Euch das überzeugt. Bleibt am Rathaus stehen, bis ich mein Pferd im Stall untergestellt habe. Dann besorgen wir die Genesungsgabe für Gregor. Ist doch schnell erledigt. In der kurzen Zeit wird der Teufel Euch kaum zu Leibe rücken.“
„Der Teufel lauert allerorts und in vielen Gestalten“, widersprach ich.
Er überzeugte mich zwar nicht, aber vermutlich sah ich das Jahrmarkttreiben zu verbissen. Ich nickte dem Bürgermeister zu. „Nun, gut, beeilen wir uns.“
Am Ende der Marktgasse fiel das Lärmen der gut gelaunten Menge wie ein Schwarm Heuschrecken über mich her. Aus allen Himmelsrichtungen plapperte und raunte es in meine Ohren. Meine Augen konnten keinen ruhigen Winkel ausmachen. Die farbenfrohen Gewänder in diesem Menschengewimmel brandeten auf und ab wie Wellen in unserem Alpsee, wenn der Sturm darüber hinwegfegte.

Meine Nase, gewöhnt an die städtischen Ausdünstungen, schnupperte in der von Wohlgerüchen durchdrungenen Luft. Ich ertappte mich bei der Vorstellung, das erfrischende Bier und die ofenwarmen Jahrmarktskuchen auf der Zunge zu schmecken.
Wir tasteten uns an den Gildehäusern entlang um den Marktplatz herum zum Rathaus.
„Dauert nur einen Moment“, sagte Odwin und drängte mit seinem Pferd in eine schmale Gasse.
Ich lehnte mich gegen den Pranger. Einige Mal spürte ich die Augen der Krämer, Musikanten und Komödianten und die des ausgelassenen Volkes auf mich gerichtet, als stünde ich zu Recht an diesem Schandpfahl. Ich verscheuchte meinen Gedanken mit einer flüchtigen Handbewegung wie eine lästige Fliege. Sollte das Volk ruhig ein klein wenig Freude genießen. Schließlich bemerkte ich auch lobenswerte Verlockungen. Zum Beispiel bildeten die Mysterienspieler auf einem mit grellen Stoffen herausgeputzten Wagen die Auferstehung Jesu ab. Alte und Junge verfolgten mit großen Augen die heilige Szenerie. In der Zwischenzeit kündigte der markerschütternde Klang der Schalmeien jeden neuen Auftritt an.
Ein Arm legte sich um meine Schulter und Odwin sagte: „Harmlose Spiele kann auch die Kirche erlauben, oder?“
„Nicht alles ist harmlos, was ich erblicke“, antwortete ich stirnrunzelnd, denn mein Blick streifte die Tische und Bänke, die vor der Schänke aufgestellt waren. Grölend vertrieben sich einige derb aussehende Männer mit Würfeln die Zeit.
„Lasst sie würfeln. Bei der nächsten Beichte wird es ihnen schon Leid tun.“
Er zog mich zwischen die Stände und Zelte.
„Ihr macht es Euch zu einfach.“
„Und Ihr zu schwer. Kommt, halten wir Ausschau nach einem Fruchthändler.“
Eine Hälfte des Marktplatzes war den fliegenden Händlern, den Kaufleuten aus Rothenfels und den Viehhändlern überlassen worden. Selten zuvor fand ich derart abwechslungsreiche Angebote auf unserem Markt: Appetitlich duftender, goldgelber Käse und leuchtend weiße Eier von Hühnern und Gänsen. In

aufgeschlagenen Säcken glitzerte Salz und Töpfe und Pfannen baumelten an den Warenständen, wie sie sich mancher Küchenmeister wünschte. Geschliffene, blank polierte Messer mit Griffen aus Hirschhorn oder geschnitztem Holz schlugen die Käufer genauso in ihren Bann wie die ledernen Stiefel und Sandalen, die in einer Fülle feilgeboten wurden, dass sich alle Rothenfelser damit einkleiden konnten. Bündel und Ballen mit ausgesuchten glänzenden Webstoffen lagen neben den mannigfaltigen Waren aus Leder und Tonerde. Es war mir kaum möglich, den Anpreisungen der Händler einen Moment zu lauschen, denn den Krämern bereitete es offensichtlich ein zusätzliches Vergnügen, sich gegenseitig an Lautstärke zu überbieten.
„Na, bitte", sagte Odwin neben mir und gebrauchte seine Ellbogen um sich durch das drängelnde Volk zu einem Wagen zu schieben, von dem uns Früchte in allen Farben anlachten. Weiche, saftige Birnen türmten sich neben köstlichen, rotwangigen Äpfeln. Sogar Walnüsse und Haselnüsse entdeckte ich.
„Was ist denn das?", fragte ich und wies auf die verschrumpelten, dunkelbraunen Früchte, die ich nie zuvor gesehen hatte.
„Einen recht schönen guten Tag, edle Herren", sagte der Händler, ein dicklicher Mann mit strohgelbem Haarschopf. „Tretet nur ruhig ganz nahe heran. Anschauen kostet Euch hier nichts."
Wir drängten uns noch näher an den Wagen heran.
Odwin fragte den Krämer, der immer wieder mit einladenden Gesten auf seine Waren deutete: „Mein junger Freund möchte wissen, welch fremdartige Frucht sich hinter den dunklen Ringen neben den getrockneten Weinbeeren verbirgt."
„Ah, wie ich sehe, werte Herren", sagte der Strohblonde, wobei er den Unterkiefer auf und ab bewegte, als kaute er längst genüsslich auf der besagten Frucht, „habt Ihr ein besonders Aug' für die Leckerbissen aus den immerwarmen Ländern des Südens. Ohne mein eigen Angebot zu hoch loben zu wollen, sind doch gar viele Wochen ins Land gegangen, bis diese Genüsse bei mir anlangten."
„Es ist leichter, ganz zu schweigen, als sich im Reden zu mäßigen", entfuhr es mir.

„Verzeiht, junger Herr“, tönte es hinter dem Wagen, „Eure Worte begreife ich nicht.“
Odwin lachte schallend.
„Er meint, Ihr sagt viel und doch nichts. Ihr preist mit blumigen Bildern an, was wir nach wie vor nicht kennen.“
Der Händler schlug die Hände zusammen und schüttelte den Kopf.
„Zu den Narren gehöre ich. Vergebt meine redselige Laune. Aber es gehört zu meiner Gilde, feilzubieten, zu beschreiben und zu...“
Er verstummte, denn Odwin hatte kurzerhand seinen Dolch gezückt und auf den Händler gerichtet.
Er knurrte: „Wie heißt die Frucht?“
Der Mann rollte mit den Augen und seine Finger zuckten an seine Lippen, als könne er damit einen neuerlichen Redeschwall abwenden.
„Feigen“, presste er mühevoll hervor. „Gedörrt.“
„Na also“, sagte Odwin zufrieden und stieß seinen Dolch in einen dieser getrockneten Ringe. Dann bot er mir seine Beute an, gleich einem Küchenmeister, der einen Wildschweinbraten am Spieß trägt. Die Feige schmeckte süß und fremd.
Ich nickte anerkennend, worauf das Lachen ins Gesicht des Händlers zurückkehrte.
„Wie viel?“, fragte Odwin.
Der mollige Mann wackelte mehrmals mit seinem Kopf.
„So ich auch eine große Familie zu nähren habe, will ich Euch das Pfund für fünf Silberdenare überlassen.“
„Abgemacht, aber dafür gebt Ihr mir außerdem von den kleinen getrockneten Weinbeeren.“
„Ein Jammer ist's“, stöhnte der Dicke. „Jetzt wandern die Räuber schon offen über den Markt.“
Als wir lauthals lachten, grinste der Händler und sagte: „Werte Herren, preist mein Geschäft nur ja nicht unter Euresgleichen. Sonst hocke ich bald vor den Toren der Klöster und muss um Almosen betteln.“
Odwin hielt ihm triumphierend die Münzen hin.
„Gib uns rasch deine Ware, sonst kaufen wir noch ein wenig mehr.“

Der Händler zuckte zusammen, als winke der Bürgermeister bereits mit dem Bettelstab. Hastig reichte er ihm Feigen und Weinbeeren, die in einem leeren schwarzen Beutel verschwanden, den Odwin aus seinem Umhang hervorzauberte. Immer noch lachend gab er mir den Beutel.
„Hier, für unseren leidenden Freund."
„Es isst sich besser, wenn der Bissen hinuntergespült wird", sagte ich.
„Verstehe, also muss auch noch ein Trank her."
Er schaute sich suchend um und fand in Sichtweite ein spitzes Zelt, vor dem mehrere Fässer und Krüge lagerten. Odwin erstand umgehend eine Kanne mit Apfelwein, die er mir übereifrig in die freie Hand drückte.
„Ich weiß nicht, wer von Euch durchtriebener ist, der wortgewandte Krämer oder Ihr, ein schüchterner, zurückhaltender Mönch?"
„Ein kranker Kopf bietet den Menschen eben ein garstiges Schauspiel", entgegnete ich scherzend.
„Ich denke, Gregor ist auf die Schulter gefallen."
Wir lachten. Dann verabschiedete sich Odwin von mir.
Da stand ich nun mit dem Beutel in der Hand inmitten des Jahrmarkttreibens und blickte dem Bürgermeister nach, der binnen weniger Augenblicke zwischen den Zelten und Menschen entschwunden war. Ich schob mich vorbei an einem offenen Wagen, auf dem Schauspieler einen dramatischen Schwertkampf vorführten. Am Ende sank einer der Widersacher vermeintlich tödlich getroffen auf die Bretter, begleitet vom Aufstöhnen des ergriffenen Volkes. Trommelschläge kündeten ein Ereignis an. Eine Gestalt, die eine fratzenhafte Teufelsmaske über das Angesicht gestülpt hatte, kauerte sich neben den Getroffenen. Mit beschwörenden Worten und mystischen Gesten beförderte er den Toten unter dem befreienden Aufatmen der Schaulustigen zurück ins Leben. Pah, Schauspielerei, dachte ich, wenn das Leben immer so anspruchslos wäre. Dann könnte Bruder Lucius ebenso wieder seiner Wege gehen und uns aus eigener Erfahrung berichten, was ihm widerfahren war. Ich schlenderte weiter über den Marktplatz, vorbei an tanzen-

dem und singendem Volk, das die dargebotenen Belustigungen sichtlich genoss. Ein Grimassenschneider brachte ein ums andere Mal kleine und große Beobachter zum Lachen. Die hätten erst einmal Gregor erleben sollen, wenn er alle Muskeln seines Gesichtes in Bewegung setzte, dass ich mich ängstigte, eines Tages könnten seine Gesichtszüge nicht in ihren ursprünglichen Zustand zurückfinden.

Schließlich geriet ich nochmals in eine enge Gasse aus Ständen und Zelten, wo allerlei Waren feilgehalten wurden. Kostbarer Schmuck und seltene Glaswaren wurden hier bestaunt. Pelze von Bären und Füchsen waren ausgebreitet und blanke Rüstungen warteten auf kampflustige Krieger. Auch die Bauern der Gegend boten ihre Ernte an: Fleisch, Käse, Butter, Gemüse und zahllose Arten von Federvieh.

Vor einem zweirädrigen Karren, der mit einem dunklen Tuch ausgelegt war, gestikulierte ein hagerer Mann in einem langen schwarzen Umhang. Dabei rühmte er mit einer betörenden, einschmeichelnden Stimme wahre Wundermittel gegen jedwede Krankheit. Ein Wunderheiler also, ein Quacksalber. Doch meine Lehrjahre belehrten mich darüber, dass diese fahrenden Heiler fast immer mehr verhießen, als ihre Salben und Tränke hielten.

Auf einem flachen Tisch breitete der Mann vor sich kleine braune Tonkrüge und runde Tiegel aus. Fortwährend schnippte er mit den Fingern eine Münze in die Luft und fing sie geschickt wieder auf. Ich ging an den Tisch und schaute mich um.

„Ah, ein Ordensbruder", sagte der Hagere, während er die Augen rollte, wie ein Drache, der mich zu verschlingen sucht. „Wollt Ihr die wahre Heilkunst kennen lernen?"

„Aus der Heilkunst soll man keinen Gewinn erzielen, außer für den Körper, denn dafür ist sie schließlich geschaffen", antwortete ich und blickte unverwandt auf die Silbermünze, die eben wieder in die Luft geschnellt wurde und sicher in der Faust des Heilers landete.

„Der Mensch muss leben. Wenn ich anderen mit meiner Kunst nütze, kann das unmöglich verdammenswert sein."

„Wenn Eure Kunst nützlich wäre, liefe alles Volk bei Euch zusammen", sagte ich bissig.

Er zog die dichten Augenbrauen zusammen und fauchte: „Die Menschen glauben jedenfalls an das, was ich sage. Könnt Ihr das von Euch auch behaupten?"
„Selig sind, die nicht sehen und doch glauben."
Warum gab ich mich nur mit diesem Quacksalber ab, dachte ich, soweit sollte meine Wissbegier einfach nicht gehen.
„Närrisches Pfaffengeschwätz", blaffte er. „Seht her", er hielt mir zwischen Daumen und zweitem Finger besagte Silbermünze entgegen. „Mir gibt das Volk aus freien Stücken. Ihr aber quetscht die letzten Körner aus den Bauern."
Ich konnte nicht antworten sondern starrte nur auf das Geldstück. Der Wunderheiler wertete mein Schweigen offenbar als Zustimmung, denn er fuhr fort: „Wir leben beide von der Hoffnung. Nur bringt sie mir klingende Münzen ein."
Ich schwieg weiter, doch ließ ich das Silberstück nicht aus den Augen.
„Ringsumher warten die Menschen auf Antonius, den Wunderheiler. Von Lindau bis Kempten werde ich geschätzt für meine wirkungsvollen Tränke und Salben."
Ich streckte eine Hand nach der Münze aus.
„Finger weg", donnerte der Hagere und seine Hand zuckte zurück. „Zuerst tadelt Ihr meine Kunst und nun wollt Ihr mich um den Lohn meiner Arbeit bringen. Ein feiner Mönch seid Ihr."
„Woher habt Ihr die?", fragte ich.
„Woher hab ich was?"
„Na, die Münze in Eurer Hand. Wer gab sie Euch?"
„Warum?" Er kniff die Augen zusammen und blinzelte mich an.
„Ein seltenes Stück. Gewiss habt Ihr sie von Euren ausgedehnten Reisen mitgebracht." Ich musste unter allen Umständen herausbringen, woher das Geldstück stammte.
Der Heiler öffnete die zusammengedrückten Finger und schaute auf die Silbermünze.
„Jetzt horcht und staunt, ungläubiger Mönch", sagte er, wobei er mich siegessicher angrinste, als heile er mich soeben vom Aussatz. „Selbst hier in Rothenfels gibt es Geschöpfe, denen die

Heilkunst des Antonius einen fiorino d'argento wert ist. Was sagt Ihr nun?"
Längst hatte ich die Lilienblüte auf der Oberseite der florentinischen Münze erkannt. Aber es war doch beinahe unmöglich, dass hier, im tiefsten bairischen Land, diese Seltenheit auftauchte.
„Da habe ich etwas abzubitten, was?"
„So ist es, Mönchlein."
Er blinzelte mir zu, denn er musste denken, dass ich meine Ansicht über ihn geändert hatte. Das sollte er auch, denn ich benötigte noch eine wichtige Auskunft von ihm.
„Wer war der Beneidenswerte, den Ihr für das florentinische Silber gerettet habt?"
Er lachte schallend.
„Wenn ich mir alle Namen meiner Kunden merken wollte, vergingen Tag und Nacht, ohne mir genügend Zeit für meine Mixturen zu lassen."
„Verstehe." Ich nickte zustimmend. „Dennoch werdet Ihr Euch ins Gedächtnis rufen können, was Ihr dafür verkauft habt. Selbst Ihr erhaltet nicht alle Tage eine derartige Münze in die Finger, oder?"
Er kratzte sich stirnrunzelnd hinter den Ohren.
„Ein Alter war's. Die Last der Jahre drückte auf seine todmüden Glieder und drohte ihn zu zerreißen. Ein Tiegel meiner speziellen Salbe wird Erleichterung bringen, denke ich."
Ich betrachtete die runden Tongefäße auf dem Tisch, die allesamt gleich aussahen und mit einem Fetzen grauen Leinens, der von einer Kordel gehalten wurde, abgedeckt waren.
„So einer?", fragte ich.
Er grinste. „Wollt Ihr auch einen?"
Ich hob abwehrend die Hände.
„Die Last meiner Jahre ist noch nicht schwer genug dafür." Selbst wenn, dachte ich, von dir nähme ich nicht einmal einen Schluck Wasser. „Mehr wisst Ihr nicht über den Mann?"
„Was interessiert Euch der Mann? Der ist längst daheim und befreite sich mit meinem Wundermittel von seinen Schmerzen."
„So kam er aus Rothenfels?"

„Ich bin Heiler und nicht Hellseher", knurrte der Hagere ungeduldig, denn unterdessen umringten uns ein paar Leute, die neugierig die Ohren spitzten. „Sagte jedenfalls, er habe noch einen ausgiebigen Fußmarsch vor sich. Vielleicht kam er aus Immindorf. Was weiß ich?"
Er schob die Münze in einen Beutel, der an seinem breiten dunkelbraunen Gürtel baumelte und sagte heftig: „Geht aus dem Weg und macht Platz, wenn Ihr nichts kaufen wollt. Lasst die Kranken und die Gebrechlichen zu mir, damit sie die Wunder des Antonius erleben. Leute kommt herbei und seht selbst..."
In Gedanken versunken trottete ich an den letzten Ständen vorbei und bog in die Marktgasse ein. Gregor würde seine Ohren aufsperren, wenn ich ihm diese Neuigkeit berichtete.

Die Sonne blinzelte hinter den weißen Wolken hervor. Es war ungefähr die Zeit der Sext, als mir Klara die Tür zu Gregors Haus aufmachte. Sie presste die schmalen Lippen aufeinander und zappelte aufgeregt mit den Händen in der Luft herum.
„Klara, was ist passiert?", fragte ich, denn es war offensichtlich, dass die Dirn innerlich aufgewühlt war.
„Passiert?", bellte sie. „Der Herr... töricht wie ein Kind... ist mir noch nie vorgekommen..."
Ich ging an ihr vorbei ins Haus.
„Mal langsam, wo ist Gregor?"
Sie schnaufte, während sie die schwere Tür schloss.
„Von einem Medicus hätte ich mehr Einsicht erwartet."
„Was meint Ihr? Sprecht doch klarer."
„Er ist es satt, sich wie ein lahmer Alter behandeln zu lassen, sagt er. Den ganzen Vormittag hockt er schon in seinem Keller und klappert mit seinen Gläsern und Fläschchen herum. ‚Ich finde es heraus', plappert er fortwährend. An seine Schulter denkt er dabei kein bisschen, dieses große Kind."
Ich lachte erleichtert. Das war typisch Gregor. Es hielt ihn nicht länger auf seinem Ruhelager, er musste sich mit irgendetwas die Zeit vertreiben. Und Klara, diese gute Seele, stürzte er in eine Verzweiflung, ähnlich einer Mutter, die ein widerspenstiges Kind zu bändigen versucht.

„Er wird schon wissen, was er tut“, beruhigte ich sie.
„Da bin ich mir gar nicht sicher“, hielt sie dagegen.
Wie zur Bekräftigung hörten wir plötzlich aus den unteren Räumen einen ohrenbetäubenden Donner und danach ein heftiges Krachen und Rumpeln. Einen Augenblick sahen wir uns wie versteinert an. Nach dem ersten Schrecken hasteten wir durch den Gang zu der Stiege, die ins Kellergewölbe führte.
Als wir die unteren Räume erreichten, in denen Gregor, wie ich inzwischen wusste, meistens mit dem Temperament eines vorwitzigen Kindes seine alchemistischen Forschungen betrieb, empfing uns eine undurchdringliche Nebelwand und ein beißender schwefliger Gestank.
„Der Teufel hat ihn erwischt“, jammerte Klara, die sich hinter mir verkroch und nur ihren Kopf zögernd über meine Schulter reckte.
Ich hustete und versuchte gleichzeitig die Rauchwolken mit den Händen zu zerteilen. Der Gestank war bestialisch.
„Gregor?... Meister?... Wo seid Ihr?“
Ein schemenhaftes Schattenbild kroch durch den Nebel auf uns zu. Klara klammerte sich an mich, sie zitterte an allen Gliedern und stieß kleine erschreckte Laute aus. Indessen war es keineswegs der Teufel, der sich aus den Schwaden herausschälte. Der Herr des Hauses wankte mit schleppenden Schritten, aber siegessicherem Lächeln zur Tür, in der wir ausharrten.
„Hilarius“, keuchte Gregor, „sag nichts, ich hab es schon gefunden. Silber, Kupfer, Blei... und natürlich Schwefel. Riechst du?“
Das Flackern in seinen Augen war wie ein Blitz, der gerade samt und sonders eine Hofstatt zu Asche verwandelt hatte.
Ich grinste ihn an.
„Lieber will ich gar nichts mehr riechen, als noch länger diesen Gestank der Fäulnis und Verwesung.“
„Hab ich Recht?“, fragte er unerschütterlich.
„Natürlich habt Ihr Recht, Meister. Doch konntet Ihr nicht abwarten, bis ich Euch die Antwort bringe?“
„Pah, das größte Hindernis im Leben ist das Abwarten.“
„Klara bildet sich ein, Ihr wäret mit dem Teufel im Bund.“
Gregor schaute über die Schulter zurück in den Raum, in dem

sich die stickigen Schwaden allmählich verzogen. Auf einem Arbeitstisch bemerkte ich etliche zertrümmerte Glasröhrchen. Eine umgestoßene Fußbank lag davor. Der Fußboden war mit einer dunklen, annähernd schwarzen Masse bespritzt. Das Gewölbe sah aus, als sei eine Herde wilder Stiere in panischer Angst hindurchgefegt.
„Der Teufel?", krächzte Gregor, „Den müssen wir anderswo suchen, glaub mir."
Er schob uns zur Tür hinaus und verriegelte sie gewissenhaft.
„Das Durcheinander kann warten, ich nicht. Gehen wir hinauf."
Klara räumte wortlos das Feld. Sie würdigte Gregor keines Blickes. Wahrscheinlich überraschte es sie über die Maßen, dass ihr Herr noch lebte. Als wir es uns jedoch im Wohnraum auf den Lehnsesseln bequem machten, kam sie mit einem Weinkrug und zwei Bechern.
„Das Kind wird jetzt ganz artig sein, Mutter Klara", sagte Gregor und wischte sich mit einem Rockzipfel über sein gerötetes Gesicht. Klara musterte ihn aus zusammengekniffenen Augen, schüttelte den Kopf und stürmte ohne ein Wort davon.
Gregor lachte schallend.
„Andauernd umsorgt sie mich, wie die Glucke ihre Hühnchen."
„Kein Wunder, wenn ihr Euch aufführt wie ein Küken."
„Und du möchtest gern der Hahn sein, der mir auf den Kopf pickt, was?"
„Am Kopf beginnt nun einmal das Wohlbefinden. – Was macht die Schulter?"
Gregor winkte ab.
„Vergiss die alberne Schulter." Er zeigte auf den Beutel, den ich vor mir auf den Schoß gelegt hatte. „Trägst du dein Mittagessen spazieren?"
„Wenn überhaupt, dann eher das Eure", erwiderte ich und reichte ihm den Beutel.
„Für mich?" Er zog die Augenbrauen hoch und untersuchte den Inhalt.
„Getrocknete Weinbeeren? Gedörrte Feigen? Wie bist du auf diesen verrückten Einfall gekommen?"

„Der Bürgermeister schickt Euch diese Stärkung, damit Ihr schleunigst wieder auf die Beine kommt."
„Odwin? Der Gute. Wo hast du ihn getroffen?"
„Vorm Stadttor. Alles frisch vom Jahrmarkt, auch der Apfelwein."
Gregor strahlte beim Anblick des Kruges.
„Das stärkt in der Tat, Odwin sei Dank." Er kostete von den Feigen und fragte kauend: „Was trieb unser Bürgermeister am Ostermontag außerhalb von Rothenfels?"
In kurzen Worten berichtete ich ihm von dem verendeten Pferd, dem gesichteten Silberkreuz und dem aufgefundenen Essmesser. Gregors Oberlippe schob sich vor.
„Dann muss Lucius einen beachtlichen Fußmarsch hinter sich gebracht haben."
Tiefe Falten gruben sich auf seiner Stirn ein.
„Beinahe undenkbar..."
„Was ist undenkbar?", fragte ich.
„Wir wissen vom Wirt in Lindenberg, dass Lucius kurz nach der Mittagszeit die Schänke zu Pferd wieder verlassen hatte. Wir könnten nunmehr annehmen, dass er zu Fiona in Missen wollte."
„Sieht fast so aus", stimmte ich zu.
„Gelangte er an sein Ziel, oder stürzte das Pferd schon auf dem Weg dahin?"
„Er könnte zu Fuß nach Missen weitergelaufen sein", schlug ich vor.
„Das könnte er, Hilarius. Aber selbst im günstigsten Falle verstreicht beinahe ein vollständiger Tag, um auf schnellen Schuhen von Missen bis nach Lindenberg zu kommen. Es muss aber schon weit nach Mittag gewesen sein, als das Verhängnis seinen Lauf nahm."
„Ich begreife immer noch nicht."
„Hilarius, denk nach. Weshalb sollte Bruder Lucius zu Fuß nach Lindenberg laufen? In Missen hätte er sich zweifellos ein anderes Pferd beschaffen können. Also war er längst auf dem Heimweg, als sein Pferd stürzte. Doch bei der Entfernung wäre er bis zur Abenddämmerung auf keinen Fall im Gasthaus angelangt.

Und doch fanden wir ihn bereits am späten Nachmittag im Forst bei Rothenfels. Begreifst du jetzt?"
Mir kam eine Idee.
„Oho, Ihr denkt, er trieb ein schnelleres Fortbewegungsmittel auf?"
Gregor nickte verbissen und schob sich eine Weinbeere in den Mund.
„Ja, genauer gesagt schon vor Lindenberg. Vielleicht den Wagen, dessen Abdrücke wir im Waldboden entdeckten."
„Aber weswegen ist er dann in Lindenberg nicht heruntergestiegen?"
„Ja, Hilarius, warum? Wieso lässt ein Mensch, der für seine pedantische Ordnung bekannt war, seine Habe in der Schänke? Weshalb lässt er das sterbende Pferd einfach am Wegesrand liegen? Warum, warum, warum?"
Ich zuckte die Achseln.
„Hilarius, glaube mir, als das Gefährt Lindenberg passierte, war Bruder Lucius bereits tot. Anders ergeben die Ereignisse keinen Sinn."
„Kann es nicht sein, dass Lucius in Missen zu Fuß ankam, seinen Handel, was immer das war, abwickelte und von Seliger aufgedrängt bekam, ihn mit dem Wagen nach Lindenberg zurückzubringen? Unterwegs ist dann die Bluttat geschehen."
„Ähnliches ging mir auch durch den Kopf. Wir müssen den Kerl einfach einfangen, damit er uns Rede und Antwort steht."
„Das nimmt der Bürgermeister schon in die Hände."
Ich erzählte ihm von Odwins Vorhaben, den Burggrafen um seinen Beistand zu bitten. Hinterher erwähnte ich auch die Schrift über die Geheimlehre der Kaballah und warnte Gregor vor der Schriftrolle des Nachmanides. Doch der Arzt schüttelte entschieden den Kopf.
„Gerade jetzt dürfen wir nicht nachlassen, Hilarius. Erst recht sind wir gezwungen, ans Licht zu bringen, was Bruder Lucius aufspürte. Wir haben zwei Tote und keine Erklärung dafür."
„Zumindest könnte diese Fiona an den Folgen ihres Missgeschicks gestorben sein", sagte ich und schilderte, was mir Bruder Thomas über die giftige Substanz anvertraute.

Gregor lehnte sich zurück, ließ die Arme neben sich herabbaumeln und starrte an die Zimmerdecke.
„Wäre immerhin möglich", sagte er schließlich. „Aber das entlastet Seliger."
„Behagt Euch nicht, was?"
„Mir behagt vielerlei nicht, Hilarius. Per exemplum, dass es von dem Batzen Münzen, den Lucius mit sich führte, nicht die kleinste Spur gibt."
„Alles hinterlässt seine Spuren, auch florentinische Silbermünzen", sagte ich, als mir der Jahrmarktsbesuch wieder einfiel.
Gregor setzte sich aufrecht und stützte seine Hände auf die Knie. Seine schmalen Augen schienen mich mit Blicken durchbohren zu wollen.
„Hört sich an, als ob du was wüsstest."
Kaum begann ich zu beschreiben, wie ich bei dem Quacksalber auf die fremdländische Münze gestoßen war, da schnellte Gregor auf. Sein Gesicht lief feuerrot an und die Adern an den Schläfen quollen hervor.
„Was?", tobte er. „Damit rückst du erst jetzt raus? Hockst in aller Ruhe hier herum, du Unglücksbengel."
Er stürmte an mir vorbei und strebte zum Hauseingang.
„Meister, was ist...", rief ich ihm hinterher, doch Gregor war schon aus der Tür.
Ich beeilte mich, an seine Seite zu kommen. Klar, er wollte dem Wunderheiler zusetzen, bis er jede Kleinigkeit über den Kunden aus ihm herausgepresst hatte. Ich wagte nicht, ihn anzusprechen, sondern lief neben ihm den kurzen Weg zum Markt und führte ihn in die erste Gasse der Händler.
„Da..."
Da ist der Quacksalber, wollte ich sagen. Doch der Platz, auf dem vor noch nicht langer Zeit der schwarze Karren gestanden hatte, war leer. Mein Herz rutschte in den Bauch und hämmerte dort wie auf einer riesengroßen Trommel. Ich fühlte mich elend.
Gregor stand händeringend vor mir und sein dunkelroter Kopf drohte jeden Moment zu bersten. Er war nicht nur außer sich oder etwa entsetzt, nein, er war regelrecht wütend auf mich.

„Du Narr, elender", schrie er. „Das war die Gelegenheit. Du hast sie vermasselt."
Er drehte sich mehrmals im Kreis um sich selbst, als ob der Heiler davon wieder zum Vorschein käme.
„Das ist doch alles ein Wahnsinn. Wieso hab ich mich nur auf diese Geschichte eingelassen?"
Jäh verzogen sich seine Mundwinkel zu einem schiefen Grinsen, als er mich anschaute.
„Und wozu gebe ich mich mit Kindern ab, zumal sie taub, blind und stumm zugleich sind."
Er drehte sich schwungvoll um und stapfte davon.
Hohngelächter erschallte um mich herum. Einige Händler und Zuhörer hatten Gregors Auftritt verfolgt. Auf die hatte ich gerade noch gewartet.
Ich raffte meine Kutte und rannte zwischen den Ständen hindurch. Hinter mir schwoll das spöttische Gelächter zu einem Sturmwind, der mich zu überholen schien. Ich hatte nur einen Gedanken – zurück in die Abtei, zurück in die Abgeschiedenheit meiner Kammer. Niemanden sehen, niemanden hören, wenigstens eine Weile.

1. des aprelle, a.D. 1225, Dienstag nach Ostern

Ich fand mich damit ab, dass unser Abenteuer zu Ende war. Für mich jedenfalls. Allzu drastisch sagte und zeigte mir Gregor, was er von meiner Unterstützung hielt. Zu meinem Bedauern. Die Aufklärung des rätselhaften Todes von Bruder Lucius fing eben an, richtiggehend dramatisch zu werden. Obgleich ich gestehen musste, dass wir nach wie vor ziemlich im Dunkeln herumtapsten, was den Übeltäter anging.

Gewiss, Seliger kam nach wie vor in Frage. Aber da gab es noch einen ganzen Berg von Widersprüchen. Andererseits musste mich das nun nicht mehr interessieren. So fand ich wenigstens wieder die Zeit, die die Kranken und auch unsere Kräuter im Garten von mir forderten.

In Gedanken vertieft untersuchte ich den Wundverband eines Patienten, der mit seinem Arm einem Schwerthieb in die Quere kam. So blickte ich einigermaßen überrascht auf, als mir Bruder Barnabas ausrichtete, dass an der Pforte ein Besucher auf mich warte. Ehe ich mich erkundigen konnte, wer nach mir verlangte, war der Bruder, nicht ohne mir ein allwissendes Augenzwickern zu schenken, davongeeilt.

Als ich zur Pforte kam, öffnete ich erst einmal leise die quadratische Klappe in der Tür und spähte hinaus. Ein breit gebauter Mann, der ein Fass unter seinem Gewand zu tragen schien, lehnte an seinem Pferd. Sein blonder Haarschopf leuchtete im Sonnenschein wie ein goldenes Artefakt. Er stand mit niedergeschlagenen Augen und gefalteten Händen neben seinem Ross. Ab und zu überzogen seine Stirn tiefe Falten und seine Hand strich gedankenverloren über sein energisches Kinn.

Wie anders sah Gregor heute aus. Nichts war zu erkennen von seinen gebieterischen Augen und den in die Hüften gestemmten Fäusten, mit denen er anzeigte, wie schwer es ihm fiel, abzuwarten.

„Wollt Ihr Euren Sermon fortführen?", rief ich durch die Luke.

Gregor zuckte zusammen, dann bemerkte er mich hinter der Tür und ein flüchtiges Lächeln glitt über sein Gesicht.

„Willst du mich im Stich lassen?" wich er meiner Frage aus.

Ich drückte den Riegel vor der Tür zurück, während Bruder Barnabas unsere Begrüßung mit grinsendem Kopfnicken begleitete. Kopfschüttelnd ging ich hinaus.
„Was wollt Ihr noch von mir, einem elenden kindlichen Narren? Noch dazu taub, blind und stumm."
Gregor hob die Hände und wedelte damit vor meinem Gesicht herum, als schwirrten Scharen von Schmeißfliegen um mich herum.
„Urteile nicht so unbarmherzig über dich", sagte er.
„Eure Worte, nicht meine", entgegnete ich. Er konnte sie unmöglich vergessen haben.
„War doch auch ein prächtiger Bock, den du da geschossen hast."
„Es ist menschlich, Fehler zu begehen. Aber es zeichnet die Menschen ebenso aus, verzeihen zu können."
„Ach, Hilarius, hör auf mit den frommen Sprüchen."
„Dann kann ich ja wieder gehen." Ich drehte mich um.
„Also lässt du mich im Stich?", fragte Gregor.
„Ich?" Aufgebracht fuhr ich herum. „Ich lasse Euch im Stich?", fragte ich mit fester Stimme. „Wer machte mich vor allen Leuten lächerlich, was?"
„Die erste Wut."
„Elender Narr habt Ihr mich gerufen."
„Die zweite Wut", sagte er ungerührt.
„Und was ist mit taubes, stummes, blindes Kind?"
„Die dritte Wut." Er versuchte zu Lächeln.
„Zu guter Letzt lasst Ihr mich inmitten der höhnisch Spottenden einfach stehen."
„Die letzte Wut."
Ich atmete tief durch. Nahm er mich kein bisschen ernst?
„Ein feiner Freund seid Ihr mir."
„Genau das ist es", sagte Gregor und tippte mit einem Finger auf meine Brust.
„Was ist es?"
„Ich bin dein Freund, Hilarius."
„Bei Gott, dann weiß ich nicht, was ein Feind ist", gab ich zurück.

„Ein Freund tadelt dich, wenn du einen Fehler machst, aber er entzieht dir nicht seine Freundschaft."
„Wie weise. Warum handelt Ihr nicht danach?"
„Bin ich nicht hier?"
Es war aussichtslos. Diesen eigenwilligen Argumenten und dem liebenswerten Lächeln entkam ich nicht. Scheinbar war dies Gregors Art und Weise auszudrücken, dass er sein Verhalten bedauerte. Durfte mein Herz verstockt bleiben? Durfte ich den väterlichen Freund enttäuschen? Allmählich kroch in mir sogar ein Gefühl der Schuld hoch. Das hatte er famos angefangen. Unbeabsichtigt musste ich lachen.
Gregor beurteilte dies als gewonnene Schlacht und fragte: „Was ist jetzt? Muss ich alleine los?"
Seufzend schüttelte ich den Kopf. „Ich hole mein Pferd."
„Endlich wirst du vernünftig", rief er mir nach, als ich durch die Tür ging.
„Und du lässt dein dreistes Grinsen", fuhr ich Bruder Barnabas in gespieltem Zorn an, worauf er mir ein lautes, glucksendes Lachen nachschickte.

Die Wege waren trocken. Endlich schien wieder einmal die Sonne von einem mit weißen Wolken getupften Himmel. Wir galoppierten zügig voran und erreichten Isny annähernd eine Stunde nachdem der goldglühende Stern seinen höchsten Punkt überschritt.
Die Frau des Zimmermanns war heute weniger redselig. Dafür hatten wir das Glück, ihren Mann anzutreffen. Sie wies uns an, hinten im Hof nach ihm zu suchen. Er arbeite am neuen Haus. Wir bedankten uns und liefen an dem alten Fachwerkgebäude vorbei. Auf der Rückseite stießen wir auf das unvollständige Gerippe eines Hauses. Aus meisterhaft zusammengepassten Balken und Streben war eine Form konstruiert, die das spätere Gebäude schon erahnen ließ. Unter- und Obergeschoss waren solide aufeinander gesetzt.
Ein großer, schwergebauter Mann kletterte auf den obersten Querbalken herum und war dabei, die ersten Sparren für die Dacheindeckung zu setzen. Jedenfalls vermutete ich das, mich

an die dürftigen Kenntnisse über unseren Hausbau erinnernd, den mir die Bücher vermittelten.

„Meister Dankmar", rief Gregor hinauf.

Ein runder, wuchtiger Kopf drehte sich zu uns um. Schweigend blickte uns der stämmige Mann an.

„Meister Dankmar", wiederholte Gregor. „Wir haben mit Euch zu reden."

Der Mann, dessen schwarze Hose und helles Leinenhemd feuchte Flecken zeigten, die von den Anstrengungen des Zimmermanns zeugten, stieg schweigend eine Holzleiter herab. Mit dem Ärmel seines Hemdes wischte er über sein rotes, schweißnasses Gesicht, aus dem eine lange gebogene Nase emporragte wie der Zahn eines Elefanten. In seinem Leinenhemd klaffte ein langer Riss. Er musterte uns von Kopf bis Fuß, bevor er sagte: „Ihr schon wieder?"

Gregor runzelte die Stirn.

„Ich kann mich nicht erinnern..."

„Mein Weib erwähnte, dass Ihr sie nach Seliger ausgefragt habt", unterbrach ihn der Zimmermann.

„Wird ein wunderschönes Haus, wenn die zweigeschossige Halle in der Mitte erst einmal fertig ist", sagte Gregor und zeigte auf die Balkenkonstruktion.

Dankmar wandte den Kopf und besah sich sein Werk. Dann lächelte er, wobei sich seine Nase noch ein wenig höher nach oben reckte. Auf den Wangen zeigten sich dunkle Schatten.

„Ihr versteht den Hausbau?", fragte Dankmar.

Gregor winkte ab.

„Bücherweisheiten und ein aufmerksames Auge auf meinen Wegen. Nicht ausreichend, um mich mit einem Meister dieses Handwerks zu messen."

Dankmar nickte und setzte sich auf einen Stapel Balkenholz.

„Eile tut Not. Das launische Wetter, wisst Ihr."

„Habt Ihr keine Gesellen?", wollte ich wissen.

„Habt Ihr keine gescheiteren Fragen?", lachte Dankmar. „Meine Gesellen sind in der Werkstätte. Schließlich muss auch irgendeiner die Aufträge abarbeiten."

Gregor blinzelte mir zu und sagte: „Verständlich, muss ja eine

außergewöhnliche Bettstatt sein, wenn alle Gesellen daran werken."
Dankmars Kopf zuckte hoch.
„Woher wisst Ihr... Ach so, natürlich, Seliger."
„Dass Seliger hier war, bestätigte Euer Weib. Doch sie erinnerte sich nicht daran, an welchem Tag dies geschah."
„Mit dem Erinnern hat sie es nicht. Muss ungefähr eine Woche her sein."
„Besinnt Ihr Euch an den Wochentag?", hakte Gregor nach.
Dankmar rieb sich die glänzende Nase.
„Nun, vielleicht Donnerstag... oder war es Freitag?... Moment mal, ich erinnere mich. Es war am Freitag."
„Warum seid Ihr so sicher?", fragte ich.
„Am Freitag, nach der Mittagszeit, traf das Fuhrwerk mit dem neuen Balkenwerk ein." Er pochte mit den Fingerknöcheln auf seinen Sitzplatz. „Wir luden die Hölzer eben ab, als Seliger in Begleitung einer Frau dazwischenplatzte. Ich rief einen Gesellen herbei, der für mich beim Abladen einsprang, damit ich mich um Seliger kümmern konnte. Genau, so war es."
„Und dann wiesen Euch die beiden an, ein prunkvolles Bett zu schreinern, oder?"
„Na, prunkvoll ist übertrieben. Schließlich wird es nicht für einen König gezimmert."
„Gut, gut", sagte Gregor und stemmte seine Fäuste in die Hüften. „Aber sie bestellten ein Bettgestell bei Euch, für ihre bevorstehende Vermählung."
„So sagten sie, ja. Warum wollt Ihr alles Wort für Wort wissen? Stimmt etwas nicht mit den beiden?"
Gregor ließ sich ächzend neben dem Zimmermann auf die Holzbalken fallen. Er sah Dankmar stirnrunzelnd von der Seite an.
„Habt Ihr bereits angefangen?", fragte er.
„Mit dem Bettgestell?" Als Gregor nickte, fuhr er fort: „Sicher, es ist übermorgen fertig. Warum?"
„Seliger wird es nicht mehr brauchen."
Dankmar sprang in die Höhe und Gregor purzelte vom Balken, der, von der Last des Zimmermanns befreit, nach oben schnell-

te, auf den Boden. Ich grinste still und fing mir den unwilligen Blick meines Begleiters ein. Dankmar schmunzelte nicht. Seine Augen blitzten und er fuhr Gregor, der sich mühevoll aufrappelte, an: „Was schwätzt Ihr da? Warum sollte Seliger das Möbelstück nicht mehr benötigen?"
Gregor klopfte Grashalme und Sägespäne von seinem Gewand und schnaufte.
„Fiona, seine Verlobte, ist vor Gottes Angesicht getreten."
„Was? Aber wieso denn? Das Weib machte einen ziemlich gesunden Eindruck auf mich."
„Gegen den Tod ist noch kein Kraut gewachsen", sagte Gregor. Dankmar schüttelte mehrfach den Kopf und knetete seine Hände wie der Bäcker den Teig.
„Warum sagt mir Seliger das nicht?"
„Er war demnach nicht noch einmal hier?", fragte Gregor.
„Nein, nicht seit jenem Freitag."
Schwer atmend ließ sich Gregor wieder auf den Holzbalken nieder.
„Meister Dankmar, erinnert Ihr Euch, ob die beiden in einem zweirädrigen oder mit einem vierrädrigen Wagen fuhren?"
Das war es also, was Gregor unbedingt erfahren wollte. Die Abdrücke, die wir im Wald bei Lucius' Leichnam fanden, stammten ohne jeden Zweifel von einem zweirädrigen Wagen. Wenn sie in solch einem Gefährt hier vorgefahren waren, konnten wir annehmen, dass...
Gespannt wartete ich auf die Antwort des Zimmermanns.
„Natürlich, das war leicht zu merken."
„Also?", fragten Gregor und ich gleichzeitig.
Unwillkürlich hielt ich den Atem an, während sich Gregors Lippen zu einem schmalen Strich verzogen. Es fehlte nicht viel und er würde die Antwort aus dem Zimmermann herausschütteln.
„Also?", sagte er noch einmal. Seine Stimme war eine Spur schärfer geworden.
„Weder noch", erwiderte Dankmar endlich.
„Weder noch?", blaffte Gregor. „Was heißt das – weder noch?"
Dankmar hatte sich wieder beruhigt und fand sich offensichtlich mit dem Verlust der gewinnbringenden Weisung ab.

„Weder zweirädrig, noch vierrädrig. Das heißt es."
Gregors Mund klappte auf. Die Zornesadern an den Schläfen pulsierten dunkelrot und er stand vor dem Zimmermann, als platze er jeden Moment wie ein zu lange gebackener Jahrmarktskuchen. Ich legte eine Hand auf seinen Arm und drückte sie sanft. Er verstand mich, klappte seinen Mund wieder zu und sah mich mit fragenden Augen an.
„Nicht auf zwei Rädern und nicht auf vier Rädern?", wandte ich mich an Dankmar. „Wie viele Räder hatte denn nun das Gefährt?"
„Keine. Sie kamen beide zu Pferde."
Laut zischend fuhr der aufgestaute Atem aus Gregors Mund.
„Da seid Ihr Euch sicher?", fragte ich weiter.
„Vollkommen sicher. Seliger wollte nämlich von hier aus zu Burkhard, dem Wagenbauer. Er war regelrecht aufgekratzt, wie ich ihn lange nicht mehr sah. Die Worte sprudelten aus ihm heraus wie aus einer Quelle. Ich musste mir die ganze Litanei anhören. Über die Hochzeit, wie sie ihr Heim einzurichten gedachten und eben auch das vom Wagen."
„Was sagte er über den Wagen?"
„Er wollte ihn seiner Braut schenken, die kein eigenes Gefährt besaß. Und der seine läge altersschwach und unbrauchbar im Hof seines Kontors."
Gregor schaute mich kopfschüttelnd an, breitete die Hände aus und ließ sie kraftlos niedersinken.
„Ihr habt uns sehr geholfen, Meister Dankmar", sagte ich. Gregor nickte nur.
Als unsere Pferde das Tor auf der Straße nach Lindenberg passierten, brach Gregor endlich sein Schweigen.
„Wieder eine Fährte dahin, Hilarius. Jede Spur gleitet uns aus den Händen wie Wasser, das durch die Finger rinnt, bevor du es packen kannst."
„Der Bauer wartet immer, bis das Wasser abfließt", sagte ich, obwohl ich wusste, dass es ihm kein Trost war.
„Ich bin zwar kein Bauer, aber wenn du denkst, dass wir im Augenblick nur Abwarten können, dann hast du Recht."
„Vielleicht machen wir in Lindenberg Fortschritte."

„Mag sein, dass der Schankwirt für gewisse Gaunereien zu haben ist. Aber ich glaube nicht, dass dieser dickbäuchige Knecht aller Bierfässer Bruder Lucius seines Geldes beraubte und sich dazu dann noch die Mühe machte, ihn bis vor die Tore der Abtei zu schaffen. So schwachköpfig ist selbst der nicht."

Am Nachmittag kamen wir in das friedliche Dorf, dessen wenige Dächer eine milde Sonne beschien. Wir trabten an der Hütte des Häuslers Theobald vorbei, der für Bruder Lucius geheime Botschaften nach Missen brachte.

Die Zügel unserer Pferde banden wir vor der Schänke an einen Pflock und wollten eben einkehren, als Gregor an dem Fachwerkgebäude vorbei in einen schattigen Hof blickte. Im hintersten Winkel stand ein einfacher zweirädriger Pferdewagen.

„Den sehen wir uns mal an", raunte mir Gregor zu und stiefelte voran in den düsteren Innenhof. Die Sonne versank bereits hinter dem schindelgedeckten Dachstuhl.

Kurz darauf standen wir vor dem Gefährt, das immerhin schon manchen Weg hinter sich gebracht haben mochte, aber noch fahrtüchtig aussah.

„Das haben wir sofort", flüsterte Gregor und nestelte ein kurzes Seil aus seinem Beutel. Es war jenes Maß, das mein Begleiter von den Abdrücken im Wald von Rothenfels abnahm. Er legte das eine Ende hinter das linke Rad und zog das Seil zum rechten hinüber. Eindeutig mussten wir erkennen, dass unser Seil zwei Handbreiten über das rechte Rad hinausreichte. Stirnrunzelnd stopfte Gregor den Strick zurück in seinen Beutel.

„Soweit diese Spur", sagte er. Sein entstelltes Gesicht verriet, wie tiefgehend seine Enttäuschung war.

„Was habt ihr da zu schaffen?", rief unerwartet eine schroffe Stimme hinter uns.

In der Hoftür des Gasthauses hatte sich der Wirt aufgebaut und beobachtete uns argwöhnisch. Keine Ahnung, wie lange er uns schon zusah. Jedenfalls verengten sich seine Augen, als er mit kleinen Schritten auf uns zukam. Mit seiner Rechten hielt er ein langes blitzendes Messer drohend auf uns gerichtet. Unversehens senkte er seine Waffe und rief: „Potztausend! Ihr seid das. Was treibt Ihr in meinem Hof?"

Seine stechenden Augen wanderten zwischen uns hin und her und die blutbespritzte Schürze belegte nur zu drastisch, dass er durchaus daran gewöhnt war, mit dem Messer umzugehen. Gregor hob die Hände und winkte ab.

„Nichts Böses, guter Mann. Ich weiß, dass meine Neugier verwerflich ist. Aber seit ich die Fülle der Pferdewagen in den Ländern der Kreuzritter erblickte, kann ich an keinem Gefährt vorbeigehen. Vergebt mir meine Wissbegier."

Ich kannte Gregor inzwischen gut genug, um zu wissen, dass es nicht zu seinem Wesen passte, sich mit einem Schwall von Worten zu rechtfertigen. Vermutlich wollte er lediglich den Argwohn des Wirts zerstreuen, um hinterher Antworten auf unsere Fragen zu erhalten. Rufus kannte Gregor nicht. Sein aufgedunsenes rotes Gesicht verzog sich grinsend, während er sich einige Male über die fettigen schwarzen Haare strich.

„Was Ihr nicht sagt! Seid Ihr nur hergekommen, um meinen klapprigen Wagen anzuhimmeln?"

„Wir haben noch ein paar Fragen zu dem Benediktinermönch, der bei Euch eingekehrt war."

„Davon kann ich nicht leben", knurrte der Wirt. „Außerdem habe ich Euch schon genug erzählt." Er drehte sich um und marschierte zur Tür.

Gregor folgte ihm und sagte: „Vielleicht könnten wir dennoch..."

„Gäste gehen durch die Eingangstür in den Schankraum", brummte er und wies uns aus dem Hof hinaus. Er zwängte seinen Bauch ins Haus und schlug die Tür hinter sich zu.

„Was sagst du dazu, Hilarius", meinte Gregor. „Bei soviel Gastlichkeit sollte die Herberge aus allen Nähten platzen."

„Er wird wissen, dass das Leben viele Gastfreunde, aber keine echten Freunde bringt", erwiderte ich.

„Du hast wohl immerzu einen gescheiten Spruch zur Hand, was?"

„Nun, ist es nicht ein glaubwürdiger Spruch, dass nichts aus nichts entsteht?", gab ich zurück.

Er lachte und klatschte dabei in die Hände wie ein übermütiges Kind.

„Nichts ist gut. Ich weiß bloß: Wer nur Wasser zu trinken hat, bringt nichts Vernünftiges zustande. Also komm, ein Krug Bier wird das richtig stellen."
Wir liefen um das Haus herum und betraten den Schankraum durch den vorderen Eingang. Heute lag der Raum hell und freundlich vor uns. Der Leinen bespannte Holzrahmen lehnte neben dem Fenster an der Wand. Die Nachmittagssonne schien ins Gasthaus und tauchte Tische und Bänke in ein gläsernes Licht. Doch waren wir die einzigen Gäste, die sich am Spiel der Sonnenstrahlen erfreuten. Wir setzten uns an einen Tisch, als auch schon der dickbäuchige Rufus hereintapste.
„Also", knurrte er, „was wollt Ihr?"
„Bringt uns zwei Krüge Bier, damit Ihr was zu leben habt", sagte Gregor lachend. „Wenn's recht ist, schenkt auch einen für Euch ein. Natürlich für meine Münzen, und setzt Euch auf einen Moment zu uns."
Rufus nickte stumm, doch er leckte sich über die wulstigen Lippen. Nach wenigen Augenblicken stellte er drei Krüge auf den Tisch und rutschte auf die Bank neben mich. Gregor hob sein Bier und sagte: „Auf alles, was ersprießlich, segensreich und glückbringend sein möge."
Wir tranken das kalte, wohlschmeckende Bier und schwiegen eine Weile.
„Zu meinem Leidwesen muss ich Euch abermals mit diesem unangenehmen Ereignis belästigen", sagte Gregor schließlich.
„So?", antwortete der Wirt und starrte ihn gespannt an.
„Erzählt uns nochmals, was an jenem Freitag geschah, als der Mönch verschwand."
„Was geschah? So kann man das kaum nennen. Mittags kehrte der Mönch zurück in seine Kammer. Er aß nichts, er trank nichts und ritt bald darauf wieder weg. Das ist alles."
„Trug er Gepäck bei sich?", fragte ich.
Rufus kratzte sich hinter den Ohren.
„Kann mich nicht erinnern."
„Möglicherweise einen schweren Beutel mit Münzen?", fragte Gregor, während sich seine Augenbrauen leicht nach oben schoben.

Der Wirt schnaubte und schlug mit der flachen Hand auf den Tisch.
„Potztausend, nein! Wenn ich geahnt hätte, dass er nicht wiederkommt..."
„Ihr habt Euer Geld bekommen", erinnerte ihn Gregor an die bezahlte Zeche. Seine Oberlippe schob sich vor und er trommelte mit den Fingern auf dem Tisch. „Fiel Euch an dem Mönch irgendetwas auf? War er wie immer?"
„Wie immer? Kann ich nicht gerade sagen. Er hetzte die Stiege herab, dass ich fürchtete, ein Teufel hätte ihn in seiner Gewalt. Ohne ein Wort brauste er hinaus. Kurz darauf hörte ich die Hufe seines Pferdes."
„Also wisst Ihr nicht, wohin er wollte?"
„Donner und Wolkenbruch", polterte der Wirt. „Wenn ich es doch sage. Kein Wort kam über seine Lippen."
Gregor blickte stirnrunzelnd in seinen Bierkrug.
„Habt Dank für Eure Langmut, Rufus. Was schulden wir Euch?"
Der Wirt erhob sich und sagte: „Sechs Silberpfennige, wenn's beliebt."
Gregor zählte ihm die Münzen in die Hand, worauf uns der Wirt allein ließ.
„Hilarius, ich komme mir vor, als steckten wir in einem Sack ohne Ausgang."
„Der Beginn lag in unserer Hand, über den Ausgang befindet das Schicksal", antwortete ich.
„Dann legen wir nur noch die Hände in den Schoß und warten ab, was dieses Schicksal uns beschert, oder?", sagte er grimmig.
„Tun wir, wozu wir in der Lage sind."
„Pah, in der Lage...", schnaubte er. „Zu gar nichts sind wir in der Lage."
Ich verstand ihn sehr gut. Wir opferten viel unserer Zeit, um dem Mörder auf die Spur zu kommen. Was sprang dabei heraus? Zweifelhafte Vermutungen, Spuren, die sich auflösten wie Nebelschleier am Morgen. Ich vernachlässigte die Kranken und den Klostergarten, doch für Gregor stand weit mehr auf dem

Spiel. Er hatte seine persönliche Abrechnung mit Abt Konstantin zu machen. Er wollte ihm beweisen, zu welchen Leistungen ein verstoßener Mönch befähigt war. Er würde am liebsten den Abt verantwortlich machen für den Tod von Bruder Lucius. Und er hoffte vermutlich immer noch auf eine Rückkehr ins Kloster. Eine Hoffnung, die kaum Wirklichkeit werden würde. Er musste sich an ein Leben zwischen Wünschen und Bangen gewöhnen. Tauschen mochte ich wirklich nicht mit ihm. Auch kamen mir keine Worte in den Sinn, die ihn aufheitern konnten. Schließlich leerten wir unsere Krüge und begaben uns auf den Heimweg nach Rothenfels.

Ich saß in der Bibliothek der Abtei an dem Tisch, auf dem sich die abgelegten Schriftrollen und Bücher auftürmten. Sorgsam schob ich sie zur Seite und legte an ihre Stelle ein unbeschriebenes Pergament, das ich mir aus der Schreibstube besorgte. Tinte und Federkiel fand ich vor mir und so begann ich meine Aufzeichnungen.

Als ich mich von Gregor verabschiedete, fiel mir seine tiefe Niedergeschlagenheit auf. Ich beschloss deshalb, alle Einzelheiten aufzuschreiben, an die ich mich erinnerte. Möglich, dass uns diese Zusammenfassung bis zum folgenden Morgen, für den wir uns verabredet hatten, auf einen neuen Einfall brachte. Ich tauchte die Gänsefeder in die schwarz schimmernde Flüssigkeit und schrieb:

19. des mertzo 1225 a.D., Mittwoch – Bruder Lucius verlässt das Kloster zu Pferd mit 300 Goldstücken (Bruder Magnus). – Zu seiner Ausstattung gehören ein langer schwarzer Umhang und sein Rosenkranz, den er wie üblich am Gürtel befestigt(Abt Konstantin). – Lucius erreicht die Schänke in Lindenberg und nimmt sich eine Kammer, in der er schon häufig untergekommen ist (Wirt Rufus).

Erneut hielt ich die Feder in das runde Tongefäß mit der Tinte und schrieb weiter:

Am Nachmittag entsendet er den Häusler Theobald mit einer versiegelten Nachricht zu Fiona, Seligers Braut, in Missen (Schmied Sebald).

In regelmäßigen Abständen legte ich die Feder zur Seite, um über den Ablauf der Ereignisse nachzudenken. Möglicherweise

war es nur eine Kleinigkeit, die wir bisher übersehen hatten. So fuhr ich fort, das Geschehen festzuhalten.
Lucius' Ritt nach Lindau ebenso wie seinen Besuch beim banchieri und in Seligers Goldschmiedewerkstatt, bis zu seinem unglückseligen Ende im Forst bei Rothenfels, wo ihn der Bauer Tasso entdeckte. Dann ergänzte ich, was wir herausfanden, seit uns Abt Konstantin anwies, die Hintergründe zu erhellen. Das war dürftig genug, wie ich feststellen musste. Trotz allem setzte ich meine Niederschrift gewissenhaft fort.
Ich war eben bei den Ereignissen des heutigen Tages angelangt, als die Tür aufging und Abt Konstantin mit schnellen Schritten an meinen Tisch trat.
Ich schreckte hoch und schaute den Abt neugierig an. Seine stechenden scharfen Augen kündeten keine frohe Botschaft an. Seine schmalen, feingliedrigen Finger rasselten unaufhörlich mit ein paar Schlüsseln, die er, an ein silbern glänzendes Kettchen aufgezogen, in der Hand hielt. Das fortgesetzte Klirren und Klimpern steigerte meine Unruhe.
„Du musst viel Muße haben, Hilarius, wenn du am lichten Tag über den Büchern sitzen kannst", begann er.
„Ich wollte nur Bruder Ivo..."
„Wenn Bruder Ivo seinen Pflichten nicht gewachsen ist, muss er mir das mitteilen."
Seine Finger zitterten, während er nach wie vor mit den Schlüsseln klapperte.
„Deine Fürsorge gebührt den Kranken. Und der Kräutergarten schaut aus wie ein Stück Wildnis. Damit muss jetzt endlich Schluss sein."
Sogar seine buschige, ergraute Tonsur auf dem ovalen kantigen Kopf bebte, als er sprach.
„Aber die Untersuchungen...", gab ich zu Bedenken.
Mit einer heftigen Bewegung schleuderte der Abt die Schlüssel auf den Tisch, dass sie scheppernd auf der Holzplatte aufschlugen und zwischen die Dokumente rutschten.
„Der Satan persönlich muss mir die Erlaubnis herausgelockt haben, dich an die Seite dieses unwürdigen Menschen zu stellen. Hast du eigentlich schon etwas bei ihm studiert?"

Ich musterte das mürrische Gesicht meines Abtes. Sollte ich ihn anlügen?
„Nun, bislang war keine Zeit..." Doch auch diesmal erlaubte mir der Abt nicht, auszureden.
„Das dachte ich mir. In ihm wohnt kein segensreicher Geist. Er kehrte sich ab von unseren Regeln und lebt nach seinen eigenen Überzeugungen."
Durchaus denkbar, dass der Abt Recht hatte, schoss es mir durch den Kopf. Aber warum erteilte er ihm dann diese Weisung?
„Ihr zieht nur in der Welt herum", fuhr er fort. „Gebt ein tadelnswertes Exempel für unsere Bruderschaft ab und bewirkt doch nichts. Oder?"
„Wir sind der Lösung nahe, ehrwürdiger Abt", erwiderte ich übereifrig. War das gelogen? Nun ja, allenfalls ein bisschen übertrieben, aber gelogen, nein.
„Schluss damit", sagte Konstantin gebieterisch. Er verschränkte die Arme vor der Brust und beäugte mich wie ein Bauer ein Kalb auf dem Viehmarkt abschätzend anschaut. „Ich gebe dir eine letzte Frist bis Ambrosii. Danach widmest du dich wieder einzig und allein deinen Klosterpflichten."
Ich nickte und blickte niedergeschlagen auf den Boden. Bis Ambrosii, also nur noch drei Tage. Wie sollten wir das bewerkstelligen? Eine vierfache Zeitspanne genügte bis jetzt nicht, den Tod von Bruder Lucius aufzuklären.
„Du hast deinem Abt Gehorsam gelobt, Hilarius", sagte er mit bedenklich sanfter Stimme. „Dessen ungeachtet bezweifle ich, ob du augenblicklich einen Gedanken daran vergeudest."
Wie wahr! Meine Träume, Ängste und Ziele purzelten in meinem Kopf hin und her wie Blätter, die der Wind vom Baum bläst, sie auf seinen luftigen Armen schaukeln lässt und in der Folge, als sei er des Zeitvertreibs überdrüssig, unordentlich auf Wege und Wiesen verstreut.
„Ich bitte um Anleitung", sagte ich mit niedergeschlagenen Augen, um den Abt zu besänftigen.
„Die sollst du erhalten. Mache dich frei von dieser Person, sie trägt die Heimsuchung in sich. Wende deine Fertigkeiten an für die Angelegenheiten, für die der Allmächtige dich auswählte."

„Was habt Ihr nur gegen Gregor?“, rutschte es mir heraus. „Er ist kein lasterhafter Mensch.“
Zu meiner Verblüffung antwortete der Abt mit einem nachsichtigen Lächeln.
„Es gab Momente, Hilarius, da wäre ich für Gregor durch alle Höllenfeuer marschiert. Wir waren ein Wesen – eine Seele – ja, ein Leib.“
Er schaute an mir vorbei, als erblicke er auf der kahlen grauen Steinwand ein Bildnis längst verblichener Zeiten. Wie gegensätzlich waren diese beiden Menschen gegenwärtig. Anfänglich eine Einheit aus Gottvertrauen und Pflichtgefühl. Nunmehr beinahe verfeindet. Nein, eher in einer Hassliebe miteinander verbunden, so kam es mir vor. Keiner konnte und wollte vom anderen ablassen und doch verachteten sie gegenseitig ihr Handeln.
Abt Konstantin kehrte mit einem Ruck in die Gegenwart zurück.
„Das ist gewesen“, sagte er gedämpft. Er hüstelte einige Male und strich behutsam über sein eckiges Kinn.
„Du kennst nun meine Anleitung. Halte dich daran. Im Übrigen...“, er klopfte mir sanft auf die Schulter, „es war durchaus lobenswert, dass du Bruder Ivo beistehen wolltest. Wenngleich deine Dienstbarkeit im Krankensaal lebenswichtiger gebraucht wird.“
Mit einem aufmunternden Lächeln drehte er sich um und verließ die Bibliothek.
Kopfschüttelnd setzte ich mich wieder auf den Schemel und starrte auf den Pergamentbogen mit meiner Chronik. Drei Tage noch, nur drei Tage. Gregor würde feuerrot anlaufen, wenn ich das erwähnte. Vielleicht sollte ich es unterlassen?
Nun, zumindest die letzten Ereignisse wollte ich noch zu Papier bringen. Einerlei, ob sie uns hilfreich waren oder nicht. Ich versuchte stets, eine begonnene Arbeit auch zu beenden. Gerade darum war ich enttäuscht, dass an Ambrosii alles vorbei sein sollte.
Ich nahm die Gänsefeder wieder auf und erledigte in wenigen Augenblicken, was ich mir vorgenommen hatte. Sorgfältig rollte ich den Pergamentbogen zusammen, nachdem die Hand-

schrift getrocknet war und breitete die Dokumente und Bücher wieder über dem Tisch aus.
Ein unerwartetes Klirren ließ mich zusammenfahren. Auf dem steinernen Fußboden lagen etliche lange Eisenschlüssel, die auf einer silbern glänzenden Kette aufgezogen waren.
Ich schnappte mir die Schlüssel und war schon auf dem Weg zu Abt Konstantin, als mich ein Gedankenblitz durchzuckte. Grübelnd blickte ich auf die schmucklosen Schlüssel in meiner Hand. Falls jener auch dabei war... Ich konnte vor Aufregung kaum klar denken. Kleine Schweißperlen bildeten sich auf meiner Stirn und ich hörte das Blut in meinen Adern rauschen.
Im Nu stand ich vor dem abgeschlossenen Schrank im hintersten Winkel der Bibliothek. Sollte ich... durfte ich... oder musste ich nicht sogar?
Später kam es mir merkwürdig vor, dass in ein und demselben Hirn derart Zwiespältiges vor sich gehen konnte. Während eine Hälfte meinen Vorsätzen befahl, nur ja gut darüber nachzudenken, was ich im Begriff stand zu tun, forderte die andere Hälfte meine Finger längst auf, die Schlüssel der Reihe nach im Schloss des Schrankes auszuprobieren. Erst als beim dritten Versuch ein metallisches Knacken meinen Erfolg anzeigte, kam ich wieder zu mir. Betroffen riss ich den Schlüssel aus dem Schloss und blickte unschlüssig auf den Schrank.
Ich lauschte, denn soeben erklang die Glocke vom Turm, die zum Vespergottesdienst rief. Die Brüder aus dem Scriptorium würden jeden Moment durch die Bibliothek hindurch zur Kapelle marschieren. Kein geeigneter Augenblick für Nachforschungen. Überdies läutete die Vesperglocke ebenso für mich. Dem Schrank war nicht anzusehen, dass sein Verschluss geöffnet war. Die beiden wuchtigen Flügeltüren hatten sich keinen Fingerbreit bewegt. Kurz entschlossen ließ ich den geheimnisvollen Schrank wie er war und rannte zum Abtshaus, um die Schlüssel abzuliefern. Überhaupt, war der Schrank nicht eher ein Fall für die blinden und tauben Augenlichter der Nacht?

Ich ruhte hellwach auf meinem Lager, starrte in die Dunkelheit des Dormitoriums und dachte ernsthaft nach. Ich wagte viel, wenn ich unerlaubt die Nachtruhe dazu gebrauchte, um den offenkundig nicht ohne Grund abgeschlossenen Schrank in der Bibliothek zu erforschen. Möglich, dass ich mich demnächst Gregor anschließen konnte, falls mich irgendwer bei meinem verbotenen Streifzug ertappte. Auch musste ich die Finsternis bezwingen. Nur in wenigen Gängen und natürlich in der Kirche brannten Nachtlaternen. Ich drückte die kurze Kerze unter der Zudecke an mich. Ich hatte sie mir aus der Schreibstube ausgeliehen. Ohne einen Lichtschimmer brauchte ich den Büchersaal gar nicht erst aufzusuchen.

Ich hörte meine Brüder friedlich und gleichmäßig atmen. Nur Bruder Barnabas, der rechts in der Ecke des Saales schlummerte, entwischte dann und wann ein markerschütternder Schnarchlaut, der dem Geräusch auffallend ähnelte, das die Männer verursachten, als sie letztes Jahr die vom Blitz getroffene morsche Linde absägten.

Seit der Komplet mochte nun über eine Stunde verstrichen sein. Es wurde Zeit, die Nacht verging geschwind und der Nachtgottesdienst kam erfahrungsgemäß früher als erwartet.

Lautlos schob ich mich unter der dünnen Zudecke hervor und stellte mich in den Gang zwischen die Schlafmatten. Trotz der Dunkelheit schloss ich die Augen. Immer wieder war ich in der letzten Stunde im Kopf durch die Gänge des Klosters gestreift. In der geisterhaften Stille dieser Nacht hörte ich nun auch mein Atmen. Mein Herz schlug Wirbel wie ein Landsknecht auf seiner Trommel. Jeden Moment würden die Brüder es hämmern hören und mich mit fragenden Gesichtern anstarren. Endlich tastete ich mich durch den Gang zur Tür und schlich auf leisen Sohlen hinaus.

Im Gang vor dem Dormitorium war die Grabesstille noch greifbarer. Kein Laut störte die Ruhe in der Abtei. Nur ein wissensdurstiger Mönch drang mit seiner raschelnden Kutte durch die erstarrte Dunkelheit. Regelmäßig blieb ich stehen und lauschte. Nichts rührte sich. Ich huschte weiter, bis ich den spärlich erhellten Gang erreichte, der den Kapitelsaal mit der Bibliothek und dem Scriptorium verband.

Fieberhaft entflammte ich meine Kerze an der Nachtlampe und

schlüpfte in den Büchersaal. Aufatmend lehnte ich mich einen Moment gegen die Tür. Bis hierher verlief alles nach meinen Vorstellungen.

Das flackernde Kerzenlicht hopste über die Bücherreihen und warf bewegliche Schatten an die Zimmerdecke. Sie glichen einer Heerschar von Wächtern, die zum Schutz der Klosterschätze aufmarschierten. Eine lähmende Kälte kletterte in mir hoch. Doch ich drängte die Ängste, die sich meiner bemächtigten, vorläufig beiseite.

Ich griff mir einen Schemel, setzte ihn nahe dem Schrank ab und stellte die Kerze, die in einer länglichen eisernen Röhre steckte, darauf.

Eben streckte ich eine Hand vor, um die Schranktüren aufzumachen, als ich ein Schlurfen vom Gang her vernahm. Meine Hand zuckte zurück. Wie eine Maus guckte ich mich aufgeregt nach dem rettenden Mauseloch um. Vergeblich. Nirgendwo ein brauchbarer Schlupfwinkel.

Eben noch rechtzeitig blies ich die Kerze aus. Da hörte ich auch schon, wie die Tür leise geöffnet wurde. Ich wagte kaum zu atmen. Mit geschlossenen Augen sandte ich ein Stoßgebet gen Himmel.

„Ich bekenne meine Torheit", flüsterten meine Sinne. „Allein, wenn DU auf meiner Seite bist, Vater im Himmel, lass mich unentdeckt bleiben."

Eine Ewigkeit schien zu verstreichen. Dann ein Rascheln am Eingang. Mit einem gedämpften *‚klack'* wurde die Tür wieder zugezogen und ich hörte erleichtert, dass sich die schlurfenden Schritte entfernten.

„Deo gratias!", murmelte ich.

Meine Glieder bebten. Angstschweiß perlte von meiner Stirn und rann ungehindert über Augen und Wangen durch mein Gesicht.

Hatte irgendwer meine Abwesenheit entdeckt und war auf der Jagd nach mir? Oder wer anders geisterte wie ich zur Nachtzeit durch das Kloster? Und vor allem, weswegen?

Nach und nach beruhigte ich mich wieder. Ich griff nach der Kerze, glitt geräuschlos an den Büchergestellen entlang zur Tür

und horchte. Kein ungewohnter Laut drang in meine Ohren. Schließlich traute ich mich, die Tür zu öffnen und die Kerze nochmals an der Lampe anzuzünden. Eilig kehrte ich zum Schrank zurück, entschlossen, mein Vorhaben so rasch als möglich abzuschließen. Diesmal wurde ich nicht gestört, als ich die beiden wuchtigen Holztüren des Schrankes aufmachte.
Es gab etliche Fächer, die mit Schriftrollen, Pergamentbogen, losen Blättern und auch einigen Büchern ausgefüllt waren. Wie sollte ich in kürzester Zeit aus diesem Wirrwarr das herausfischen, was für uns von Bedeutung sein konnte? Aber je endloser ich hilflos herumstand, umso schneller verrannen wertvolle Augenblicke. Doch in meiner Verzagtheit stand mir das Glück zur Seite.
Vom obersten Stoß zog ich ein mit einer dunkelroten Kordel zusammengeschnürtes Bündel Papiere. Oben, auf dem ersten Bogen stand mit roter Tinte geschrieben:
Iura novit curia!
„Das Gericht kennt das Recht!“, murmelte ich und wog die Pergamente unschlüssig in meiner Hand. Was mochte das sein? Ich knüpfte die Kordel auf und schob das erste Blatt beiseite. Eilig überflog ich die Zeilen, die mit wenigen Worten Schiedssprüche, die in der Zusammenkunft der Mönche unserer Abtei vom jeweiligen Abt getroffen wurden, festhielten. Meistens handelte es sich um Ankäufe von Ländereien oder Gebäuden, um Stiftungen oder strittige Geschäfte. Doch auf dem übernächsten Bogen sprang mir ein Name in die Augen: *Gregor vom Stein*!
Ich hielt das Pergament näher zum Kerzenlicht und las:
„*Bischof Anselm zu Ausperg genehmigt auf Deklamation des Abtes Konstantin und Kontradiktion des Bruders Lucius den Ausschluss von Gregor vom Stein, daselbst Bruder Gregor, wegen wiederholter Verfehlungen gegen die Regeln des Benedictus, aus der Abtei zu Rothenfels.*
Trotz eindringlicher Anleitung des Bischofs stimmte Abt Konstantin gegen einen vollständigen Bannspruch (excommunicatio). Actum 1221.“
„Heiliger Benedikt“, entfuhr es mir. Sogar der Bischof brachte

sich in Gregors Aburteilung ein und verlangte außerdem den Bann. Du liebe Güte, was hatte Gregor nur angerichtet? Und ausgerechnet Abt Konstantin, der wahrhaftig schlecht auf den Heilkundigen zu sprechen war, verhinderte die Exkommunikation. Warum nur stellte er sich sogar gegen den Bischof? Ich wurde aus meinem Fund nicht schlau. Vielleicht erzählte mir Gregor nun endlich mehr über seine Vergangenheit.

Aufgeregt schob ich die Bogen übereinander und schnürte die rote Kordel um das Bündel, das ich auf den Schemel neben die Kerze legte. Ich musste Gregor die Schrift zeigen. Nicht ausgeschlossen, dass er seine Haltung gegenüber Konstantin dann noch einmal durchdachte.

Ich musste mich sputen, wollte ich die Vorsehung nicht über alle Maßen herausfordern. Ungeduldig blätterte ich in den restlichen Pergamenten, überflog Schriftrollen und entzifferte Handschriften. Allerdings entdeckte ich keinerlei Hinweise, die uns weiterhalfen. Zu guter Letzt blieben nur noch die wenigen Bücher, die auf dem Boden des Schrankes aufeinander lagen und in die ich nur geringe Hoffnungen setzte. Doch ich verrechnete mich gewaltig.

Mit ungeschickten Fingern kramte ich ein winziges, in gelblich braunes Leder eingeschlagenes Buch hervor. Als ich es aufschlug, tanzten mir die gleichen Zeichen und Verschlingungen entgegen, die ich schon auf der Schriftrolle des Nachmanides fand:

Arabisch.

Pech für mich, Arabisch verstand ich immer noch nicht zu lesen. Wie ich beim Durchsehen feststellte, fand sich im gesamten Buch kein einziges lateinisches Wort. Alle Seiten waren ausgefüllt mit tanzenden Schriftzeichen, von denen Gregor tatsächlich behauptete, er könne sie gleichermaßen lesen wie verständliches Latein.

Eben wollte ich das Buch beiseite legen, als mir ein Papier auffiel, das ziemlich zum Schluss wie eine Nasenspitze zwischen den Blättern hervorlugte. Ich schlug die Seite auf und starrte verblüfft auf das eingelegte Papier.

In Lucius' gradliniger Handschrift stand oberhalb auf dem

Bogen: Edidit Nachmanides. Die ganze Seite war mit lateinischen Sätzen beschrieben, die ich begierig in mich aufnahm. „Unglaublich – unmöglich – heiliger Benedictus, steh uns bei", murmelte ich ungläubig vor mich hin. Augenscheinlich übertrug Bruder Lucius eine Seite der arabischen Schrift in lateinische Sprache.

Obwohl die Augenblicke unwiederbringlich verrannen, las ich das Papier einige Male, um seine Bedeutung zu erfassen. Ich konnte nicht glauben, was dort stand. War das überhaupt denkbar? Allmählich dämmerte mir, warum Abt Konstantin um jeden Preis in den Besitz jenes rätselhaften Artefakts kommen wollte, stand doch die Existenz der gesamten christlichen Kirche auf dem Spiel. Falls derlei Dokumente in die falschen Hände gelangten, waren die Auswirkungen kaum vorhersehbar. Immer wieder schüttelte ich den Kopf, bevor ich die gefährlichen Sätze nochmals las.

Erst einmal war die Rede davon, dass es der Geheimlehre der Kaballah gelungen sei, das Dunkel um die biblische Zahlenreihe 666 zu erhellen. Ähnliches vermuteten Gregor und ich frühzeitig, als die Schriftrolle des Nachmanides entziffert war. Und dieser Nachmanides, so hieß es weiter, hinterlegte den hinter den drei Ziffern verschlüsselten Namen in einem geheim gehaltenen Pergament. Dabei soll es sich um einen mächtigen Herrscher der christlichen Gesellschaft handeln. Das durfte einfach nicht wahr sein, dachte ich. Ein Christenmensch, noch dazu ein König oder gar Kaiser, sollte diesem Scheusal Gestalt verleihen, das uns der Prophet Johannes offenbarte?

Doch damit noch nicht genug. Gleichzeitig sprach Nachmanides von einem gigantischen Betrug der christlichen Kirche, der seinen Ausgangspunkt im Kloster von St. Denis hatte.

Jahrzehnte, gar Jahrhunderte – so unbegreiflich es klingt – sollten frei erfunden sein. Und wozu das alles? Damit sich Kirche und Klöster Privilegien sicherten, deren Urkunden Machthaber billigten und besiegelten, die zu keiner Zeit lebten. Vollkommen verrückt! Wenn Nachmanides kein Narr war, dann würde ich in absehbarer Zeit einer sein. Ich war wie erschlagen und bibberte am ganzen Körper, nicht nur, weil es hier kalt und unbe-

haglich war. Kraftlos ließ ich das Buch sinken. Wie in einem Dämmerzustand legte ich das Papier zu dem Bündel auf den Schemel und das Buch zurück in den Schrank. Geistesabwesend drückte ich die Schranktüren zu. Ich schauderte bei der Vorstellung, Nachmanides könnte Recht haben. Ließ sich solch ein Geheimnis wirklich bis in alle Ewigkeit verbergen? Mit einer derartigen Enthüllung hatte ich nicht gerechnet.
Ich musste auf schnellstem Weg zu Gregor, sofort morgen früh. Aber wohin in der Zwischenzeit mit den Pergamenten? Ich konnte sie nicht mit in den Schlafsaal nehmen. Aber im Pferdestall, überlegte ich, wo ich meinen Lederbeutel verwahrte, könnten sie unentdeckt bleiben.
Doch das war ein weiter und gewagter Marsch in der Nacht. Durch den Kapitelsaal führte er mich über den Innenhof, am Gästehaus entlang zu der niedrigen Tür, durch die wir in den Vorhof gelangen konnten. Hinterher um das Kirchenschiff herum auf die andere Seite zu den Wirtschaftsgebäuden, neben denen sich die Stallungen mit den Tieren befanden. Und dies alles mit ketzerischen Dokumenten unter dem Arm, in finsterer Nacht und mit bebenden Gliedern.
Aber schon bei Seneca las ich, dass es zu den Sternen nur über steinige Wege ging. Gregor hätte mich ausgelacht, wenn er sähe, wie ich auf Zehenspitzen durch die Gegend schlich, immer darauf gefasst, hinter der nächsten Ecke mit Abt Konstantin zusammenzustoßen.
Heute weiß ich nicht mehr genau, wie es mir gelang und wie endlos lange ich im Dunkeln umherstolperte. Jedenfalls drang ich ungesehen bis zu den Stallungen vor, lud meine wertvolle Bürde in den Lederbeutel und kam ungeschoren bis zur Tür des Schlafsaals. Doch schlagartig schien mein Glück abzureißen, als ich vor der Tür ein Rascheln und schwache, schlurfende Schritte hörte. Wie festgewachsen blieb ich stehen und starrte auf die Gestalt im Dunkeln, die mich augenscheinlich erwartete.
„Alles aus“, dachte ich, „jetzt hat er dich.“
Der Schatten kam einen Schritt auf mich zu. Nur gut, dass ich die ketzerischen Dokumente losgeworden war. Nicht auszudenken, wenn der Abt sie bei mir entdeckte.

Wieder schlurften die Füße über den Steinboden. Ein lähmendes Gefühl kroch in mir herauf. Ähnliches erlebte ich bisher nur einmal, als Vater mir seinerzeit eröffnete, dass Mutter gestorben war.
Jetzt verharrte die Gestalt, als müsse sie erst überlegen, ob sie gehen oder warten sollte. Der Abt machte es spannend. Oder ließ er mir Zeit für die rechten Worte? Was sollte ich ihm eigentlich sagen?
Das Rascheln von Stoff und das Geräusch von scharrenden Schuhen ließen mich zusammenfahren. Der Schatten kam näher. Noch zwei, drei Schritte und ich könnte ihn mit ausgestreckter Hand berühren. Dabei war es wohl eher Abt Konstantin, der mich mit beiden Händen bei meiner Kutte packen würde.
„Hilarius, was spaziert ein gottgefälliger und gehorsamer Mönch zur Schlafenszeit durch das Kloster?", würde er fragen. Oder müsste ich meine Buße schweigend empfangen? Schließlich war uns das Reden bis zum Nachtgottesdienst verboten.
Nur noch zwei Schritte. Wie erstarrt blieb ich auf meinem Fleck, wie von einer starken Hand gehalten. Gerade so musste es Lots Weib ergangen sein, als sie wider Gottes Mahnung einen Blick rückwärts auf Sodom und Gomorrah wagte und der Zorn des Allmächtigen wie ein Blitz auf sie niederfuhr.
Und auf mich fuhr in den nächsten Augenblicken der Zorn des Abtes hernieder. Erst am Nachmittag hatte er mich getadelt. Eine kalte Faust griff nach meiner ausgedörrten Kehle.
„Zügle deine Phantasie, Hilarius", dachte ich. Wenn es zum Ärgsten kam, musste ich eben mit Gregor ein Dasein außerhalb der Klostermauern teilen. Vater würde aus der Haut fahren, wenn er das hörte. Seit Mutters Tod war mit ihm ohnedies nicht mehr gut zu reden. Als ob ich für ihr Ableben verantwortlich war.
Die Gestalt, deren Gesicht ich immer noch nicht erkannte, stand vor mir. Eine kräftige Hand legte sich auf meine Schulter. Mir war nie bewusst geworden, welche Körperkraft Abt Konstantin in seinen feingliedrigen Fingern besaß. Die Hand schüttelte mich, als wollte sie einen Traumwandler aus einem tiefen Schlaf zurückholen.

„Sag mal, was treibst du nur hier draußen", zischte eine bebende, doch keinesfalls zornige Stimme.
Ich atmete kräftig aus. Durch meinen erstarrten Leib flutete unerwartet eine brennende Glut, die ihren Weg vom Kopf über mein Herz nahm, in Arme und Beine floss, bis ich an allen Gliedern erbebte.
„Heiliger Benedikt", stöhnte ich. „Bruder Thomas. Du hast mir vielleicht einen Schrecken eingejagt."
„Dein Gewissen ist es, das dich ängstigt, Bruder." Er gähnte und neigte sein Gesicht näher zu meinem. „Ich sah dich aus dem Schlafsaal verschwinden. Konnte selbst nicht einschlafen. Und du?"
Ich blickte argwöhnisch zu ihm auf. Was hatte er noch beobachtet? Wusste er, wo ich gewesen war? Entdeckte er mich im Büchersaal?
„Alpträume", brachte ich nur hervor.
„Alpträume, so, so. Deswegen wanderst du draußen im Hof herum?", fragte der scharfsinnige Bruder.
„Wahrscheinlich die Kohlsuppe vom Abend. Polterte gewaltig in meinen Eingeweiden. Ich dachte, ein Gebet und etwas gesunde Nachtluft brächten mir Linderung."
„Das ist ein ebenso guter Grund wie jeder andere", kicherte Thomas leise. Offenbar glaubte er mir kein Wort.
„Wärst lieber zum Abort gelaufen."
„Nicht nötig", sagte ich eifrig. „Es geht mir wieder besser."
„Ich finde es unbesonnen", sagte er ohne zu lächeln, „die Geheimnisse des Hauses, die man verborgen halten will, zu erforschen."
Unser Zwiegespräch wurde mir mit der Zeit zu heikel. Überdies war es nicht klug, noch länger hier herumzustehen. Noch war der Augenblick günstig, klammheimlich unsere Nachtruhe bis zur Andacht zwei Stunden nach Mitternacht wieder aufzunehmen.
„Und ich finde es unbesonnen, hier zu lauern, bis Abt Konstantin uns erwischt", sagte ich daher.
„Nun denn, dann trieb mich eben auch die Kohlsuppe umher", erwiderte er und klopfte mir gutmütig auf die Schulter.

„Aber du hast Recht. Mitternacht dürfte vorüber sein."
Seine Hand tastete schon zum Türdrücker, als er sich heftig umdrehte und sagte:
„Wusste gar nicht, dass die Luft im Pferdestall so wohltuend ist."
„Der Odem des Herrn bläst eben auch in die Stallungen."
Etwas Passenderes kam mir nicht in den Sinn. Ich konnte Bruder Thomas keinesfalls in meine Heimlichkeiten einweihen. Er wusste sowieso schon mehr als genug. Schließlich genügte es, wenn einer von uns beiden eine schlaflose Nacht vor sich hatte.

2. des aprelle 1225 a.D., Mittwoch vor Ambrosii

Wenn ich heute auf diesen Tag zurückschaue, kommen mir die Ereignisse immer noch unwirklich vor, wie in einem Wachtraum erlebt, in dem ich nur zugucken und nicht eingreifen konnte. Wer ahnte schon, dass sich das Geschehen derartig überschlagen würde. Ich zumindest rechnete nicht damit, nachdem ich unter einem bleichen, wolkenlosen Himmel nach Rothenfels ritt und mein Pferd hinter Gregors Haus unterstellte.
Mit klopfendem Herzen und zum Zerreißen angespannten Nerven, war ich noch vor der Terz mit meinem Fund aus der Abtei entkommen. Bis zuletzt bangte ich darum, mitsamt den Pergamenten, die in meinem Lederbeutel am Sattel hingen, entdeckt zu werden. Von einer Last befreit schickte ich ein Dankgebet gen Himmel, als ich unbehelligt die Klosterpforte passierte und auf die Stadt zuritt.
Gregor war nicht allein, als ich seinen Arbeitsraum betrat. Ein rotblonder Knabe, sieben oder acht Jahre alt, hockte auf einem Schemel. Der Ärmel über seinem rechten Arm war hochgerollt und zeigte eine klaffende, blutende Wunde. Das Kind rutschte

auf dem Schemel hin und her, während sich Gregor die Verletzung anschaute.
„Ah, Hilarius", sagte er, „du kommst gerade recht. Wofür hältst du das?"
Ich ging zu dem Knaben, der mir mit großen gequälten Augen entgegensah. Die Wunde in seinem Unterarm blutete stark. Eindeutig zeichneten sich Abdrücke von Zähnen um das aufgerissene Fleisch ab. Gelegentlich rollte eine dicke Träne über die Wange des Buben. Doch er presste heldenhaft die Lippen aufeinander und gab keinen Ton von sich.
„Nun?", fragte Gregor wiederum.
„Ein Hundebiss, möchte ich meinen", antwortete ich.
„So ist es, Hilarius."
„Das war nicht allzu schwierig", räumte ich ein und wies auf die Abdrücke.
Gregor nickte.
„Ein streunender Hund. Gott sei Dank ist Andreas beizeiten hergekommen." Er strich dem Bub zärtlich und tröstend über dessen strubbelige Haare. „Seine Mutter schickte ihn sofort her."
Er rührte mit einem Holzstab in einem Napf herum, in dem sich ein brauner zähflüssiger Brei befand.
„Und was nun?", fragte er mich.
Leider wusste ich nicht übermäßig viel über Bisswunden. Auf jeden Fall musste die Wunde eine Weile ausbluten. Nur so konnten schädliche Substanzen aus dem Körper ferngehalten werden. Gregor nickte anerkennend auf meinen Vorschlag.
„Genauso, Hilarius. Zuerst muss das Gift abfließen. Und dann", er rührte abermals den Brei im Napf um, „werden wir ein Wundmittel auftragen, den Arm verbinden und in ein paar Tagen springt der Knabe wieder putzmunter durch die Gassen von Rothenfels."
Bei dieser Aussicht lächelte Andreas mühsam und blickte den Arzt dankbar an.
„Was mengt Ihr da in dem Napf zusammen?", wollte ich wissen, während ich meinen Lederbeutel auf einen Lehnstuhl warf.
„Ein altbewährtes Heilmittel. Braucht Zeit, alles zusammenzutragen."

„Sieht ja grässlich aus“, platzte ich, nach einem zweiten Blick in den Tiegel, heraus.
Gregor lachte.
„Du sollst dir mit dem Brei nicht den Bauch voll schlagen, Hilarius.“
Ich schüttelte mich bei dieser Vorstellung.
„Was habt Ihr da nur zusammengebraut?“
„Wohltuende und heilsame Substanzen allesamt“, sagte er. „Einige Tropfen Nesselwasser und zwei Kellen Honig, geriebener Knoblauch, ein paar Salzkörner und etliche zerstoßene Nüsse. Dazu Pfefferminzblätter und ein Stück Butter.“
„Hört sich an wie die Rezeptur für eine Henkersmahlzeit.“
„Das Gegenteil ist der Fall. Die Bestandteile wirken wundheilend, hemmen die Entzündung und helfen mit, die Wunde zu schließen.“
Er tupfte mit einem Leinentuch das Blut um die Verletzung herum ab. Mit dem zweifingerbreiten Holzstab verstrich er das Heilmittel sorgfältig und gründlich auf dem Arm. Andreas zuckte zusammen und versuchte, sich der Heilbehandlung zu entziehen, in dem er vom Schemel rutschte und dabei Gregor auf die Füße stieg.
Gregor jedoch klopfte ihm aufmunternd auf die nackten sonnengebräunten Knie.
„Hast es gleich überstanden, Bub.“
Nachdem der Brei gleichmäßig über der Wunde verteilt war, band Gregor ein Leinentuch um den Arm, dessen Ende er mit einem Messer in schmale Streifen schnitt und fest verknotete.
„Das war’s, Andreas. Sag deiner Mutter, sie soll dich jeden Tag herschicken, damit ich mir den Arm anschauen kann.“
Der Knabe sprang erleichtert von seinem Schemel und blickte zweifelnd auf den verbundenen Arm. Gregor rollte den Ärmel locker darüber und nickte dem Knaben zu. Plötzlich verzog sich dessen Mund zu einem breiten Grinsen, er klappte zweimal auf und zu, doch brachte er kein Wort heraus. Stattdessen rannte er zur Tür hinaus.
„Seltsamer Bursche“, bemerkte ich. „Hätte wenigstens ‚danke‘ sagen können.“

„Oh, er bedankte sich“, widersprach mir Gregor. „Andreas ist seit seiner Geburt stumm. Sein Vater ertrank letztes Jahr im Alpsee, als sein Fischerkahn in ein Unwetter geriet. Seither haben Mutter und Sohn kaum das Nötigste zum Leben. Einen Arzt können sie sich schon gar nicht erlauben.“
„Das wusste ich nicht“, murmelte ich beschämt. Gregor offenbarte hier seine wahre Gesinnung. Ihm ging es nicht darum, durch seine Heilkunst Reichtümer anzuhäufen. Seine Erfüllung lag in der Hilfestellung, die er seinen Mitmenschen schenkte. Erst jetzt gewahrte ich die dunklen Schatten unter seinen Augen. Anscheinend fand er ebenso wenig Schlaf in der Nacht wie ich. Und immer wieder bestaunte ich seine Begabung, in mein Innerstes zu schauen, denn er fragte übergangslos: „Was brachte dich um deinen Schlummer?“
Ich schilderte ihm schnell mein nächtliches Abenteuer und meine anschließende Begegnung mit Bruder Thomas.
„Du wagst viel, Hilarius“, sagte er, als ich fertig war. Wir setzten uns in die Lehnstühle und er schaute mich mit hochgezogenen Augenbrauen an.
„Nun gib schon her. Ich sehe doch, wie sich die Ungeduld in deinem Gesicht breit macht. Du möchtest endlich wissen, was ich zu deinen Entdeckungen sage, oder?“
„Ich habe etwas gutzumachen“, antwortete ich und zog erst einmal das Papier mit Lucius' Handschrift hervor.
„Und dafür setzt du deine Berufung aufs Spiel?“
„Wer den Vorteil will, muss auch das Risiko tragen.“
Lächelnd nahm er mir das Papier aus den Fingern und las es aufmerksam durch. Ab und an schob sich seine Oberlippe vor oder er nickte schweigend vor sich hin, als finde er seine geheimsten Befürchtungen bestätigt.
„Überrascht mich nicht“, sagte er denn auch, „überrascht mich ganz und gar nicht.“
„Nicht? Na, ich war jedenfalls bis ins Mark getroffen, als ich das durchlas. – Könnt Ihr das glauben?“
Gregor legte das Papier auf seinen Schoß und musterte mich aus zusammengekniffenen Augen.
„Ich erfuhr während des Kreuzzugs erschöpfend, wozu die

Stellvertreter des Kirchenregimentes fähig sind. Alles im Namen des Kreuzes."
„Das war im Kampf, aber..."
„Der Kampf findet immer und überall statt, Hilarius. Statt den Armen beizustehen, werden Besitztümer und Kostbarkeiten angehäuft."
Er stand auf, legte das Papier auf seinen Schreibtisch und setzte sich ächzend dahinter.
„Nicht alle denken und handeln so. Das will ich einräumen. Aber es bleiben genügend übrig, die ihre eigenen Wünsche über die Grundgedanken stellen, die die Urgemeinde begründete." Er schlug mit der Faust auf den Tisch, dass es krachte. „Sie verleumden, legen falsches Zeugnis ab und weshalb? Damit sie in ihrer Gemeinde unantastbar bleiben, als wahre Hirten des christlichen Glaubens."
Sein eisiger Tonfall verriet mir nur zu deutlich, an wen er dachte.
„Warum hasst Ihr Abt Konstantin?", fragte ich ihn.
„Hassen?", schnaubte er. „Ich hasse ihn nicht. Ich verachte ihn. In einer Zeit, in der ich seinen Beistand dringend brauchte, ließ er mich nicht nur im Stich, sondern er lieferte mich den Häschern ans Messer."
„Was meint Ihr?", fragte ich neugierig. Ich spürte, dass er kurz davor stand, endlich sein Herz aufzumachen und die viele Jahre angestauten Empfindungen über mich auszuschütten. Obschon ich mit meinen jungen Jahren nicht wie ein Beichtvater wirkte.
Gregor winkte ab, starrte einen Moment vor sich auf den Tisch und sagte kaum hörbar: „Wenn du dieses Elend gesehen hättest, Hilarius, wie ich es erfuhr. Tod und Verderben auf Schritt und Tritt, im Namen des Herrn. Aufgespießte Schädel, geschändete Weiber, zerstückelte Kinderleiber zu Hunderten. Gott kann dieses Niedermetzeln unmöglich beabsichtigt haben."
Er schlug die Hände vor sein Gesicht, als ob er dadurch verhindern konnte, dass die Zerrbilder der früheren Zeiten zurückkehrten.
„Habt Ihr auch… getötet?"

„Ich musste, Hilarius, ich musste", schrie er auf und sprang trotz seiner Leibesfülle so stürmisch hoch, dass sein Stuhl polternd zu Boden fiel.
„Aug um Auge, Zahn um Zahn. Wenn du nicht selbst aufgeschlitzt im Dreck landen wolltest, musstest du dich zur Wehr setzen. – Es war grauenvoll."
Ich wollte ihn von den vergangenen Ereignissen befreien und fragte daher, um auf den Anfang unseres Gespräches zurückzukommen: „Was hat denn das alles mit Abt Konstantin zu tun?"
Gregor hob den Stuhl hoch und setzte sich wieder. Seine Hände klammerten sich an die Lehnen, als er mir antwortete.
„Konstantin fehlte jegliches Verständnis dafür, dass ein Bruder seiner Abtei angesichts der schrecklichen Gräueltaten Tröstung bei Wein und Bier suchte, anstatt einzig und allein im Gebet."
„Und deshalb jagten sie Euch aus dem Kloster fort?"
„Oh, nein, diese Sünde war nicht meine einzige." Er nahm die Gänsefeder von seinem Tisch und drehte sie zwischen den Fingern hin und her.
„Lisiane, Konstantins Schwester, lebte zu jener Zeit in Immindorf. Eines Tages ließ sie mich zu sich rufen."

„Setzt Euch, Gregor", sagte die Schwester des Abtes. Ich war schon ein paar Mal mit ihr zusammengetroffen, wenn Konstantin sie in der Kirche begrüßte. Sie sprach stets einige wohlwollende Worte zu meiner Heilkunst, von der sie gehört haben musste. Sie saß auf einem dunkelrot gepolsterten Sofa und blickte mich beinahe ängstlich an. Ein hellblaues Gewand hüllte ihren zierlichen Körper ein. Und doch kam es mir so vor, als ob ihr Leib runder und ihr Oberkörper voller geworden waren, seit ich sie zuletzt sah.
„Ich benötige Eure Hilfe", flüsterte sie, obwohl uns kein Mensch zuhörte.
„Ihr meint, Ihr braucht meine Hilfe als Arzt?"
Lisiane ließ ihre Schultern nach vorn fallen und senkte den Kopf.
„Seid Ihr krank?", fragte ich.
Mit einer Hand fuhr sie ihren Hals entlang, während sie langsam den Kopf hob und mich schweigend anschaute.

Noch einmal fragte ich: „Sprecht doch: Seid Ihr krank?"
Eine Weile sah sie mir direkt in die Augen. Sie senkte abermals den Blick und flüsterte:
„Ist es eine Krankheit, ein Kind zu empfangen?"
„Ihr bekommt ein..." Ich stockte, denn ich wusste sehr genau, dass Lisiane keinen Gemahl hatte. Was das für sie bedeutete, wurde mir blitzschnell klar.
„Ich vertraute einem Taugenichts", erklärte sie schuldbewusst, wobei sie sich noch weiter nach vorne neigte und ihre Hände zu kneten begann.
„Er ist auf und davon, als er die freudige Nachricht erfuhr."
„Was sagt Euer Bruder dazu?"
Lisiane zuckte hoch, ihr Rücken straffte sich und ihre mandelbraunen Augen verschlangen mich regelrecht mit ihrem entsetzten Blick.
„Konstantin darf das unter keinen Umständen zu Ohren kommen", presste sie hervor.
Jetzt begriff ich, weshalb sie mich kommen ließ. Der Hebamme konnte sie sich nicht anvertrauen. Die weißhaarige Petronella stand in enger Verbindung zur Abtei, um die Neugeborenen möglichst rasch dem christlichen Sakrament der Taufe zuzuführen. Wenn die Zeit gekommen war, wäre es nur eine Sache weniger Tage gewesen, bis Abt Konstantin hinter das Geheimnis seiner Schwester käme.
„Wisst Ihr, was Ihr da von mir verlangt?"
„Habt Ihr nicht geschworen, den Menschen in ihrer Not beizustehen und zu helfen, ohne Ansehen ihrer Abstammung?", erinnerte sie mich an mein ärztliches Versprechen.
„Aber ich bin auch meinem Gelöbnis als Ordensbruder verpflichtet", wand ich mich.
„Gott, der Herr, wird Euch segnen, wenn Ihr ihm einen weiteren Gläubigen schenkt", sagte sie ungerührt.
Ich schüttelte den Kopf.
„Was wird aus Euch, wenn das Kind da ist?"
„Ich richte alles her für einen Aufbruch nach der Geburt. In der Nähe von Mainz lebt eine Tante mit ihrer Familie. Dort werde ich Schutz finden. Konstantin ermunterte mich schon einige

Male dazu, sie aufzusuchen. Doch widerstrebte mir bisher die unbehaglich lange Reise. Ihr seht, niemandem wird etwas auffallen."

Gregor stützte seinen Kopf in eine Hand, während er mit der anderen weiter mit der Schreibfeder spielte.
„Ihr habt Euch darauf eingelassen, nicht wahr?", fragte ich, doch die Antwort kannte ich bereits. Sie stand wie mit großen Schriftzeichen auf Gregors Stirn geschrieben. Er nickte.
„Ich besuchte Lisiane fortan regelmäßig, um mich ihres Wohlergehens zu versichern."
„Aber Konstantin brachte Euer Geheimnis in Erfahrung", argwöhnte ich.
„Unglücksseligerweise, ja. Ich musste wohl oder übel alles gestehen, doch er schenkte meinen Erklärungen keinen Glauben."
Seine Stimme wurde schriller. Er bearbeitete die unschuldige Gänsefeder wieder mit beiden Händen.
„In der Folge klagte er mich gar an, nun auch noch mein Keuschheitsgelübde gebrochen zu haben. Er drohte mir mit dem Bischof. Meine flehentlichen Beteuerungen, nichts dergleichen getan zu haben, wischte er einfach beiseite. Er, der sich einstmals mein Freund nannte."
Mit einem heftigen Ruck zerbrach die Feder in zwei Teile. Gregor besah sich den Schaden und betonte daraufhin: „An dem Tag zerbrach unsere Freundschaft endgültig."
Wenn er so weiter machte, würde er bald keine Schreibfedern mehr besitzen.
„Wie ging es weiter?", wollte ich wissen.
„Das Übrige ist schnell erzählt. Trotz der Androhung besuchte ich Lisiane weiter. Der Tag der Niederkunft rückte näher. Eines Tages hatten Konstantin und ich abermals eine stürmische Auseinandersetzung. Ich verkroch mich in der Kammer, die ich als Arzt benutzen durfte. Doch zuvor ließ ich mir vom Bruder Küchenmeister einen riesengroßen Krug Wein geben. Ich wollte vergessen, einfach alles um mich vergessen."
„Und?"

„In dieser Nacht setzten die Geburtswehen ein. Wie ich erst am nächsten Morgen hörte, kam eine Botschaft von Lisiane. Aber ich war nicht ansprechbar und die Hebamme in der Eile nicht aufzustöbern. Mutter und Kind..."
Erneut begrub Gregor sein Gesicht in beiden Händen. Sein bärenhafter Oberkörper zuckte auf und ab.
„Beide?", fragte ich fassungslos.
„Ja, Hilarius, beide. Am nächsten Morgen kam ich zu spät."
Der Mann, von dem ich glaubte, dass er allezeit mit beiden Beinen fest verwurzelt auf der Erde stand, war völlig in sich zusammengesunken. Seine Haare klebten schweißnass und strähnig auf seiner Stirn.
Ich stand auf und starrte aus dem Fenster. Drei oder vier Schwalben kreisten anmutig über den Dächern und Türmen, ehe sie sich eng aneinander gereiht auf dem Giebel des Nachbarhauses niederließen.
Gregor entblößte, wie er es mir gegenüber noch nie getan hatte, seine innersten Empfindungen. Ich wollte ihm nicht zusehen, bis er sein Gesicht wieder in der Gewalt hatte.
„Konstantin tobte natürlich", murmelte seine Stimme unversehens hinter mir. Ich setzte mich zurück in den Lehnstuhl.
„Kann ich mir denken", sagte ich.
„Sogleich ersuchte er den Bischof sowie die übrigen Brüder um eine Zusammenkunft und ließ mich aus dem Kloster entfernen. Nur Bruder Lucius, wie ich später erfuhr, setzte sich für mich ein. Das kam ihn teuer zu stehen, wie du weißt. Bursar war er keinen Tag länger. Von den anderen rührte keiner eine Hand."
„Und doch legte Euch jemand die Hand unter das Kinn", sagte ich zu ihm.
„Pah", lachte er geziert, „wem sollte mein Dasein so teuer sein, dass er sich ernstlich mit diesem Abt anlegte?"
Ich nahm das Bündel mit den Pergamenten aus dem Beutel und reichte es ihm über den Tisch.
„Nehmt und lest selber. Auf dem dritten Bogen, glaube ich."
Mit halboffenem Mund starrte er mich einen Augenblick an. Dann zerrte er fast die Kordel von den Pergamenten und suchte die angegebene Stelle.

„Dritter Bogen", betonte ich nochmals, doch Gregor studierte bereits, was über seinen damaligen Streitfall aufgezeichnet war. Er ließ die Pergamente auf den Tisch fallen.

„Ich tat ihm unrecht", stöhnte er. „Die vielen Jahre machte ich Konstantin für mein Schicksal verantwortlich." Er schüttelte immer wieder den Kopf. „Dabei brachte ich mich selbst in diese Lage. – Aber es ist so schwierig, die eigenen Schwächen zu begreifen und sich einzugestehen."

Ich stand auf, ging um seinen Schreibtisch herum und legte behutsam meinen Arm um seine angespannte Schulter.

„Unser Glaube verlangt nach Einsicht. Euren Glauben habt Ihr doch auch außerhalb des Klosters nicht verworfen, oder?"

Seine Mundwinkel verzogen sich zu einem dankbaren Lächeln.

„Ich hätte nie gedacht, dass eines Tages ein Mensch, der nur halb so alt ist wie ich, mir Trost und Zuversicht geben kann. Wahrhaftig – ich habe einen neuen Freund gewonnen und", er stand auf und drückte mich mit der Kraft eines Bären und dem Herzen eines Kindes an sich, „und vielleicht habe ich einen alten Freund noch nicht ganz verloren."

Wir schwiegen eine Weile in stummer Harmonie, ehe Gregor wieder von mir abließ.

„Und nun, Hilarius", sagte er übergangslos und drängte mich zurück zum Lehnstuhl, „Schluss mit der Vergangenheit. Kehren wir zurück in unsere Zeit. – Auch ich brütete die Nacht über und..."

Er wurde jäh unterbrochen, als die Tür aufsprang und Bürgermeister Odwin mit hochrotem Kopf, aber strahlendem Lachen, ins Zimmer stürmte.

„Wir haben ihn", jubelte er, noch ehe er vor uns stand.

„Bürgermeister, wir sind so weit", sagte Clemens, der Jagdaufseher des Burggrafen, zu mir. Zu meiner Verwunderung hob dieser junge Mann mit der stets geladenen Armbrust als erster die Hand, als mir der Graf freistellte, aus seinen Mannen auszuwählen. Mit einer Leidenschaft, die ich von Anfang an nicht begriff, stürzte sich der blonde Hüne in die Jagd.

Nun denn, ich nickte Clemens zu und spähte hinüber zu der

Waldlichtung, an deren Rand eine aus Holzstämmen grob zusammengehauene Kate stand. Aus der Öffnung im Dach quollen dunkle Rauchfahnen in den wolkenlosen Himmel.
Ich gab das vereinbarte Zeichen. Die Männer schritten mit gezückten Schwertern auf die Hütte zu und zogen den Ring um den Verdächtigen immer enger.
Dabei war es ein Glücksfall sondergleichen, dass wir Seliger hier auftrieben. Einmal mehr verdankten wir es dem Feuereifer von Clemens, dass wir am Waldrand einen Händler aus der Stadt trafen und ausfragten. Der Krämer hielt nahe den Ländereien des Burggrafen Schafe und Immen. Er berichtete, dass die Hütte bei der Lichtung nach vielen Jahren erstmals wieder bewohnt sei. Doch gewiss waren wir erst, als der Händler erwähnte, dass die Hütte einst der Kaufmannsfamilie Seliger aus Isny als Unterstand bei Treibjagden diente.
Nun harrten wir dicht gedrängt vor der von Wind und Wetter verwahrlosten Behausung aus. Nichts regte sich. Die Männer schwärmten aus. Clemens wartete neben mir und ich nickte ihm ein letztes Mal zu. In der Rechten mein Schwert haltend riss ich die Tür auf und sprang ins Innere. Hinter mir zwängte sich Clemens herein, die Armbrust schussbereit in den Händen.
Es war düster. Das mit einem Leinentuch verhängte Fenster ließ nur wenig Tageslicht herein. Es gab lediglich diesen einen Raum, mit einem ungehobelten Tisch und einer langen Holzbank. In einer Feuerstelle knisterten glimmende Holzscheite. Daneben stand ein bauchiger Tonkrug und ein schwarzer Lederbeutel lehnte an der Wand. Im hintersten Winkel waren etliche grobe Wolldecken auf dem Fußboden ausgebreitet. Eben setzte sich ein Mann in seinem Lager auf.
„Was ist los?“, verlangte er träge und schlaftrunken zu wissen. „Was wollt Ihr?“
Unterdessen füllte sich die Hütte mit den Männern, die ihre Schwerter drohend erhoben. Trotz des trüben Lichts erkannte ich aus den Schilderungen die zerzausten roten Haare und die entstellende Narbe auf der rechten Wange wieder.
„Adalbrand Seliger?“, fragte ich mit betont gebieterischer Stimme.

Der Rotschopf schleuderte einen schwarzen Umhang zur Seite, mit dem er seinen Körper bedeckt hatte. Schwerfällig wie ein Mensch, der ein paar Krüge Bier zuviel trank, erhob er sich und warf einen gereizten Blick in die Runde unserer nachdenklichen Gesichter und auf die gezückten Waffen.
„Was wollt Ihr von mir?“, wiederholte er.
Ich ging zwei Schritte auf ihn zu und sagte: „Adalbrand Seliger, Ihr werdet angeklagt, den Mönch Lucius aus der Abtei Rothenfels ausgeraubt und niedergestochen zu haben.“
Wie von einer Keule getroffen, taumelte Seliger heftig zurück. Er wurde leichenblass wie ein am trüben Nachthimmel verschleierter Mond. Im Widerspruch dazu glühte seine Narbe feuerrot und verlieh seinem fassungslosen Gesicht ein seltsames Aussehen.
„Was... Was faselt Ihr da?“, stammelte er.
Die dunkelblaue Seidenjacke und die engen, einst eleganten Beinkleider waren fleckig und stellenweise sogar zerfetzt. Seliger wirkte wie ein Sinnbild menschlichen Verfalls. Ein Tage alter Bart ließ ihn aussehen wie einen jene armseligen Kreaturen, die vor Klöstern und auf Marktplätzen um Almosen bettelten.
„Wollt Ihr behaupten, den Mönch Lucius nicht zu kennen?“
„Nein, das nicht.“ Seliger zappelte wild und ungestüm mit den Armen in der Luft herum. Plötzlich schrie er: „Aber ich bringe keine Menschen um!“
Die Waffenträger hinter mir murrten verhalten. Sie waren Menschen der Tat und brachten nicht die Besonnenheit auf, die mein Amt von mir forderte.
„Das können wir alles aufklären, wenn Ihr in Rothenfels seid“, sagte ich.
Seligers Augen blitzten argwöhnisch.
„Habt Ihr Euer Wissen etwa von einem Grobian, der aussieht wie ein Jahrmarktsbär auf der Flucht?“
„Wen meint Ihr?“
„Diesen groben Klotz ohne Sitte und Anstand, den fortgesetzt dieses milchgesichtige Mönchlein umschwirrt.“
Ich blickte ihn zornig an. In seiner Lage wäre es segensreicher gewesen, den Mund nicht in dieser niederträchtigen Weise auf-

zureißen. Die erhobenen Schwerter rückten näher an ihn heran. Drohende Augenpaare richteten sich auf ihn. Ein einziges Wort von mir und Seliger würde den armen Klosterbruder, den er auf dem Gewissen hatte, im Himmel besuchen. Ach was, Himmel, den bekäme er nicht einmal von weitem zu sehen.
„Kommt Ihr aus freien Stücken mit?“, fauchte ich ihn an.
Seliger hatte sich wieder in der Gewalt. Er seufzte und griff sich seinen Umhang vom Fußboden.
„Ist doch sowieso alles einerlei. Wie es scheint glaubt mir kein Mensch mehr.“
Wir drängten ihn in unsere Mitte und geleiteten ihn aus der Hütte, während Clemens das Feuer mit dem Wasser aus dem Krug löschte und Seligers Lederbeutel an sich nahm. Dann stiegen wir auf unsere Pferde. Für Seliger führten wir die ganze Zeit ein Ross mit uns. Fürs erste zufrieden galoppierten wir nach Rothenfels zurück.

„Jetzt hockt er im Kerker des Rathauses und gibt keinen Laut mehr von sich“, beschloss Odwin die Schilderung von Seligers Ergreifung.
„Prächtige Arbeit“, lobte Gregor. „Dachte ich mir, dass dieser Clemens noch einmal auftaucht.“ Doch die Furchen auf seiner Stirn ließen mich befürchten, dass er nicht unbeschwert glücklich war über diesen Fang.
„Allerdings“, fuhr er fort, „und das soll deine Heldentat nicht im Mindesten schmälern, bezweifle ich, ob wir damit den Mörder von Lucius gefasst haben.“
„Du zweifelst? Auf einmal? Weswegen?“
„Einiges passt nicht zusammen, Odwin.“
„Was zum Beispiel?“, fragte der Bürgermeister und stützte sich mit beiden Händen auf den Schreibtisch.
„Zum einen ist es verwunderlich, dass ein derartig verschuldeter Kaufmann, der so viel auf dem Kerbholz hat, kaum etwas von dem erbeuteten Geld ausgegeben haben soll.“
„Er ist eben gewitzter als du denkst“, widersprach Odwin.
„Ferner besaß er keinen Wagen, um Lucius in den Wald zu schaffen. Das ist bezeugt.“

Odwin rieb sich seine hohen Wangenknochen.
„Konnte er sich ausborgen. Sonst noch was?"
„Ja", schnaubte Gregor, „er besaß ebenfalls keinen beschädigten Dolch, als wir ihn aufsuchten."
Odwin schüttelte den Kopf.
„Welcher Dolch? Wozu brauchte er den?"
Gregor winkte ab. Mir tat der Bürgermeister Leid. Immerhin wusste er nicht, was wir herausfanden, als wir Lucius' Kutte untersuchten.
„Wir sollten dennoch mit ihm sprechen", schlug ich vor. „Täter oder nicht – Seliger schuldet uns ein paar Antworten."
„Wenigstens ist einer von Euch einsichtig", sagte Odwin aufatmend.
„Natürlich reden wir mit dem Gefangenen", lenkte nun auch Gregor ein. „Aber den Mörder, den müssen wir höchstwahrscheinlich sonst wo suchen. Oder ich täusche mich gewaltig."
„Nur die Götter lassen sich durch die Taten der Menschen nicht täuschen", sagte zu meiner Verblüffung der Bürgermeister und lächelte Gregor an.
„Mögen diese Götter deinen Worten lauschen, Odwin. Wenn nicht, fangen wir noch einmal von vorne an. Und dazu verspüre ich eigentlich keine Lust."
„Frag ihm die Seele aus dem Leib. Du wirst sehen, er war es."
Ich legte meinen Beutel auf Gregors Tisch ab. Dann verließen wir das Haus in der Marktgasse.

Die Mauern rochen klamm und moderig. Wir stiegen die zweite Treppe hinunter, tief in die Gewölbe des Rathauses. Schon jetzt bedauerte ich jeden, der in diesem unterirdischen Verlies gefangen war. Es war still wie auf einem Friedhof. Ich nahm die Kerkermauern wahr, fühlte den Tod in jedem Stein, witterte die abgestandene Luft und sehnte mich zurück unter den wolkenlosen Himmel auf den Marktplatz von Rothenfels.
Schweigend stiegen wir abwärts, Bürgermeister Odwin mit einer Fackel voran. Endlich bog er in einen schmalen Gang ein, an dessen Ende ein starkes Holzgitter den Weg versperrte. Das flackernde Fackellicht beleuchtete eine Kerkerzelle, in der sogar

ein Zwerg Schwierigkeiten bekam, sich auf der kalten Steinbank auszustrecken. Schemenhaft erkannte ich eine Gestalt, die in der Ecke kauerte. Odwin schlug gegen ein winziges Holztürchen, das in das Gitter eingelassen war. Offenbar gab man dem Gefangenen hier hindurch Speise und Trank.
„Aufgewacht", rief der Bürgermeister und schloss mit einem langen Eisenschlüssel die Gittertür auf. Die Gestalt erhob sich schwerfällig und ich blickte in die müden Augen von Adalbrand Seliger. Er sah jämmerlich aus, nachdem wir ihn in Lindau noch als hochnäsigen, herrschsüchtigen Kaufmann kennen lernten. Die roten Haare standen wirr und struppig von seinem Kopf ab. Das Gesicht wirkte durch den stoppeligen Bart verwildert und schmutzig. Seligers vornehme Kleidung hing jetzt schmierig und zerrissen um seinen Leib.
„Ihr?", jammerte er, als er uns erkannte, „ausgerechnet Ihr? Damit ist mein Unglück besiegelt."
Odwin steckte die Fackel in eine eiserne Halterung an der Wand. Er blickte Seliger aus zusammengekniffenen Augen an.
„Unglück oder nicht, in meinem Amtsbezirk entkommt keiner der gerechten Strafe."
„Ja, möglicherweise verdiene ich diese Strafe sogar", antwortete Seliger und hockte sich wieder auf die Steinbank.
„Wie?", fragte Gregor und stellte sich vor den Gefangenen. „Ihr gesteht die Tat?"
„Welche Tat?"
„Wir sprechen von dem hinterhältigen Mord an einem Mönch", fuhr Odwin dazwischen. Doch Seliger tat derartige Beschuldigungen rasch ab.
„Dummes Zeug, damit habe ich nichts zu tun."
„Ihr sagtet doch gerade...", wollte Gregor fragen.
„Was? – Ach so, ja. Die Strafe..." Er versenkte sein Gesicht in den Händen und murmelte kaum hörbar: „Ist doch jetzt alles einerlei."
Wie hatte sich dieser hochmütige Mann verwandelt. Ich weiß nicht genau, was ich erwartete, aber gewiss keinen in sich gekehrten, teilnahmslosen Menschen, dem es gleich war, was aus ihm wurde.

Gregor rieb sich sein energisches Kinn, dann quetschte er sich neben Seliger.
„In Lindau habt Ihr anders mit uns gesprochen", sagte er sanftmütig.
Seliger hob den Kopf und sah Gregor misstrauisch an.
„Lindau? Lindau ist Vergangenheit. Unwiderruflich verlorene Träumereien."
„Erzählt mir Eure Träume", forderte ihn Gregor auf.
„Meine Träume sind ausgeträumt", sagte er mit leiser Stimme und zaudernd. „Ich weiß, Ihr haltet mich für einen echten Nichtsnutz. Vermutlich bin ich das auch, oder war es."
„Bis was geschah?"
„Bis ich Fiona traf." Einen Moment strahlten Seligers Augen. „Mein ganzes Leben lang hat mein Vater über mich bestimmt. Nie war er zufrieden mit mir. Ich wollte einfach anders leben als er."
„Anders? Wie anders?"
„Bis ich Fiona traf, lebte ich in die Zeit hinein, verschleuderte, was ich in die Finger bekam für ein fragwürdiges Dasein, das mir erstrebenswert erschien."
„Eure Geschäfte liefen schlecht?"
„Schlecht? Unsere Geschäfte brachten reichlich Gewinn." Er lachte verächtlich. „Doch ich brachte mehr unter die Leute, als ich einnahm."
„Dann kam Fiona?"
Seliger stierte vor sich, als blicke er durch uns und die düsteren, moderigen Mauern hindurch.
„Sie entflammte mich sofort. Ihre langen goldenen Haare bewegten sich im Wind wie die Flügel eines Engels. Ihre Stimme klang wie das Rieseln einer Quelle im Paradies und ihr Lächeln ließ mir die Sonne im Herzen aufgehen."
Es hörte sich völlig aufrichtig an, wie Seliger seine Verlobte schilderte. Odwin wiegte ungläubig den Kopf hin und her.
„Fiona kaufte Euch Euer Kontor ab", sagte Gregor mit schlichten, aber direkten Worten, die Seliger zurücktrugen in den engen Kerker.
„Ihr wisst davon? Jawohl, sie erlöste mich, als die Geldverleiher

mir den Hals zuschnürten. Sie verkaufte ihr väterliches Erbe für mich. Ich versuchte tatsächlich sie aufzuhalten, aber sie lachte nur und rief mir zu: ‚Wenn wir erst vermählt sind, gehört das Kontor wieder dir. Aber das Geld, das beaufsichtige ich jetzt.' So war sie eben, lebenslustig und zuversichtlich."

„Und mit ihrem Tod habt Ihr auch Euer Kontor eingebüßt, diesmal endgültig."

Seliger nickte schwer.

„Die Mutter erbte nach Fionas Tod. Von ihr sehe ich keinen Silberpfennig, im Gegenteil. Nun musste ich für sie arbeiten, wenn ich nicht verhungern wollte. Die Frau des Buchbinders war nämlich nicht einverstanden mit unserer Hochzeit. Sie glaubte nicht daran, dass ich durch Fiona ein neuer... ein anderer Mensch geworden war."

„Offenbar reichte Fionas Erbe nicht aus, Eure Schulden zu bezahlen, oder?", fragte Gregor, während er ihn scharf beobachtete.

„Ihr habt scheinbar die ganze Welt nach mir ausgefragt, was?" Seliger stand auf und knetete seine Hände, während er uns abwechselnd anschaute.

„Zweihundert Goldstücke fehlten. So viel konnte Fiona nicht mehr beschaffen."

„Deswegen habt Ihr sie dem Mönch entrissen, stimmt's?"

„Entrissen? Was heißt hier entrissen?", fauchte Seliger. Für einen Moment war er nochmals der erhabene Herr, den wir aus dem Kontor kannten. Doch so rasch wie ein zuckender Blitz bis zur Erde braucht, beherrschte er sich wieder.

„Wie ein herrenloser Hund bin ich Woche um Woche um ihn herumgelaufen, damit er mir endlich das Kreuz abkauft."

„Moment mal", rief Odwin dazwischen. „Was für ein Kreuz?"

Seliger leckte sich die Lippen und hielt die Augen gesenkt.

„Das letzte Erbteil von meinem Vater. Eine wunderschöne italienische Arbeit von einzigartiger Kunstfertigkeit. Ein silbernes Kreuz mit vergoldeten Rändern, mit Schmelzglas verziert und eingelegten Rubinen besetzt. Das einzige Stück, das ich noch nicht zu Geld gemacht hatte."

Gregor sprang auf und stellte sich dicht vor Seliger.

„Mit Rubinen, sagt Ihr?"
„Ja, die vier Steine leuchteten wie die Flammen eines Feuers, wenn das Sonnenlicht darauf fiel."
Gregor warf mir einen flüchtigen Blick zu. Ich wusste, er dachte an den Stein, den wir bei Lucius' Leichnam fanden. Es sah so aus, als ob dieser Rubin nicht, wie angenommen, von der Mordwaffe stammte.
„Das Kreuz war unbeschädigt, nehme ich an?", fragte Gregor.
„Das war es, mein Herr", bestätigte Seliger.
„Könntest du mir mal sagen...", mischte sich Odwin ein.
Doch Gregor winkte ab.
„Später."
Er wandte sich wieder an Seliger.
„Was war nun mit dem Kreuz... und mit dem Mönch?"
Seliger setzte sich wieder auf die Steinbank. Gregor sah ihm von oben herab zu, wie er seinen Umhang enger um sich zog und die Arme vor der Brust verschränkte.
„Fiona brachte den Mönch zu guter Letzt dazu, das Kreuz für dreihundert Goldstücke zu kaufen."
„Wann war das?", fragte ich aufgeregt. Jede Kleinigkeit war jetzt von Bedeutung.
„Einen oder zwei Tage vor jenem unglückseligen Freitag. Der Mönch ließ ihr durch einen Boten eine Nachricht nach Missen bringen. Er stimmte endlich zu."
„Deswegen die Briefe", murmelte Gregor. Laut aber sagte er: „Wann kamt Ihr zu Eurem Geld?"
„Bruder Lucius besuchte mich an dem Freitag in Lindau. In der Goldschmiedewerkstatt, wo ich das Kreuz aufbewahrte, übergab ich es dem Mönch."
„Verhielt sich Bruder Lucius anders als früher? War er gereizt, vielleicht sogar ungeduldig, endlich fort zu können?"
„Nein, im Gegenteil. Wir waren alle drei ausgelassen, wie Ihr sicher einseht. Wir zeigten ihm hinterher die Werkstatt, wobei wir sogar herzhaft lachten, als der Mönch stolperte und er und Fiona mit ihren Fingern in einem der Tiegel landeten."
Wieder warf mir Gregor einen Blick zu. Unmerklich schüttelte er den Kopf. Es bestand kein Anlass, Seliger darüber aufzu-

klären, dass eben diese Heiterkeit vermutlich Fionas Tod bewirkt hatte. Aber mir schwirrte noch eine andere Frage im Kopf herum.

„Es blieben Euch nach Abzug Eurer Schulden immer noch ungefähr einhundert Goldstücke. Was hattet Ihr damit vor?"

Seligers Mundwinkel verzogen sich zu einem schiefen Lachen.

„An dem Tag wähnten wir uns noch im Glück. Gleich nach dem Mönch verließen wir die Werkstätte und ritten nach Isny..."

„Und bestelltet ein Prachtbett für Eure Hochzeit", unterbrach ihn Gregor.

„Ja, und einen neuen Wagen. Das wisst Ihr?"

Gregor ging nicht auf die Frage ein.

„Und die Kerbhölzer?", sagte er stattdessen.

Seliger stierte auf den Boden.

„Nach Fionas Tod fiel ich in mein altes Leben zurück. Nach kurzer Zeit hatte ich wieder eine Menge Schulden am Hals."

Gregor musterte den Gefangenen einen Moment schweigend, bevor er seine Befragung fortsetzte.

„Erzählte Euch der Mönch, wohin er als nächstes wollte?"

Seliger legte beide Hände an seine Schläfen und rieb an ihnen entlang.

„Ich erinnere mich nicht. Aber ich glaube kaum."

„Gab es Andeutungen über eine größere Geldsumme, die er bei sich trug?"

„Was denn für eine Geldsumme?", fragte er fast ängstlich. „Er bezahlte mich lediglich mit einem kleinen Beutel, in dem die Goldstücke lagen."

Gregor seufzte, dann nickte er dem Bürgermeister zu.

Für mich gab es keinen Grund, auch nur ein Wort des Kaufmanns anzuzweifeln. Endlich passten ein paar Stücke aneinander und warfen nicht fortgesetzt neue Fragen auf. Während Odwin und Gregor den Kerker durch die Gittertür verließen, legte ich Seliger eine Hand auf die Schulter.

„Verzagt nicht, hofft. Den Unschuldigen leitet das Schicksal, den Schuldigen reißt es mit sich", sagte ich zuversichtlich.

Er sah mir lange in die Augen, bevor ein leises Lächeln seine Lippen umspielte.

„Bei Gott, dem Allmächtigen, ich war es nicht."
Und ich glaubte ihm.

„Du bist undankbar", sagte der Bürgermeister zu Gregor.
Ich war heilfroh, nach dem beengenden Kellergewölbe wieder das Licht des Tages über mir zu sehen. Wir standen vor den breiten Eichentüren, die in den Ratssaal führten.
„Ich habe für dich den Schurken dingfest gemacht und nun willst du ihn nicht mehr", fuhr Odwin fort.
„Du hast ihn selbst gehört", sagte Gregor und runzelte die Stirn. „Er gab auf jede Frage eine Antwort und diesmal passten sie in die Geschichte."
„Er hatte hinreichend Zeit, sich darauf vorzubereiten."
Gregor schüttelte den Kopf.
„Lass ihn laufen, Odwin. Sein Herz erleidet genügend Buße."
„Ihn laufen lassen?" Der Bürgermeister staunte seinen Freund mit großen Augen an.
„Solange du mir keinen geeigneteren Mörder bringst, will ich einstweilen an diesem festhalten."
„Du bist hier das Gesetz. Aber den Schurken, der Bruder Lucius auf dem Gewissen hat, müssen wir anderswo finden."
„Und wo willst du den herzaubern?", fragte Odwin missvergnügt.
Gregor zuckte die Achseln.
„Weiß ich auch nicht. Wahrscheinlich konzentrierten wir uns viel zu sehr auf Seliger. Möglich, dass ich den falschen Anhaltspunkten nachgefolgt bin. Beginne ich eben doch noch einmal von vorne."
„Na, du hast ja massenhaft Zeit", meinte Odwin und griff nach dem Türdrücker. „Bin schon gespannt, wen du nun aufs Korn nimmst." Er drückte die Klinke hinunter, drehte sich aber noch einmal um. „Allerdings habe ich nicht die Zeit, jedes Mal tagelang deinen Phantasiegebilden auf den Fersen zu bleiben. Also, überleg es dir gut, bevor du mich wiederum in die Wälder schickst."
Odwin öffnete die Tür und verschwand im Ratssaal.
„Der ist ja richtig grantig, was?", sagte ich zu Gregor.

„Aber er hat Recht, Hilarius. Wie ein Pferd mit Scheuklappen guckten wir nur in eine Zielrichtung und fielen über Seliger her, nur weil der dringend Geld brauchte."
Wir gingen nebeneinander die Rathaustreppe hinunter, über den Marktplatz hinweg zur Marktgasse.
Schweigend saßen wir in Gregors Lehnstühlen und brüteten vor uns hin. Bis mir einfiel, dass uns bis Ambrosii nur noch zwei Tage blieben. Als ich Gregor von der Galgenfrist berichtete, die mir Abt Konstantin gesetzt hatte, sagte er wider Erwarten freundlich: „Konstantin will nur das Beste für dich, Hilarius. Du kannst dich unmöglich bis in alle Ewigkeit mit dem Tod von Bruder Lucius beschäftigen."
„Was fangen wir mit der Bedenkzeit an, jetzt, wo wir Seliger für unschuldig halten?"
„Wie ich schon sagte, wir beginnen von vorne."
Er hob beide Hände und ließ sie kraftlos auf seine Schenkel fallen. Ich nahm meine eigenen Aufzeichnungen aus dem Beutel und hielt sie Gregor hin.
„Nützt uns das?"
Gregor nahm die zwei Papierbogen und las sie aufmerksam durch. Ab und an zog er eine Augenbraue hoch oder nickte stumm. Schließlich lächelte er mich an und meinte:
„Du bist in jede Einzelheit vernarrt, wie der große Seneca."
„Kompliment oder Tadel?", fragte ich.
„Tadel? Beileibe nicht, mein Freund. Deine Chronik hilft uns, das Gedächtnis wachzurütteln."
„Also schön, besinnen wir uns darauf, was wir wissen", stimmte ich begeistert zu.
Gregor blickte noch einmal auf meine Papiere, dann nickte er eifrig.
„Lucius ritt demnach an einem Mittwoch aus der Abtei fort, eingedeckt mit dreihundert Goldstücken."
„...und seinem schwarzen Umhang, dem Rosenkranz, seinem Kreuz an der Kette um den Hals und seinem Essmesser am Gürtel. Ferner hing sein Lederbeutel am Sattel", ergänzte ich noch.
„Sagt wer?", fragte Gregor hochschauend.
„Sagt Abt Konstantin."

Gregor schmunzelte, weil ich es mit den Einzelheiten erneut ziemlich genau nahm.

„Meinetwegen", fuhr er fort. „Danach kommt er im Gasthaus in Lindenberg an und nimmt sich, wie schon früher, die fensterlose Kammer."

„Noch am gleichen Tag schickt er den Häusler Theobald mit einem versiegelten Schreiben zu Fiona."

„Worin er einwilligt, Seliger ein Silberkreuz für dreihundert Goldstücke abzukaufen."

„Stimmt", sagte ich. „Mehr ist mir zu diesem Tag nicht eingefallen."

„Na, dann der nächste Tag, Donnerstag, der zwanzigste des mertzo."

„Es fing damit an, dass der Wirt aussagte, Lucius sei schon in aller Frühe fortgeritten."

Gregor tippte mit einem Finger auf die Papiere, die er vor sich auf den Knien ausgebreitet hatte. „Dabei beobachtete ihn vormittags der Händler in der Nähe von Scheidegg auf der Straße nach Lindau."

„Ja, und dieser Händler erinnert sich daran, dass er den schwarzen Umhang und den Rosenkranz im Vorbeireiten sah", sagte ich.

„Was hast du nur andauernd mit dem Umhang und dem Rosenkranz?", fragte Gregor.

„Nun, schließlich war der Rosenkranz nachher plötzlich verschwunden, während wir den Umhang in dem Lederbeutel fanden."

„Ja, das stimmt, der Rosenkranz kreuzte nicht mehr auf."

Für einen Moment schob sich seine Oberlippe vor, wie ich es schon häufig bei ihm gesehen hatte.

„Nunmehr sind wir bereits bei jenem Freitag, an dem das Unheil seinen Lauf nahm."

Ich kannte meine Aufzeichnungen genau.

Gregor nickte und studierte wieder die Papiere.

„Wie der banchieri erzählte, holte sich Lucius noch vor der Terz die Silbermünzen und lud sie auf sein Pferd."

„Danach erschien er bei Seliger, von dem er für die ausgemach-

te Summe das Silberkreuz aus dem Familienbesitz erhielt", erinnerte ich mich.
„Wobei er und Fiona sich schwarze Finger holten, als sie in der Werkstätte ein Gefäß mit dieser schwefligen Mischung umkippten."
„Kurz vor Mittag sah ihn dann Rufus wieder in der Schänke in Lindenberg", fuhr ich fort. „Doch wie er betonte, ritt Lucius kurz darauf wieder davon und seitdem sah er ihn nicht wieder."
„Wahrscheinlich wollte unser Bruder diesen geheimnisvollen Jemand treffen, für den die Silbermünzen bestimmt waren", mutmaßte Gregor. „Jedenfalls büßte er nach dem Handel, wie wir wissen, sein Pferd ein und musste zu Fuß weiter."
Ich seufzte, denn mir war klar, dass an dieser Stelle eine bedeutsame Lücke in meiner Chronik klaffte.
„Das war's dann auch. Was indessen ereignete sich, bis der Bauer den sterbenden Lucius im Wald fand?"
„Ach, den habe ich beinahe vergessen", sagte Gregor, erhob sich schwerfällig aus dem Lehnstuhl und gab mir die Papiere zurück.
Ich sah ihn fragend an.
„Ihr habt vergessen, dass Tasso Lucius fand?"
Gregor lachte und gab mir einen Klaps auf den Arm.
„Nicht Tasso, seinen Sprössling meine ich. Die Woche ist verstrichen und es ist an der Zeit, dass wir uns sein verletztes Bein anschauen." Er fuhr sich mit den breiten Händen durch sein dickes blondes Haargebüsch. „Eine Ablenkung wird uns gut tun, oder kommst du nicht mit?"
Einen Moment lang dachte ich daran, dass ich mir umfangreiche medizinische Einsichten erhofft hatte, als ich der Abmachung zwischen Gregor und Abt Konstantin zustimmte. Dazu ließen uns die Ereignisse zuletzt kaum Muße, und doch bedauerte ich meinen Entschluss auf keinen Fall. Ich gewann einen väterlichen Freund, der zwar nicht gegensätzlicher sein konnte als ich, aber gerade seine mitunter trotzigen Wesensmerkmale spornten mich an, es mit ihm aufzunehmen.
„Ich kann auch eine Abwechslung vertragen", antwortete ich deshalb.
„Nun denn, pack deinen Beutel und lass uns aufbrechen."

Ich ging um seinen Schreibtisch herum, langte hastig nach dem Lederbeutel und stieß bei diesem Versuch das Bündel Papiere, das ich aus der Abtei mitbrachte, mit elegantem Schwung über die Tischkante. Mit einem schmatzenden Laut knallten die Bogen auf den Holzboden und rutschten nach mehreren Richtungen auseinander. Einige, zumeist die obersten, hatten es nicht so eilig. Sie wirbelten schmetterlingsartig durch den Raum, ehe sie sich liebenswürdigerweise auf Teppichen und in Büchergestellen niederließen.
Gregor, der längst an der Tür wartete, brach in ein ohrenbetäubendes Gelächter aus. Unmissverständlich schlug er eine Hand vor die Augen, als könnte er mein Treiben nicht mehr länger mit ansehen.
„Ich hatte keine Ahnung, dass du es mit der Ablenkung so eilig hast, Hilarius."
Längst kroch ich auf Knien über den harten Boden und sammelte die Bogen wieder ein.
„Abwechslung regt an und entspannt zugleich", sagte ich, während mich Gregor lachend beobachtete.
„Nun, dann will ich mich auch ein wenig entspannen", kam es von oben. Gregor kauerte sich neben mich und suchte die Blätter aus dem unteren Teil des Bücherregals zusammen. Er konnte nicht umhin, jeden Bogen Papier flüchtig zu lesen.
„Wenn Ihr alle Dokumente vorher durchlest, muss Tassos Sohn noch eine Woche auf uns warten."
Als keine Antwort von ihm kam, sah ich kurz hoch. Gregor stand wie aus Stein gemeißelt. Kein Muskel regte sich in seinem Gesicht. Sein Lachen hallte mir noch in den Ohren. Doch nun hatte er sich vollständig verwandelt. Die vorgeschobene Oberlippe erstaunte mich dabei noch am wenigsten. Laufend löste in seinem Gesicht eine Grimasse die andere ab. Einmal blitzten seine Augen kurz, dann wieder riss er sie weit auf, wobei sich seine buschigen Augenbrauen wie zwei Halbkreise darüber stülpten. Darauf zogen tiefe Falten über seine Stirn und er presste die Lippen fest aufeinander.
„Gregor, du bist ein klappriger alter Esel", platzte er zum Schluss heraus. „Ein Narr und ein Blinder zugleich bist du."

„Meister?"
Er sah mich mit funkelnden Augen an.
„Hilarius, du hast mir die Scheuklappen vom Kopf gerissen."
Unterdessen hatte ich die restlichen Papiere eingesammelt und legte sie auf den Tisch.
„Scheuklappen? Verstehe ich nicht."
„Jetzt sehe ich manches deutlicher. Stein um Stein fügt sich in das Mosaik ein."
Er starrte über mich hinweg, als erkenne er in weiter Ferne die Lösung auf alle unsere Fragen.
„Ich sterbe gleich vor Neugier."
Doch er hörte mich nicht.
„Nur noch ein klitzekleines Teil, im wahrsten Sinn dieses Wortes, fehlt mir", sagte er.
„So sprecht doch endlich klarer, Meister", bat ich.
Ich kam mir vor wie ein Karpfen an der Angel – augenblicklich noch im lebensrettenden Wasser, dennoch bereits am Haken gefangen. Mit einem breiten Grinsen sah mich Gregor an. Seine Augen glühten und es war unübersehbar, dass es ihn drängte, schleunigst etwas zu unternehmen.
Dennoch sagte er zu mir: „Bändige deine Ungeduld, Hilarius. Ein Schritt nach dem anderen."
Er faltete das Papier sorgfältig zusammen und schob es in seinen Beutel.
Ich fühlte eine innere Unruhe in mir hochsteigen. Gregor tat gern geheimnisvoll. Zu dieser Einsicht gelangte ich schon bei unserem ersten Treffen im Wald von Rothenfels. Und nun musste ich zusehen, wie ich damit fertig wurde.
„Na schön, dann besuchen wir Tassos Sohn eben morgen", sagte ich mit gespielter Beherrschung. „Und – welchen Schritt gedenkt Ihr jetzt zu gehen?"
Er legte einen Arm um mich.
„Wie ich schon sagte, Hilarius. Zuerst sehen wir nach unserem Patienten. Versprochen ist versprochen."
„Aber..."
„Keine Widerrede. Wir dürfen unsere Pflichten nicht außer Acht lassen", sagte er mit einem schwachen Lächeln.

„Na, von mir aus, dann los."
„Du nicht", sagte er zu meiner Bestürzung.
„Ich nicht?", maulte ich lautstark.
„Nein, du nicht, Hilarius. Wir wollen keine Zeit verlieren. Während ich voranreite und mir den Knaben vornehme, läufst du ins Rathaus zu Odwin."
„Was soll ich denn jetzt beim Bürgermeister?"
Ich war vollends durcheinander. Irgendwie glitt mir allmählich der Faden in unserer Geschichte zwischen den Fingern hindurch, ohne dass ich in der Lage war, ihn festzuhalten.
„Ihr beiden folgt mir zu Tassos Hof. Wenn ich dort fertig bin, werden wir gemeinsam den Täter festnageln, da bin ich sicher", versprach er.
„Wenn Ihr meint", stimmte ich unbeeindruckt zu. Augenscheinlich war es sinnlos, ihn umstimmen zu wollen. Beherrscht und mit gebeugten Schultern folgte ich ihm zur Tür.

„Und er ließ wirklich keine Andeutung fallen?", fragte mich Bürgermeister Odwin Wohlgemuth.
Eben galoppierten wir aus dem hohen Stadttor auf die Straße, die durch unseren Forst weiter nach Lindenberg führte.
„Nicht ein Wort", sagte ich.
Nur mit allen meinen Überredungskünsten war es mir gelungen, den Bürgermeister aus der Ratsversammlung herauszuholen. Ich benötigte geraume Zeit, um ihn zu der Einsicht zu bringen, dass Gregor dieses Mal dem richtigen Täter auf der Spur war.
„Was in diesem Dokument geschrieben stand, wisst Ihr auch nicht, oder?"
„Nein, er nahm es mit. Aber es brachte ihn auf den rechten Einfall, das sah ich ihm an."
„Immer muss er so heimlich tun. Früher oder später bricht er sich dabei den Hals."
„Er ist kein irdener Topf, der bei jedem Stoß oder Sturz auseinander bricht", widersprach ich. Auch wenn mir Gregors Haltung genauso undurchschaubar war wie Odwin. Sicher wusste er, was er tat.

Währenddessen schwenkten wir auf den ansteigenden Pfad ein, der zu Tassos Hofstätte führte. Die sonnenbeschienenen Wiesen mit ihren weißen und gelben Blumen, die ungezählte Immen und Schmetterlinge umschwirrten, dufteten nach Freiheit und Leben. Doch wir hatten keinen Sinn für die Schönheit der Natur. Uns beschäftigte der Tod.

„Wir sind da", sagte Odwin überflüssigerweise, als wir auf den Hof trabten.

Eine unerwartete Stille empfing uns. Wenngleich ich die Hofstätte zerfallen und heruntergekommen im Gedächtnis hatte, so pulsierte bei meinem ersten Besuch noch das Leben darauf. Die gackernd umherrennenden Hühner, der Bauer, der uns mürrisch vor dem Eingang erwartete und der Knecht, der eifrig versuchte, den beschädigten Wagen in Ordnung zu bringen.

Doch heute blieb hier alles ruhig. Neben dem windschiefen Holzzaun stand Tassos Wagen ordentlich wiederhergestellt. Anscheinend war der Knecht erfolgreich gewesen.

„Sie werden im Haus sein, bei dem Knaben", sagte ich, während wir von den Pferden stiegen.

Schon unter der Tür des Hauses vernahmen wir das leise gequälte Schluchzen. Tassos Gemahlin Waltrud hockte auf der Holzbank, auf der ich vor einer Woche mit Gregor saß. Liebevoll hielt sie den Kopf ihres Sohnes im Schoß, der halb ausgestreckt auf der Bank neben ihr lag und sein verbundenes Bein auf einen Schemel stützte. Neben den beiden stand in seinen ausgefransten Beinkleidern und dem durchlöcherten Leinenhemd Baldo, der Knecht.

Der Bauersfrau, deren dunkelbraune Haare unordentlich herabhingen, liefen unausgesetzt Tränen über die Wangen. Immer wieder bemühte sie sich, ihr Weinen zu unterdrücken. Dabei liebkoste sie beharrlich den Kopf ihres Kindes, als beklage sie seinen Tod.

Alle drei schreckten zusammen, als wir in die Küche traten.

„Was ist denn hier passiert?", fragte Odwin sofort und seine Augen flogen durch den spärlich eingerichteten Raum.

Ein herzzerreißender Aufschrei folgte als Antwort und neue Rinnsale ergossen sich über Waltruds Wangen.

„...alles zu Ende“, verstand ich nur.
Die nassen Lippen der Frau bewegten sich kaum.
Alwin stöhnte nur und drückte die Hand seiner Mutter auf seine Stirn. Baldo zuckte die Achseln und blieb stumm.
„Wo ist der Bauer?“, fuhr Odwin fort. „Und wo ist der Arzt?“
Waltrud ließ den Kopf ihres Sohnes in ihren Schoß fallen und schlug die Hände vor ihr Gesicht.
Endlich hüstelte der alte Knecht und brummte darauf: „Aus dem Haus, vor einer Weile.“
„Wohin?“, bohrte der Bürgermeister.
Doch Baldo zuckte wiederholt nur mit den Schultern.
„Komm“, raunte mir Odwin zu und zog mich zur Tür hinaus. Vor dem Haus stemmte er beide Hände in die Hüften und spähte über den Hof.
„Was geht hier nur vor?“
„Wohin könnten sie gegangen sein?“, fragte ich.
„Gewiss sind sie in der Nähe. Hier gibt es weit und breit nichts als Äcker und Wiesen. Laufen wir mal um das Haus.“
Auf der Seite des Obstgartens rührte sich nichts. Die Obstbäume sahen nach wie vor bemitleidenswert aus. Kein Mensch zeigte sich. Auch hinter dem Haus fanden wir keine Anzeichen von Leben.
„Dann bleiben nur noch Scheune und Stallungen“, sagte ich.
„Vielleicht melken sie die Kühe“, antwortete Odwin und verzog seinen Mund grimmig. Wir stapften hinüber zu den verfallenen Gebäuden.
Urplötzlich durchbrach ein schriller Aufschrei die Ruhe über dem Hof. Heulend wehte er zu den Wolken empor und warf Echos wie es flatternde Wildgänse tun, die der Jäger aufscheuchte.
Einen Herzschlag lang sahen wir uns mit aufgerissenen Augen an.
„Die Scheune“, rief Odwin und rannte los. Mit langen, aufgeschreckten Schritten lief ich ihm hinterher, dass meine Kutte nur so wehte.
Ich erreichte Odwin eben, als er das breite, verrottete Holztor der Scheune aufreißen wollte. Ich hielt seinen Arm zurück und

legte einen Finger über meine Lippen. Wir lauschten. Erregte, aber unverständliche Stimmen drangen an unser Ohr. Schweigend zeigte ich an der Längswand der Scheune entlang. Dort hatte ich eine schmale Lücke im Holz entdeckt. Ein morsches Brett war teilweise herausgebrochen. Odwin verstand mich sofort. Lautlos huschten wir an der Wand entlang zu dem Loch. Wachsam steckten wir unsere Köpfe hinein.

Gregor stand inmitten der Scheune. Er drehte uns den Rücken zu. Seine Arme hielt er abwehrend ausgestreckt. Vor ihm lauerte ein kleiner, zorniger, alter Bauer mit einem langen Messer in der Hand.

„Du wirst meine Familie nicht ins Unglück stürzen, du nicht", knurrte Tasso eben und ging mit drohender Faust und blitzenden Augen zwei Schritte vorwärts.

„Das besorgst du schon selber, Tasso", hörte ich Gregors Stimme antworten.

Angesichts der Drohgebärde klang sie trotz allem ungebeugt und entschlossen. Flüchtig betrachtet war es ein äußerst ungleiches Gefecht. Hier der zornsprühende Bauer, mit dem Messer in seiner schwieligen Hand. Da der unbewaffnete Arzt, der dieser Attacke nur Worte entgegensetzte.

„Der Kerl wird ihm das Fell über die Ohren ziehen", flüsterte Odwin neben mir. „Machen wir ein Ende."

Er wollte in Richtung des Tors laufen. Doch abermals hielt ich ihn zurück.

„Wartet noch."

Während Odwin achselzuckend sein Gesicht zwischen die Bretter zwängte, hörten wir, wie Tasso drinnen wortreich sein Schicksal beklagte.

„Was weißt du schon davon. Hast du Kinder? Hast du irgendwann einmal wirkliche Not gelitten? Weißt du, was es bedeutet, das mit ansehen zu müssen?"

Er stampfte mit dem Fuß auf den Boden, dass der Staub in den Sonnenstrahlen, die durch Ritzen und Löcher schienen und die Scheune in ein eher malerisches Licht tauchten, durch die Luft flirrte. Odwin trat neben mir von einem Bein auf das andere. Ich sah ihm an, dass er sich nur noch mühsam beherrschte und kurz davor war, einzuschreiten. Wieso ich weitaus ruhiger blieb als der Bürgermeister, weiß ich nicht zu sagen. Wahrscheinlich konnte ich mir bloß nicht vorstellen, dass sich die breigebaute, einschüchternde Gestalt des Arztes von dem schmächtigen Kerl Bange machen ließ. Messer hin, Messer her. Vielmehr dachte ich daran, dass Gregor eine bestimmte Absicht verfolgte und die sollten wir ihm nicht vermasseln.

Ich stellte mich auf meine Zehenspitzen, um über Odwins kantigen Kopf hinweg besser sehen zu können.

„In meinen Armen sind sie verhungert", hörte ich die gequälte Stimme des Bauern.

„Und dafür musste ein unschuldiger Mönch büßen?", fragte Gregor leise.

„Unschuldig?", fuhr ihn Tasso an und schwang drohend sein Messer. „Unschuldig waren allein die Kinder."

Aufmerksam spitzte ich die Ohren, denn die Aussprache nahm eine Kehrtwendung, die mich sehr nachdenklich machte.

Ich beugte mich zu Odwin herab und flüsterte beschwörend in sein Ohr: „Gleich hat er ihn soweit." Mit einem Mal wurde mir klar, was Gregor beabsichtigte.

„Schuldig ist jedermann, der einen Menschen tötet", sagte Gregor. „Ihr habt Euch versündigt, Tasso."

Trotz des schillernden Sonnenlichts bemerkte ich, dass Tassos Gesicht bleich wie ein trügerischer Nebel wurde. Doch es war nicht die Angst, die ihm das Blut aus seinem verzerrten Gesicht trieb, sondern die blinde Wut, wie sich sogleich zeigen sollte.

Tassos schmale Nase zitterte. Jede Linie in seinem scharf geschnittenen Gesicht schien wie aus Stein gehauen, als er mit drohend erhobenem Arm auf Gregor zuging.

„Du aufgeblasener Gernegroß! Wie kannst du es wagen? Mir erzählen, was Sünde ist."

Gregor wich ihm rückwärts strauchelnd aus.

„Seid vernünftig, Tasso", rief er. „Reicht Euch ein Mord nicht?"

„Pah", lachte der Bauer höhnisch. „Der Pfaffe bekam seine gerechte Strafe."

Er blickte seinem Gegner flammend ins Gesicht.

„Und Ihr ward der Richter?“
„Das Schicksal hat ihn hingerichtet, nicht ich“, schrie Tasso und richtete seine schmalen Schultern auf. „Ich habe dem Schicksal nur den Arm geführt.“
Tasso?... wirklich? In meinem Kopf purzelten die Gedanken drunter und drüber. Dieser biedere und vom Leben arg gebeutelte Mensch sollte Bruder Lucius überfallen und beraubt haben? Ich konnte es nicht fassen. Der Gedanke stak in meinem Innersten wie ein schartiger Dolch.
„Jetzt reicht's“, murmelte Odwin neben mir.
Bevor ich ihn aufhalten konnte, hetzte er mit langen Schritten zum Scheunentor. Blindlings rannte ich hinterher und sah, wie der Bürgermeister das Tor aufriss und sich auf den Bauern warf. Einen Augenblick kam Tasso aus dem Gleichgewicht, dann fing er sich wieder. Beide stürzten auf den strohbedeckten staubigen Boden. Ineinander verschlungen wälzten sie sich ein paar Mal hin und her. Ächzend und stöhnend mühte sich jeder, vom anderen loszukommen. Noch ehe Gregor und ich eingreifen konnten, hörten wir einen schmerzerfüllten Schrei. Atemlos vor Anspannung standen wir über den beiden Kontrahenten. Schlagartig war der Zweikampf zu Ende.
Gregor sah mich mit hochgezogenen Augenbrauen an. Ich schluckte, unfähig einen klaren Gedanken zu fassen. Eine dünne Stimme vom Scheunenboden scheuchte uns auf.
„Steht nicht herum wie auf dem Jahrmarkt. Helft mir gefälligst.“
Odwin kroch unter Tassos gekrümmtem Leib hervor. Er schlug sich dramatisch den Staub aus den Kleidern, während sich Gregor hinabbeugte.
„Ist er tot?“, fragte ich Odwin besorgt.
„Wollen wir nicht hoffen“, sagte der Hüter des Gesetzes.
Als Gregor Tassos Körper auf den Rücken drehte, sahen wir, dass der Bauer am Arm verletzt war. Ein dunkler Blutstrom besprenkelte den Ärmel seines Hemdes und das Stroh unter ihm. Neben ihm lag ein Messer, dessen Klinge rotverschmiert war.
„Wir müssen ins Haus“, sagte Gregor, „ich brauche warmes Wasser.“

„Mach ihn nur ja zurecht – für den Henker", bemerkte der Bürgermeister.
Gregor warf ihm einen strengen Blick zu, woraufhin Odwin nur mit den Schultern zuckte. Zusammen halfen wir dem stöhnenden Bauern auf seine Beine. Gregor band ihm den Gürtel auf und schnürte ihn in aller Eile um den Arm.
„Beeilen wir uns", sagte er und schob Tasso in den Sonnenschein hinaus.

„Habt Ihr den reparierten Wagen im Hof gesehen?", fragte uns Gregor, während er dem Bauern den Arm verband. Aus einem alten Leinenhemd, das ihm Tassos Frau holte, riss er schmale Streifen heraus.
„Die Radspuren stimmten haargenau mit denen überein, die wir im Wald bei Bruder Lucius fanden."
Waltrud und Alwin saßen auf der Bank am Tisch, während Odwin und ich Gregor zusahen. Der Bürgermeister ließ den Bauern keinen Moment aus den Augen. Baldo, der Knecht, schlurfte zum Feuer und bedeckte die Glut in dem Kohlenbecken mit einer Handvoll Torf und hielt es auf diese Weise schwach am Glimmen.
Gregor verknotete den Wundverband und rollte den Ärmel von Tassos Hemd darüber. Dann richtete er sich auf und blickte, groß und furchteinflößend, auf die zusammengesunkene Gestalt auf dem Schemel.
„Meine letzten Bedenken schwanden, als ich..." Er kramte einen Moment in seinem Beutel und holte einen klitzekleinen Gegenstand heraus. „...als ich das hier bei meiner Ankunft im Wagen, eingeklemmt zwischen den Holzbrettern, fand."
Zwischen Daumen und zweitem Finger hielt er eine kleine haselnussbraune Kugel, nicht größer als ein halber Fingernagel, in die Höhe.
„Der Rosenkranz", platzte ich heraus.
„Ganz richtig, Hilarius. Klein und unscheinbar und doch von so ungeheuerlicher Bedeutung, nicht wahr, Tasso?"
Der Bauer senkte schuldbewusst seinen Blick, ohne einen Ton von sich zu geben. Odwin nahm Gregor das Überbleibsel von

Lucius' Rosenkranz aus den Fingern und musterte es sorgfältig. „Was indessen brachte dich in diese ausweglose Lage?", fragte er ihn.
Gregor lächelte den Freund an und zeigte auf Tassos Sohn. „Als ich mir sein Bein anschaute, fragte ich den Bauern beiläufig, ob er mir erklären könnte, wie diese Kugel in seinen Wagen gelangt sei. Er stotterte eine Weile herum, bis er mich aufforderte, unser Gespräch im Hof weiterzuführen. Angeblich wollte er vor seiner Familie nicht reden. Doch ich ahnte schon, was er damit bezweckte. Und das kam mir nur gelegen."
„Und was geschah draußen?", fragte Odwin.
„Wir wanderten über den Hof und ich zeigte auf den Wagen. ‚Die Räder hinterließen Abdrücke im Wald', sagte ich zu ihm. Schließlich überzeugte ich ihn davon, dass der Mönch mit einer schartigen Klinge niedergestochen wurde. Einer Klinge, die durch die alltägliche Benutzung so aussah, wie seine eigene." Er hob etwas vom Boden auf und im nächsten Moment landete Tassos blutverschmierter Dolch scheppernd auf dem Tisch. „Wir sahen ihn, als wir damals Alwins Bein im Obstgarten behandelten."
„Wirklich hervorragend ausgetüftelt, Gregor", lobte Odwin und ergriff die Tatwaffe, um sie in seinem Beutel verschwinden zu lassen. „Doch sag mir, um Himmels Willen, wie überrumpelte dich dieser hohlwangige, kraftlose Mensch?"
„Gar nicht, mein Freund." Er klopfte dem verständnislos dreinblickenden Bürgermeister auf die Schulter. „Ich erriet, dass mich Tasso in die Enge treiben wollte. Dabei merkte er nicht, dass ich gleiches mit ihm tat. Als wir vor dem Stadel ankamen, zückte er sein Messer und scheuchte mich hinein. Ich ließ ihn gewähren, um ihn zum Reden zu bringen. Auch erwartete ich jeden Augenblick Eure Hilfe."
„Willst du damit behaupten", fauchte der Bürgermeister, „dass ich mich völlig umsonst in Stroh und Staub wälzte und um dein Leben rang?"
„Es war eine einzigartige Aufführung, Odwin", sagte Gregor grinsend.
„Na, warte, alter Freund..." Er schlug die Hände zusammen und blickte Gregor energisch an.

Wenngleich ich den Erklärungen des Arztes leicht folgen konnte, war mir immer noch nicht schlüssig gesagt, weswegen ausgerechnet Tasso Bruder Lucius tötete. Sicher, der Bauer war in den letzten Jahren griesgrämig geworden und zürnte seinem Schicksal. Aber genauso erging es vielen Menschen, ohne dass sie gleich mordeten und raubten. Obwohl ich bekennen musste, dass eine Flut von Gesindel in den Gehölzen und auf den einsamen Straßen herumlungerte. Aber Tasso? Welchen Anlass mochte er anführen für seine abscheuliche Tat?

„Meister? Mir ist immer noch nicht klar, aus welchem Grund der Bauer Bruder Lucius tötete?"

„Na, endlich kommen wir zur Sache", fuhr Odwin dazwischen.

Die Bauersfrau weinte leise. Tasso blickte kurz zu ihr hinüber, dann schaute er wieder teilnahmslos auf den Fußboden.

In Gregors Gesicht erlosch jegliches Lachen. Aus seinem Lederbeutel zog er jenen gefalteten Papierbogen hervor, den er aus dem Bündel mitnahm, das aus der Abtei stammte.

„Deswegen", sagte er laut und deutlich. Dabei schwenkte er das Papier triumphierend in der Luft.

„Was ist das?", wollte Odwin wissen.

„Das solltest du selber lesen." Gregor gab dem Bürgermeister den Bogen, der ihn stirnrunzelnd auseinander faltete. Er fuhr sich mit einer Hand durch die buschigen grauen Haare und stöhnte. „Oh, mein Gott." Odwin schaute kurz auf und blickte noch einmal ungläubig auf das Dokument.

„Verstehe", sagte er nur noch.

Fast mitleidig beobachtete er den Bauern, der sich nicht bewegte. Als er meinen irritierten Blick sah, gab er mir stillschweigend den Papierbogen. Begierig strich ich das geknickte, an den Rändern bereits gelbbraun verfärbte Papier glatt und las laut vor:

„Nach Aussprache und im Einvernehmen mit Abt Konstantin wies der Bursar der Abtei die Bittgesuche des Bauern Tasso auf Verzicht oder Verringerung des Kirchenzehenten zurück. Bruder Lucius versicherte glaubwürdig vor dem Konvent, dass der Lehnsmann uneingeschränkt in der Lage sei, die gesetzmäßige Abgabe zu entrichten.

Gegeben an dem Dienstag vor martini ep. 1221."

Glühendes Blut strömte durch meine Glieder, als mir der Zusammenhang zu Bewusstsein kam. Die Kinder... natürlich... Tassos älteste Söhne waren als Folge dieses Schiedsspruchs verhungert, weil der Familie nicht ausreichend übrig blieb, um das eigene Leben zu retten. Diese Einsicht lief mir nun wie ein eisiger Gewitterregen den Rücken hinunter.

„Schuldig ist jedermann, der einen Menschen tötet", wiederholte Tasso leise durch zusammengebissene Zähne die Worte, die wenige Augenblicke zuvor Gregor in der Scheune zu ihm sagte. Seine angsterfüllte kleine Familie drängte sich auf der Bank eng aneinander.

„Noch eins kam mir viel zu spät in den Sinn", sagte Gregor, nachdem er den Bauern flüchtig angesehen hatte. „Als ich Tasso das erste Mal ausfragte, behauptete er, zu Fuß durch den Wald gelaufen zu sein, weil sein Wagen beschädigt sei. Später dann, als wir uns um Alwin kümmerten und der Knecht dabei war, den Wagen wieder in Ordnung zu bringen, erklärte er, dass das Missgeschick erst am Samstag nach dem Marktbesuch passiert wäre. Folglich stand ihm an jenem Freitag sehr wohl ein fahrbereiter Pferdewagen zur Verfügung. Was wollte ein Bauer auch fernab seiner Hofstätte zu Fuß im Wald?"

„Tasso", sagte Odwin gebieterisch, „ich mag glauben, dass Ihr kein heimtückischer Räuber und Mörder seid. Wie indessen kam es nur zu diesem verhängnisvollen Ende?"

Tassos Kopf zuckte hoch. Seine schwieligen Hände fuhren durch sein Gesicht. Ein grimmigstolzer Zug zeigte sich um Mund und Kiefer. Umständlich erhob sich die spindeldürre Gestalt von ihrem Schemel und schlurfte mit schweren Schritten zum Tisch. Tasso streichelte Alwin liebevoll über die struppigen braunen Haare und setzte sich hinter seine Frau auf die Bank. Er holte das tränennasse Gesicht seines Weibes zu sich heran. Mit einem dankbaren Lächeln schmiegte Waltrud ihren Kopf an seine Schulter.

„An jenem Tag kutschierte ich eine Fuhre Gemüse nach Stiefen. Ihr kennt gewiss das Dorf zwischen Lindenberg und Missen. Seit letztem Jahr liefere ich dort an das Gasthaus."

Behutsam, als könnten seine rauen Hände sie verletzen, strich

er über die Wange seiner Frau, die der Beichte ihres Mannes mit geschlossenen Augen folgte.
„Ich war überaus zufrieden, denn ich handelte einen guten Preis für meine Feldfrüchte aus. So hegte ich keinerlei Groll, als ich auf dem Heimweg einem Mönch begegnete, der sein Pferd bei einem Sturz einbüßte und nun den langen Weg nach Lindenberg zu Fuß marschierte. Zumal eben ein heftiger Regen einsetzte."

„Wenn Ihr mögt, nehme ich Euch bis zum Kreuzweg nach Lindenberg mit", sagte ich zu dem Mönch.
„Ihr seid ein guter Mensch. Der Herrgott wird es Euch entgelten und ich darf meine Füße schonen."
„Steigt auf."
Der Mönch hob einen schweren Leinensack in den Wagen, raffte seine schwarze Kutte, kletterte zu mir herauf und zog geschwind seine Kapuze über den Kopf.
Er war ein geschwätziger alter Mönch. Aus seinem Mund sprudelten in einem fort die Worte wie aus einer nimmer versiegenden Bergquelle. Kaum einen Satz kapierte ich von dem Gebrabbel, zumal der Regen meistens seine Sprüche davontrug. Doch binnen kurzem bereute ich meine großzügige Einladung.
„Eigentlich darf ich Euch gar nichts davon erzählen", sagte er. „Es ist eine geheime Sache. Geheim wie die Kaballah."
Dabei lachte er lauthals und schlug sich mit einer Hand auf die durchnässten Schenkel.
„Kaba... was?", fragte ich zurück.
„Kaballah, noch niemals davon gehört? Ach – wie solltet Ihr auch. Kaballah wäre keine Geheimlehre, wenn jeder davon wüsste." Ich wurde nicht klüger durch seine Erklärung, aber das war mir auch einerlei. Ich wollte den entenschnatternden Klosterbruder so schnell wie möglich loswerden. Deswegen hörte ich einfach geduldig zu, nickte ab und an und tat so, als sei ich seiner Meinung. Unsre Fahrt hätte dennoch ein gutes Ende genommen, wenn der Pfaffe nicht so hochmütig und prahlerisch gewesen wäre. Denn noch in beträchtlicher

Entfernung von dem Wegekreuz rief er gegen den stärker werdenden Regen: „Das wäre das Geschäft meines Lebens geworden. Aber ich entdeckte den Schwindel sogleich und durchschaute die gotteslästernde Gesinnung des Burschen. Ha, der glaubte tatsächlich, er könnte mich übers Ohr hauen."
Er verrieb ein paar Wassertropfen zwischen seinen schmalen zierlichen Händen und ich bemerkte, dass seine Fingerspitzen schwarz waren. Eben wollte ich ihn nach dem Grund fragen, da fuhr er fort: „Nein, nein, Bruder Lucius stellt niemand ein Bein. Dafür verwalte ich lange genug die Geldmittel der Abtei in Rothenfels."
Erneut lachte er übermütig und klopfte auf den dicken, inzwischen durchgeweichten Leinensack, der neben ihm lag.
Doch ich war wie von einem Blitz getroffen. Ich fuhr den Mörder meiner Söhne spazieren, fuhr es mir durch den Kopf. Was dann geschah, passierte so schnell, dass ich mich kaum an den genauen Hergang erinnere.
Jedenfalls zog ich die Zügel plötzlich an und sprang vom Wagen.
„Runter, runter von meinem Wagen", rief ich immerzu. Der Mönch schaute mich nur mit großen Augen unter seiner Kapuze an. Ich schnappte mir den Leinensack und schleuderte ihn auf die Straße. Wasser spritzte auf und es schepperte trotz des weichen Bodens wie tausend klingende Münzen. Danach zerrte ich den bockigen Klosterbruder vom Wagen und stieß ihn von mir, dass er mit seiner feinen Kutte im Dreck landete. Aber er sprang behände auf die Beine. Die Kapuze war ihm vom Kopf gerutscht. Seine Augen funkelten mich an. Doch bevor er seinen Mund aufmachen konnte, fauchte ich:
„Du wagst es, du, der Henkersknecht der Kirche wagst es, mir vor die Augen zu kommen? Du, der meine Kinder auf dem Gewissen hat? Den Hals sollte ich dir umdrehen, gleich auf der Stelle. Mach dich davon, ehe ich es mir anders überlege."
Während ich außer mir war vor Wut, lachte der Mönch aus vollem Hals und beschimpfte mich.
„Alter, du blökst wie eins deiner Schafe. Na ja, ich hörte schon davon, dass die Alten bisweilen verrückt spielen."

Da zog ich meinen Dolch aus dem Gürtel, um ihn zumindest in Angst und Schrecken zu versetzen. Ich wollte zu gern erleben, wie der Pfaffe seine Kutte raffte und mit angstschlotternden Gliedern das Weite suchte, wie der Hase, der dem Fuchs zu entfliehen versucht. Doch was machte diese Kreatur? Sie wühlte in dem triefenden Leinensack und hielt mir kurz darauf ein blankes Kreuz vor die Nase.
Dabei brüllte er immer wieder: „Weiche von mir Satan! Weiche von mir!"
Rasend vor Wut schnappte ich nach dem Kreuz und wollte es ihm entreißen und fortschleudern. Doch der Pfaffe zerrte daran und verfluchte mich gleichzeitig. Ich hatte nur eine Hand frei, da ich immer noch das Messer hielt. Wir rauften eine Weile miteinander. Der Regen lief in Bächen an uns herab. Langsam rückten unsere Leiber näher zusammen. Jählings gab es einen Ruck. Ich hielt das Kreuz in der Hand. Einen Moment starrte ich es ungläubig an. Dann erst bemerkte ich, dass der Mönch rückwärts taumelte. Er riss den Mund auf und stürzte auf die schlammige Straße. Im ersten Augenblick wusste ich nicht, was geschehen war. Doch dann begriff ich.
Bei unserem Handgemenge war der Mönch rückwärtsgehend ahnungslos über den Sack gestrauchelt, der mitten im Weg lag. Da er mich fest umklammert hielt, muss er dabei mein Messer geradezu in seinen Leib gerammt haben, denn ein Schwall Blut quoll aus seiner Brust.
Ich hörte ihn röcheln, doch ich war unfähig mich zu bewegen. Immer wieder starrte ich auf das Kreuz in meiner Hand, dann wieder auf den keuchenden Mönch am Boden.
„Er hat seine Strafe bekommen. Er hat seine Strafe bekommen", brauste es durch meinen Kopf. Erst nach und nach wurde mir klar, was sich gerade ereignet hatte.
Der Mönch atmete noch und ich wollte ihn nicht so da liegen lassen, mit schmerzverzerrtem Gesicht und selbst im Todeskampf noch geballten Fäusten.
Hastig warf ich das Kreuz zurück in den Leinensack und hob ihn auf den Wagen. Dann packte ich den stöhnenden Mönch unter den Armen und zerrte ihn hinter meinen Karren.

Er war viel zu schwer für mich. Alle meine Kräfte musste ich aufbringen, um seinen Oberkörper an die Ladefläche zu lehnen. Zweimal rutschte er mir aus den nassen Fingern, ehe es gelang. Ich hob seine Beine an und schob ihn Stück für Stück auf den Wagen zwischen die leeren Körbe. Dabei zerriss sein Rosenkranz und die Kugeln klapperten über die Holzbretter. Achtlos fegte ich sie mit der Hand auf die Straße. Schwer atmend griff ich zu den Zügeln und wir preschten Richtung Rothenfels.

Wenn ich schnell genug war, so dachte ich, könnte ihm der Medicus wahrscheinlich noch helfen. Obwohl ich bei der rasanten Fahrt auf jedes Loch in der schlammigen Straße achten musste, spielten die Gedanken in meinem Kopf verrückt. Was, wenn mir niemand meine Geschichte glaubte? Ein armseliger Bauer gegen die Allmacht der Kirche. Was, wenn der Mönch auf dem Weg gar starb und ich nur seinen Leichnam abliefern konnte?

Als ich durch den Rothenfelser Wald rollte, fasste ich einen Entschluss. Am Rand einer Schneise hielt ich an. Glücklicherweise begegnete ich keinem Menschen. Ich zerrte den leblosen Körper vom Wagen und ließ ihn auf den weichen schlammigen Waldboden fallen. Den Leinensack, der tatsächlich, außer dem Kreuz, tausende Münzen barg, ließ ich im Wagen. Es sollte nach einer Plünderung aussehen.

So schnell ich es schaffte, machte ich mich davon. Doch eine innere Stimme zischte mir in regelmäßigen Abständen zu: „Vielleicht lebt er noch. Wer weiß? Vielleicht lebt er ja noch."

Bis zu dem Leid mit meinen ältesten Söhnen war ich ein frommer Mann. Jeden Sonntag besuchten wir den Gottesdienst und jeden Feiertag verbrachten wir so, wie es uns die Priester vorschrieben. Und auch im Moment ließ mich mein Gewissen nicht in Ruhe. Schließlich bog ich auf den Weg zur Abtei ein und versteckte den Pferdewagen in der Nähe der Pforte hinter einem Haselnussstrauch. Mit klopfendem Herzen hastete ich durch den Regen zur Abtei und berichtete dem Pförtner, dass ich einen leblosen Mönch im Wald aufgefunden hätte. Zu guter Letzt brach ich einigermaßen gefasst zur Hofstätte auf."

Ich musterte den Bauern mit neu erwachtem Interesse. Er drückte sein Weib an sich und seine rechte Hand lag auf dem Arm seines Kindes. Hatte dieser liebevolle Vater und fürsorgliche Mann Schuld auf sich geladen? In meinen Eingeweiden toste ein Kampf zwischen Verzeihen und Bestrafen. Allerdings sah ich Tasso mit anderen Augen an als vor einer Woche. Und auch Bruder Lucius brannte in mir ein neues Abbild ein, das ich nur widerstrebend anschaute, vor dem ich dagegen die Augen nicht verschließen konnte.

„Auch daheim ließ mich mein Gewissen nicht ruhen", fuhr Tasso flüsternd und unterwürfig fort. „Ich wurde noch mürrischer und gereizter. Niemand sollte wahrnehmen, wie es in meinem Herzen zuging."

„Deiner Bestrafung wirst du nicht entgehen. Vielleicht beruhigt das dein Gewissen", fuhr der Bürgermeister dazwischen.

„Odwin, es gab Momente, da du einfühlsamer warst", sagte Gregor.

„Überdies", fügte ich hinzu, „brennen die Narben des Gewissens wie offene Wunden."

Odwin hob entschuldigend die Hände.

„Was wollt ihr? Immerhin ist der Klosterbruder beraubt worden. Vergesst das nicht."

„Das Blutgeld habe ich nicht angerührt", schrie Tasso ohne zu zögern, aber mit blitzenden Augen. „Alles noch da."

Er sprang auf, ging zu dem Schrank in der Ecke und stellte sich seitlich daneben.

„Hilf mir, Baldo", befahl er.

Der Knecht trottete auf die andere Seite und zu zweit schoben sie das schwere Möbel vor die Tür, die ins Nebenzimmer führte. Hinter dem Schrank in der Wand wurde nunmehr eine Mauernische sichtbar, in der ein schmutzigbrauner Leinenbeutel lag.

„Vor dem Tod der Kinder waren hier ein kleines Holzkreuz und eine Kerze aufgestellt. Ich ertrug den Anblick nicht mehr, aus diesem Grunde schoben wir damals den Schrank davor."

Er nahm den Sack aus der Vertiefung und gab ihn zu meiner Überraschung an Gregor und nicht an den Bürgermeister.

„Ich habe nichts angerührt", sagte er.

„Wir werden sehen", antwortete Gregor und griff in den Leinenbeutel.
Mit erwartungsvollen Gesichtern verfolgten wir, wie er ein schweres Silberkreuz daraus hervorholte. Neugierig betrachteten wir die einzigartige Kunstfertigkeit des heiligen Gegenstandes. Gregor reichte den Sack an Odwin weiter. Beinahe zärtlich strich er dann über die vergoldeten Ränder des Kreuzes. Auf dem Kreuzbalken erkannte ich Darstellungen der Jungfrau Maria und der Heiligen Johannes und Nikolaus. An der Spitze war ein Pelikan herausgearbeitet – ein Sinnbild für die Opferbereitschaft unseres Herrn Jesus Christus. Silberglänzend strahlte der gekreuzigte Christus von der Mitte auf uns herab. Im unteren Teil waren rote Steine kreuzförmig angeordnet. Der rechte Stein war herausgebrochen. Gregor holte das fehlende Teil aus seinem Beutel und drückte es in den Zwischenraum.
„Passt", sagte er.
„Das... das... das war ich nicht", stotterte Tasso.
„Vermutlich brach der Stein ab, als Bruder Lucius stürzte", erklärte Gregor.
Odwin schüttelte den Leinensack in seinen Händen.
„Was ist mit den Münzen?"
„Die hab ich nicht angefasst", jammerte der Bauer.
„Nein, Ihr gewiss nicht, Tasso", sagte Gregor. Dabei durchbohrte er den Knecht mit seinem Blick. Baldo presste die Lippen aufeinander und schwieg.
„Ich nehme an, dass eine Münze aus dem Sack fiel und im Wagen lag, als Baldo mit der Ausbesserung begann. Da der Jahrmarkt herankam und ihn seine müden alten Knochen bei jeder Bewegung quälten, hielt er es für gerecht, sich von einem Quacksalber dafür ein Heilmittel zu kaufen. Hab ich Recht?"
Gregor hielt dem Knecht das Kreuz vor sein Gesicht. Beschämt senkte Baldo den Kopf.
„Damit wäre auch das geklärt", stellte Gregor zufrieden lächelnd fest.
„Konstantin wird die eine Münze verwinden können. Dafür bekommt er dieses herrliche Kruzifix."
„Wie auch immer", sagte Odwin eindringlich, als er Gregor

den Beutel mit den Münzen zurückgab und sich vor Tasso aufbaute, „er wird sich für seine Taten verantworten müssen. Schuldig oder nicht, darüber bestimmt der Richter."
Von seinem Gürtel löste er die ledernen Handfesseln, um Tassos Handgelenke zu binden. Gregor griff ihm in den Arm und schaute ihn eindringlich an. Seufzend knotete Odwin die Lederschnüre wieder an seinen Gürtel.
„Na schön. Dann eben nicht. Gehen wir, Tasso."
Gregor trat zwischen die beiden und legte dem Bauern eine Hand auf die Schulter.
„Der Allmächtige sieht in dein Herz. Wenn du Schuld auf dich geladen hast, dann bleibt dir noch Zeit Reue zu empfinden."
Mit finsterem zweifelndem Gesicht ging der Bauer an ihm vorbei. Schweigend nickte er seinem Weib und seinem Sohn zu. Irgendwie bewunderte ich trotz allem diesen Mann, der sich seiner Menschlichkeit zu sehr bewusst war, um Widerstand zu leisten.
Mit erhobenem Haupt schritt er hinter Odwin aus dem Haus. In gewisser Hinsicht hatte er seine Befriedigung erlangt. Lucius lebte nicht mehr. Aber würde er nun glücklicher leben können? Vorausgesetzt, er traf auf einen nachsichtigen Richter, der seine Geschichte glaubte.
Ich für meinen Teil war geneigt, dies zu tun. Aber wer würde schon auf einen jungen unerfahrenen Mönch hören. Doch eines Tages würde schließlich auch aus einer Haselnuss einmal ein Strauch und aus einer winzigen Eichel eine hohe Eiche. Wenn ich in Gregors Reichweite blieb, würde ich sowieso schneller aufgehen. Aber davor stand immer noch die Entscheidung meines Abtes.

„Wahrhaftig, eine heilige Arbeit", sagte Abt Konstantin, während er das Silberkreuz von allen Seiten bestaunte. „Denkt Ihr, dass sich der Stein wieder einsetzen lässt?"
Es war lange her, dass ich ihn derart entspannt sah. Er wirkte zugänglicher, befreiter und genügsamer, als in den letzten Tagen. Unermüdlich betrachtete er den prächtigen Schatz in seinen schmalen feingliedrigen Händen.

„Die Laienbrüder in den Werkstätten verstehen ihr Handwerk", sagte Gregor liebenswürdig.
Konstantin stellte das Kreuz auf seinen Schreibtisch.
„Ich muss Euch danken. Euch und Eurem unerschütterlichen Beistand." Dabei blickte er mich gutmütig lächelnd an. Gott sei Dank, es war mir noch gelungen, die Pergamente in den Schrank zurückzulegen, bevor ihr Fehlen bemerkt wurde.
„Ich hoffe", fuhr der Abt fort, während er mit zittrigen Fingern das Kreuz auf seiner Brust befingerte, „dass Ihr mir manch grobes Wort nachseht, das zwischen uns fiel. Doch jetzt bin ich glücklich, dass sich dieses verruchte Dokument des Nachmanides, dem wir nacheilten wie aufgescheuchte Hühner, als Irrtum herausstellte."
Gregor, der auf einer Bank vor dem Tisch saß, schüttelte seinen runden Kopf und hob beschwichtigend die Hände.
„Ich bin es, der Abbitte leisten muss", sagte er ernsthaft und legte die gefalteten Hände auf den Tisch. „Wenn ich gewusst hätte, dass Ihr im Konvent für mich gesprochen habt..." Er ließ den Satz unvollendet und senkte den Kopf.
„Woher wisst Ihr?" Einen Moment lang bildeten sich tiefe Furchen unter Konstantins buschiger grauer Tonsur. Schließlich lächelte er nach einem flüchtigen Blick nach oben.
„Der Herr wandelt bisweilen auf absonderlichen Pfaden. Aber es ist nicht an uns, die Gründe zu hinterfragen. Nur Gott allein weiß, dass es dafür mancherlei Anlässe geben kann."
„Ich selbst bin schuldig", murmelte Gregor, doch Konstantin unterbrach ihn.
„Auch ich habe meinen Teil dazu beigetragen. – Lasst die Vergangenheit ruhen, Bruder. Übet Nachsicht mit dem eigenen Leben."
Er berührte Gregor sachte an der Schulter.
„Sagt mir lieber", fuhr er mit einem Blick auf mich fort, „wie sich der Schüler der Heilkunst anstellt. Ich gab ihn in deine Obhut. Was kam dabei heraus?"
Gregor erhob sich. Sein Gesicht wirkte wieder gelöst und er zwinkerte mir zu, als er antwortete: „Er verschlingt die Bücher schneller als ich sie heranschaffen kann."

Oh, Gregor, du weißt genau, dass ich nicht ein Buch in die Finger nahm. „Aber wahrscheinlich“, dachte ich, „entschuldigt die besondere Situation diese leichte Übertreibung.“

„Es freut mich, das zu hören“, sagte der Abt. „Dann wird es dir bestimmt nichts ausmachen, Hilarius, auch künftig alles Wissen aus diesem weitgereisten und lebenserfahrenen Arzt herauszupressen.“

„Von ganzem Herzen gern, Vater.“

„Wir werden Euren Wunsch zu nützen wissen.“ Gregors Stimme klang überschwänglich.

Offensichtlich war er genauso erfreut wie ich, dass unser Beisammensein kein jähes Ende fand. Helle Glockentöne durchdrangen unsere Gedanken. Sie erinnerten an die Stunde des Abendgottesdienstes.

Abt Konstantin legte einen Arm um Gregor und sagte: „Was denkst du, willst du den Herrn heute nicht mit uns preisen?“

Gregor lächelte den Abt an.

„Das werde ich, verlasst Euch darauf, das werde ich“, sagte er inbrünstig.

„Dann geht mit meinem Segen voran.“

Mit neuer Freude am Leben in der Brust verließ ich mit Gregor das Sprechzimmer des Abtes. Als wir das Portal der Abteikirche durchschritten, erklang das *Veni, creator Spiritus... – Komm, Schöpfer Geist, kehr bei uns ein.*

Bitte beachten Sie folgende Seite!